gaviã arqueira

BISHOP DERRUBA O REI

MARVEL

gaviã arqueira

BISHOP DERRUBA O REI

ASHLEY POSTON

SÃO PAULO
2024

EXCELSIOR

BOOK ONE

PRIMEIRA EDIÇÃO MARVEL PRESS: OUTUBRO DE 2023

EXCELSIOR — BOOK ONE

COORDENADORA EDITORIAL *FRANCINE C. SILVA*

TRADUÇÃO *LINA MACHADO*

PREPARAÇÃO *THAÍS MANNONI*

REVISÃO *TAINÁ FABRIN E SILVIA YUMI FK*

ADAPTAÇÃO DE CAPA E DIAGRAMAÇÃO *VICTOR GERHARDT | CALLIOPE*

TIPOGRAFIA *ADOBE CASLON PRO*

IMPRESSÃO *COAN*

MARVEL PRESS

ILUSTRAÇÃO DE CAPA ORIGINAL *NICOLE RIFKIN*

DESIGN DE CAPA ORIGINAL *KURT HARTMAN*

DESIGN DE MIOLO ORIGINAL *EMILY FISHER*

Dados Internacionais de Catalogação na Publicação (CIP)
Angélica Ilacqua CRB-8/7057

P89g	Poston, Ashley
	Gavião Arqueira : Bishop derruba o Rei / Ashley Poston ; tradução de Lina Machado. — São Paulo : Excelsior, 2024.
	272 p.
	ISBN 978-65-85849-33-3
	Título original: *Hawkeye: Bishop Takes King*
	1. Ficção norte-americana 2. Super-heróis – Ficção 3. Supervilões – Ficção 4. Bishop, Kate (personagem fictício) — Ficção 5. Hawkeye (personagem fictício) — Ficção 6. Rei do Crime (personagem fictício) — Ficção I. Título
24-0660	CDD 813

Para minha gata, Paprika.

————————>

Este foi nosso último livro juntas.
Obrigada por manter meus pés aquecidos.

Transcrição

*[Testemunho de Katherine Elizabeth Bishop sobre os eventos
ocorridos no Edifício Stephen A. Schwarzman da Biblioteca
Pública de Nova York em 2 de agosto]
Colhido por Misty Knight*

KNIGHT: Vamos começar do início, certo, senhorita Bishop?

BISHOP: Não sei por que estou sendo detida. Estão exagerando, não acha?

KNIGHT: Você está aqui só para responder a algumas perguntas…

BISHOP: [ALGEMAS TINTILAM NA MESA] Algemada? [SUSPIRO] Certo, olha só: eu sou a melhor arqueira do mundo. Não estou sendo arrogante. Bem, talvez esteja, mas deixa eu explicar. Consigo acertar um alvo na mosca em uma sala lotada, pendurada de cabeça para baixo com todo o meu sangue correndo para a minha cabeça, enquanto uma dúzia de caras de terno me ataca, todos prontos para acabar comigo. Mas não quaisquer caras de terno. Caras do Rei do Crime. O pior tipo de cara. Na maioria das vezes. De qualquer forma, lá estava eu. Eu e o neto de Albright…

KNIGHT: Qual é o nome dele?

BISHOP: Já chego nesse ponto. De qualquer forma, lá estava eu, tendo dormido só trinta minutos em dois dias. Pendurada de cabeça para baixo no Astor Hall da Biblioteca Pública de Nova York. Provavelmente prestes a morrer. Eu estava com meu arco?

Não mesmo. Uma flecha? Quem me dera. Mas... eu tinha um elástico de cabelo e um grampo.

KNIGHT: [SILÊNCIO]

BISHOP: [SILÊNCIO]

KNIGHT: Mais alguma coisa, senhorita Bishop?

BISHOP: E um coração cheio de sonhos.

CAPÍTULO UM

A PRIMEIRA E ÚNICA GAVIÃ ARQUEIRA

TRÊS DIAS ANTES...

Kate Bishop se recostou nos degraus da Biblioteca Pública de Nova York, com as pernas cruzadas e usando óculos modelo Aviator. Não havia nada igual à cidade de Nova York no verão. Sufocante, fedendo a lixo e lotada demais.

Lar.

Sentada preguiçosamente na escadaria na entrada da biblioteca, porque tinha algum tempo sobrando, observava algumas crianças escalando um dos dois leões de pedra que guardavam o edifício. As crianças faziam parte de um grupo de turistas que estava aglomerado nos degraus abaixo dela, e nenhum deles pareceu notar que um molequinho endiabrado tinha subido na cabeça do leão Patience segurando um *pretzel* de uma barraca de comida próxima.

E, para ser honesta, Kate ficou impressionada.

Ao lado dela, nos degraus, um golden retriever sem o olho esquerdo choramingava, nervoso, enquanto um dos amigos do garoto subia atrás dele.

– Eles estão bem, Lucky – falou baixinho, e deu a borda da pizza que sobrou do almoço. Ela pediu em um *food truck*, o que era sempre arriscado de qualquer forma, mas era tudo o que podia pagar com o dinheiro que ela conseguiu juntar depois de gastar todas as suas economias do mês no presente de aniversário da irmã. Sinceramente, a manhã inteira teria sido um fracasso se não tivesse encontrado o que procurava. America *devia* encontrá-la aqui para que pudessem comprar o presente de Susan juntas, mas o dever tinha chamado sua amiga. Sendo assim, Kate teve que lidar sozinha com a Saks Fifth Avenue, o que foi um tipo especial de inferno. Como eles não tinham o presente que procurava, ela visitou todas as lojinhas de Midtown até encontrar e, agora, tinha uma pizza nada boa vendida por um cara com uma camiseta engordurada, e seus pés doíam.

Se não fosse por querer dar um presente para a irmã, estaria relaxando na piscina da cobertura da Torre dos Vingadores (tinha uma piscina lá – ela sabia que tinha, mesmo que nunca a tivesse visto), aproveitando o sol. Em vez disso, ela estava observando um homem de meia-idade, com a camisa polo enfiada nas calças, gritar para que as crianças descessem de Patience – *até que enfim...*

– Viu? – ela disse ao cachorro. – Eu disse que eles iam ficar bem. Você deveria me escutar com mais frequência. Estou *quase sempre* certa.

Lucky bufou em resposta.

Ela olhou feio.

Kate e Lucky eram um time há... bem, há muito tempo. Tecnicamente, Lucky tinha sido o cachorro de Clint antes de ser dela, mas confiar um animal de estimação a Clint? De jeito nenhum. Além disso, ela e aquele cachorro caolho, que amava pizza, formavam um bom time e já *eram* um bom time há muito mais tempo do que ela estava em um time com *qualquer pessoa*. Por mais tempo do que ela fez parte dos Jovens Vingadores, mais do que sua parceria com Clint, mais do que sua própria formação dos Vingadores da Costa Oeste. Equipes de super-heróis iam e vinham, mas o melhor amigo da mulher? Lucky era para sempre.

De repente, uma buzina de carro berrou. Pneus cantaram.

Kate ficou tensa e olhou na direção do som.

Um jovem tinha sido empurrado para a rua, um táxi ficou a poucos centímetros de seu rosto. Instintivamente, Kate levantou-se de um salto – ele estava bem?

O jovem rapidamente ganhou vida e passou as mãos pelo corpo, como se quisesse ter certeza de que ainda estava vivo. Aliviado, ele tateou procurando algo no peito e percebeu que não estava lá. Olhou em volta, desorientado, até avistar o que procurava. Apontou um dedo para um homem que se afastava.

– Parem-no! – gritou. – Alguém, pare-o! É uma *edição de colecionador*!

Bem, isso com certeza não era algo que se ouvia todos os dias.

Um homem usando jeans e camiseta, com uma mochila debaixo do braço, corria como um *quarterback* com uma bola de futebol americano, esquivando-se dos turistas como se estivesse fazendo um teste para a próxima temporada de *Guerreiro ninja americano*.

Kate abaixou seus óculos aviadores para ver melhor a cena.

Ela levou apenas meio segundo para deduzir exatamente o que havia acontecido: o homem que se afastava do local tinha roubado a mochila do jovem e o empurrado para cima dos carros que vinham na direção dele na Fifth Avenue, e estava naquele momento fazendo uma fuga bastante impecável.

O rapaz, vendo que ninguém estava se movendo para ajudá-lo, fez a última coisa que ela esperava: ele mesmo saiu correndo atrás do cara.

Nossa.

Não que ele fosse conseguir alcançá-lo. O ladrão já estava *bem* avançado na direção do próximo bairro.

Ao lado dela, Lucky estava de pé, abanando o rabo. Ele olhou para Kate com expectativa. E ela devolveu o olhar.

– Acabamos de almoçar – disse ela ao golden retriever. – Vou ficar com cãibras se correr agora.

Lucky bufou.

– É sério isso? Estamos em *Manhattan* – argumentou ela, colocando as mãos nos quadris. – Há *pelo menos* uma dúzia de super-heróis voando por aí.

O cachorro piscou. Julgando-a.

– Eu nem estou usando meu uniforme – acrescentou ela em um último esforço para persuadir seu companheiro, apontando para seu vestido roxo, seu short de ciclista e, o que era pior, tênis All Star sem qualquer suporte para os arcos dos pés. Com certeza não era o tipo de roupa que se quer usar para perseguir algum criminoso.

Lucky virou as costas para ela.

Isso era suficiente para fazer Kate se sentir culpada.

– *Está bem* – suspirou e abriu o zíper da bolsa. Ela pegou seu arco composto dobrável, e, com um movimento do pulso, ele se abriu por completo. Ela também tinha colocado algumas flechas na mochila naquela manhã, embora não tivesse pensado em levar nenhuma das *divertidas* hoje – era para ser um passeio para fazer compras, não um passeio de super-heroína.

Tudo bem. O importante não era o *tipo* de flechas, mas sim como elas eram usadas.

Do outro lado da rua, o ladrão ziguezagueava entre os turistas, o rapaz logo atrás, alcançando-o com suas pernas longas e esguias.

Kate jogou a mochila por cima do ombro enquanto subia correndo os degraus de pedra, preparando a flecha. Lucky seguiu logo atrás dela. Ela pulou no pedestal que apoiava o outro leão de pedra – Fortitude – e depois subiu nas costas dele.

O menino que tinha levado uma bronca antes apontou para ela.

– Olha, *ela* está fazendo! – reclamou ele.

Ela puxou a flecha para trás, as penas rentes à sua bochecha. Seu ponto de ancoragem. Ela alinhou a visão.

E a multidão na calçada repleta de turistas se abriu como as cortinas na noite de estreia de um musical da Broadway. Somente por uma fração de segundo. Tempo bastante para ela encontrar seu alvo.

Inspirar.

Expirar.

Ela disparou sua flecha.

O objeto atravessou a rua, passou acima dos táxis e das bicicletas dos entregadores e atravessou em cheio a gola da camisa do ladrão.

E o prendeu ao prédio fechado com tábuas atrás dele, que provavelmente já tinha sido uma Starbucks, mas que estava em reforma atualmente porque – ela tinha certeza – algum vilão maquiavélico o havia destruído. De qualquer forma, agora era útil para Kate, porque sua flecha ficou presa no compensado grafitado, logo abaixo de DIREITOS NÃO HUMANOS IMPORTAM.

Ele tentou se soltar, mas não iria a lugar algum tão cedo.

Sem pressa, ela desceu do leão. O garoto que tinha apontado para ela a encarava boquiaberto. Ela baixou os óculos escuros, piscou para ele e atravessou a Fifth Avenue em direção ao criminoso em questão. Lucky chegou até ele antes dela, abaixando-se sobre as patas dianteiras e arreganhando os dentes, enquanto o homem lutava para arrancar a flecha da gola.

Ela preparou outra flecha enquanto atravessava a Fifth Avenue, com buzinas de táxis berrando, e subiu na calçada.

– Lucky, pega.

Lucky correu em direção ao cara, agarrou a alça da bolsa pendurada no ombro do ladrão e, com um puxão forte, tirou-a dele e arrastou-a na direção dela.

– Bom garoto – elogiou ela, afagando-o sob o queixo.

O rapaz finalmente abriu caminho através da multidão até eles, ofegante. Ele colocou as mãos nos joelhos.

– *Obrigado* – arfou ele. – Achei que nunca… ai, meu Deus, não consigo recuperar o fôlego… ia pegar ele.

– Eu só fiz o meu trabalho – respondeu ela, abaixando o arco e largando a própria bolsa no chão ao lado da dele. Ela pegou o celular e mandou uma mensagem de emergência para a polícia. – Certo, cara – disse ao ladrão. Ele era um homem branco, baixo e atarracado. Cabelo loiro. Rosto tenso. – Você escolheu a esquina errada hoje.

– Eu não fiz nada – disparou ele em resposta.

– Claro, e eu sou a rainha da Inglaterra – retrucou ela, impassível, tirando um lacre do tipo abraçadeira da bolsa e prendendo as mãos do homem para trás. Então ela olhou para trás, para o jovem, que finalmente tinha recuperado o fôlego e estava em pé. Ele era uns quinze centímetros mais alto que Kate, magro e desengonçado, como se tivesse sido esticado um pouco demais. Ele parecia ter acabado de sair de uma reunião de trabalho: a camisa de trabalho estava amassada, as calças cor de carvão mal cobriam os tornozelos, e os mocassins pretos estavam arranhados por causa da queda. O suor grudava seus cachos escuros à testa. Ela observou.

– Você está bem aí?

– Estou bem, estou bem, embora não tenha como agradecer o suficiente – ele respondeu e deu-lhe um sorriso deslumbrante. – Minha heroína.

– Não, pr… – O som de sua voz sumiu.

Ela fechou a boca. Abriu de novo. Encarou-o. Não que tivesse o hábito de olhar muito para estranhos; *não tinha…*

Mas esse cara… bem, ele…

À primeira vista, ele se parecia com qualquer outra pessoa na rua, mas, quando ela olhou para ele mais uma vez – olhou para ele *de verdade* –, ele era, francamente, lindo. Lindo como um modelo das passarelas de Paris ou o Rick O'Connell de *A múmia*. Kate se considerava uma conhecedora de abdomens e boa aparência (ela os apreciava como algumas pessoas apreciam um bom vinho), mas *esse* tipo de beleza fazia Kate desejar ter lavado o cabelo aquela manhã e não ter manchado a frente do vestido com gordura de pizza… e ela estava fedendo? Não tinha certeza, mas certamente esperava que não, e *caramba*, ela devia ter passado pelo menos máscara de cílios…

– Kate – deixou escapar. – Meu nome é Kate Bishop.

O sorriso se alargou.

– Milo – ele respondeu e estendeu a mão usando luva de couro. Aquilo era peculiar; era verão, mas *talvez* fosse apenas parte de seu estilo.

Ela aceitou a mão dele, porque não confiava muito em sua boca agora. Eles se cumprimentaram, e ele passou a mão livre pelo cabelo de novo, os cachos se enrolando em torno de seus dedos enluvados em caracóis. Sua pele era de um tom oliva pálido e cheia de sardas, seus olhos, da cor da grama do verão.

Graças a Deus, Lucky a trouxe de volta à razão ao tocar em sua mão com o nariz úmido.

— Ah! E este — acrescentou ela, apontando para o cachorro — é Lucky, o Cachorro Pizza.

— Esse é o título completo? — perguntou ele, brincando.

— Ele é muito exigente quanto a pizza.

— Um cachorro com gosto apurado para queijo?

— Apuradíssimo — respondeu ela, e ele riu. Ele tinha uma gostosa risada. Do tipo com o qual ela *com certeza* gostaria de ter um encontro. Sair para uma noite na cidade. Talvez ir dançar com ele... Afinal, ela *estava* solteira no momento e não tinha planos para uma terça-feira. Distraidamente, pegou a mochila dele do chão e devolveu-a. — Você costuma ser assaltado em plena luz do dia ou este é só seu dia de azar?

— Acho que tive muita sorte de você estar por perto — respondeu ele sem pestanejar, pegando a mochila e colocando-a por cima do ombro.

— Uau, você é tão charmoso com todo mundo?

— Só com arqueiras bonitas — respondeu ele, a boca se contorcendo em um sorriso.

— Céus — gemeu o ladrão —, parem de flertar. Pode me levar para a delegacia logo?

Ela lançou um olhar para ele, e Milo riu.

— Eu deveria ir — falou o rapaz. E hesitantemente deu uma última olhada para o ladrão enquanto passava longe dele na calçada e acenava para Kate e Lucky.

Ela o chamou:

— Você não quer dar um depoimento?

— Estou um pouco atrasado para um compromisso de família. Você pode fazer isso por mim — respondeu ele. — Foi um prazer conhecer você, Kate Bishop, Lucky — acrescentou ele, acenando para o cachorro, desceu a rua e dobrou a esquina.

Lucky choramingou em seus calcanhares.

Ela suspirou.

– É, eu deveria ter pedido o número dele.

– Você não entende o que acabou de fazer, Kate Bishop – murmurou o homem, balançando a cabeça.

Ela lançou um olhar peculiar para ele.

– Acho que entendo perfeitamente. – Ela pegou sua bolsa e a colocou nas costas. Então, finalmente puxou o ladrão do compensado e empurrou-o na direção da delegacia de polícia mais próxima, com Lucky trotando logo atrás.

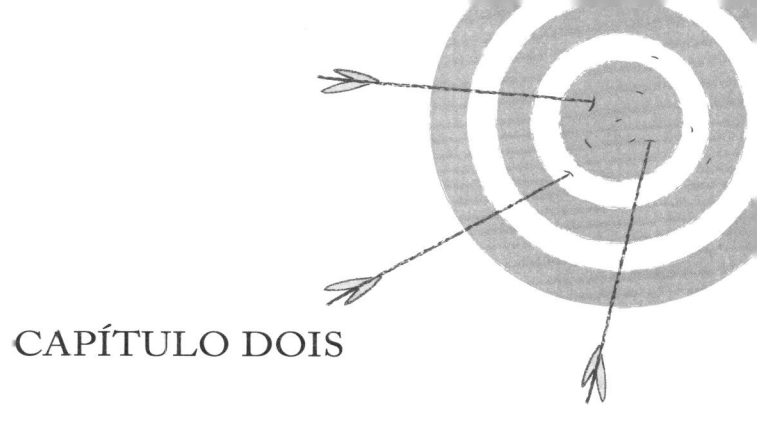

CAPÍTULO DOIS

AMERICA

— O *oooi* – falou Kate pelo interfone do apartamento. – Sua melhor amiga de quem você fugiu esta manhã veio aceitar suas desculpas.

Ouviu-se um chiado enquanto ela esperava por uma resposta verbal. Em vez disso, a porta zumbiu e a deixou entrar. Lucky entrou primeiro e subiu os degraus enquanto ela seguia logo atrás.

America Chavez – que já foi uma Jovem Vingadora, por um breve período foi uma Vingadora da Costa Oeste, mas para sempre seria uma durona arrasadora de buracos dimensionais que gostava de jaquetas estilosas e tênis de cano alto – morava em um apartamento de um quarto no último andar de um prédio modesto de quatro andares em Washington Heights, perto de onde seus pais residiam. Era um prédio mais novo, definitivamente melhor do que aquele em que morava antes. As escadas, por exemplo, não cheiravam a mofo, como o apartamento de Kate. Lucky plantou-se no tapete de boas-vindas de America e deu leves patadas na porta.

— Não é de admirar que as coxas dela sejam ridículas – murmurou Kate, finalmente subindo o último lance de degraus até o topo e batendo à porta.

— Está aberta!

No segundo em que ela girou a maçaneta, Lucky entrou, e a porta se escancarou. Ele correu saltando para o sofá, onde America o pegou, rindo, e afagou suas orelhas.

– Ah, quem é um bom cachorro? Você é um bom cachorro – disse ela para ele, e sim, sim, ele era. E ele sabia disso.

– Não, não, não pergunte como *eu* estou, só faça carinho no cachorro – murmurou Kate, largando sua bolsa e arco, pelo costume de deixar os sapatos ao lado da porta, e fechando-a atrás de si. O apartamento era pequeno, mas as janelas nas duas paredes voltadas para fora eram gloriosamente grandes e davam vista para a cidade. A luz da tarde entrava pelas cortinas transparentes, refletindo nos sinos de vento de vidro colorido, espalhando cores pelo apartamento como um caleidoscópio. Era exatamente o tipo de apartamento que Kate esperava que America tivesse: caloroso e aconchegante, com tons de vermelho e roxo, o sofá de um amarelo intenso. O aparelho de ar condicionado na janela mais próxima zumbia alto, mas mesmo assim o verão na cidade conseguiu penetrar no apartamento e se agarrar a tudo como uma segunda pele pegajosa.

America a observou depois de parar de dar beijos em Lucky.

– Ah, oi para você também, eu acho.

– Não pareça tão entusiasmada. – Então Kate olhou para a amiga no sofá. – Uau, você está…

Estava claro que America não se movia fazia algum tempo. Havia uma bolsa de gelo derretido, um frasco de aspirina e um copo de água vazio na mesinha de centro.

– Se disser mais uma palavra, vou mandá-la para uma dimensão cheia de lagostas – alertou America.

– Adorável – disse Kate –, você está *adorável.* – Então ela se sentou no sofá ao lado de sua melhor amiga. – Perfeitamente adorável.

– E *você* está molhada.

– Eu sei – grunhiu ela, puxando o vestido manchado de suor. – Tive que perseguir um cara pela Fifth Avenue ao *meio-dia.* E depois tive que acompanhá-lo até a delegacia de polícia na 35th Street, e você sabe a bagunça que estava *lá.* Aparentemente, o Demolidor, a Jéssica ou alguém desmantelou alguma base da Maggia, então demorou uma eternidade para registrar meu cara no sistema.

America inclinou a cabeça.

– Achei que você tinha ido comprar o presente da sua irmã.

– Eu fui, tragicamente.

– Na Saks?

– Não, numa lojinha em Koreatown – Lucky apoiou a cabeça na perna de Kate, e ela afagou-o atrás das orelhas distraidamente. – Como foi sua missão com Billy e Teddy?

America a encarou com um olhar trágico.

– Horrível.

– E era mesmo...?

– Uma barata senciente que desejava transformar os humanos em escravos mentais dedicados à Rainha-Mãe das Baratas? – completou ela, impassível. – Sim, foi isso mesmo.

– Nossa. Isso é...

– Eu não quero falar sobre isso. – Ela se arrepiou. – Foi *tão* nojento. Eu preferiria ter enfrentado a Saks.

– Eu preferiria encarar a barata.

Elas ficaram em silêncio por um momento, ouvindo o ar-condicionado zumbindo alto e cansado, até que Kate disse:

– Sabe o que mais é nojento?

– O fato de você estar sentada, suada, no sofá bem ao meu lado? – perguntou America.

– Aff, isso é uma vantagem, – Ela apoiou a cabeça no ombro da amiga e fechou os olhos. – O cara cuja mochila, bem, bolsa de academia, eu salvei hoje era *tão* gato. Tipo, gato de perder o fôlego.

America torceu o nariz.

– Isso *é* nojento.

– E ele flertou comigo de verdade.

– Flerte bom ou flerte assustador?

– Não foi tão ruim... E a parte mais nojenta?

– Estou com medo de perguntar.

Kate suspirou desanimada.

– Eu nem peguei o número dele.

– Provavelmente foi melhor. – America apoiou a cabeça em cima da cabeça de Kate e fechou os olhos, Lucky subiu no sofá e se afundou do outro lado de America, e eles ficaram ali sentados por um tempo, em silêncio.

Então um de seus celulares tocou. Uma vez. Depois outra.

America suspirou.

– É o meu – murmurou e tirou o telefone do bolso de trás com um estremecimento. Ela gemeu ao ler o texto.

– Trabalho? – perguntou Kate.

– Sempre é, não?

– Fala para eles que você está ocupada esta noite, vamos sair. Ter uma noite de garotas.

America bufou.

– Ah, sim, claro. Você quer ser envolvida em *Rainha das baratas: o retorno*?

Kate torceu o nariz.

– Pensando bem…

– Exato. Eu vou ver o que eles querem.

– Tudo bem, tudo bem, posso tomar um banho aqui? – perguntou Kate. E, quando sua amiga a encarou com um olhar confuso, ela admitiu: – Meu apartamento está sem água quente no momento.

– Está de brincadeira… *de novo?* – questionou America. E, quando Kate estava prestes a argumentar que isso não acontecia *com tanta* frequência (acontecia), a amiga disse: – Você realmente precisa encontrar um apartamento melhor.

Kate pensou no seu apartamento estúdio, que tinha água quente dia sim, dia não, numa infestação de pombos no telhado e num senhorio que se recusava a ligar a fornalha até o meio do inverno.

– Mas o aluguel é *tão* baixo.

– E por que se mudar para outro lugar quando você pode simplesmente tomar banho na minha casa? Está bem, vai, você sabe onde as toalhas ficam – acrescentou America, e as duas se levantaram. Aproveitando a oportunidade para reivindicar o sofá para si, Lucky se esticou nas almofadas no segundo em que elas saíram, impossível de mover. – Enquanto você toma banho, que tal se eu pedir uma comida tailandesa? São só quatro horas, mas estou faminta.

– *Por favor*, estou com tanta fome, que comeria um urso.

– Perfeito, vou correr para pegar… o de sempre?

Kate assentiu.

– Você é a melhor.

– E você sabe. – America pegou as chaves do apartamento no prato em cima do balcão, calçou os tênis de cano alto e pegou o telefone para ligar para alguém enquanto passava pela porta.

Kate pegou uma toalha no armário do corredor e foi para o banheiro. Da janela, olhou para baixo e viu America sair do prédio e virar à esquerda, enrolando o cabelo no dedo com agitação enquanto caminhava. O fiasco da Rainha Barata não deve ter corrido bem *mesmo*.

O telefone dela vibrou; esperava que talvez fosse um de seus amigos na Costa Oeste, mas, quando verificou o identificador de chamadas, ela gemeu. Sempre nos piores momentos.

– E aí, velhote. O que você quer?

– Uau, fala para mim como você se sente *de verdade*, Katie – comentou Clint Barton secamente.

Ela revirou os olhos.

– Você não está na Flórida ou algo assim?

– Reconhecimento. Sabe, coisas sigilosas.

– Aham. – Ela ligou o chuveiro e sentou-se na beira da banheira enquanto esperava a água esquentar. – Já encontrou uma boa casa de repouso?

– Ha, ha. – Depois, mais baixo: – Na verdade, sim. Eles têm piscina e servem margaritas em *jarras*.

– Eles as servem com aqueles guarda-chuvas?

Ele zombou.

– *Claro* que sim.

– Você ligou só para se gabar, não foi?

– E se tiver sido?

Kate revirou os olhos.

– Então você está fazendo um trabalho terrível. Parece a pior coisa do mundo.

– Você deveria tirar férias algum dia, Katie. Talvez você realmente goste.

– Podendo prender supervilões e salvar gatinhos de árvores? Eu passo – respondeu ela, enquanto a água começava a esquentar. – Então, por que *realmente* você ligou? – acrescentou, quando seu telefone fez um barulhinho e ela olhou para a notificação. Bateria fraca.

– Não posso ligar e ver como meu cachorro está às vezes?

Ela se levantou e foi buscar o carregador do telefone na bolsa.

– Claro, diga oi para Lucky. – E ela estendeu o telefone enquanto Clint gritava algo inaudível e devolveu o telefone ao ouvido. – Ele foi muito bonzinho enquanto caçávamos um presente para minha irmã que ela vai ter que abrir na frente de todos os seus amigos ricos no aniversário dela e pelo qual vai me *desprezar por completo*.

– Caramba, isso é específico.

– Eu tento ser – ela respondeu e abriu o zíper da bolsa.

No entanto, quando ela procurou seu carregador que *sabia* que tinha guardado embaixo de suas flechas, ele não estava lá. Nem as flechas, na verdade. O telefone escorregou de seu ombro para o chão de cerâmica enquanto ela abria bem a bolsa. Seu coração despencou até a ponta de seus pés.

Clint estava dizendo:

– Sabe, talvez depois desse reconhecimento eu *finalmente* tire férias…

– Ei, Clint? – Ela tentou manter a preocupação longe de sua voz. – Eu te retorno. Lembre-se: sol brilhando, peito de fora.

– Sem uma linha de bronzeado à vista. Até mais, garota.

– Não morra – respondeu ela. E desligou.

E ela encarou uma bolsa que não continha nenhuma de suas coisas – nem suas flechas, nem seus ganchos de rapel, nem seus lanches favoritos, nem seu carregador, nem sua escova de dentes, nem seu uniforme, *nem* – o mais trágico – o presente de aniversário de sua irmã.

Tentando não entrar em pânico – ela *não podia* entrar em pânico –, enfiou a mão na bolsa e tirou um livro com capa de couro entre alguns papéis que haviam caído no fundo, além de algumas embalagens de chiclete, uma carteira e chaves com um chaveiro da Ms. Marvel. Havia uma escrita estranha em folha de ouro no livro, e, quando ela o abriu, as palavras estavam todas na mesma caligrafia irregular.

– Ah. – Percebeu, com medo crescente. – Ah, *não*.

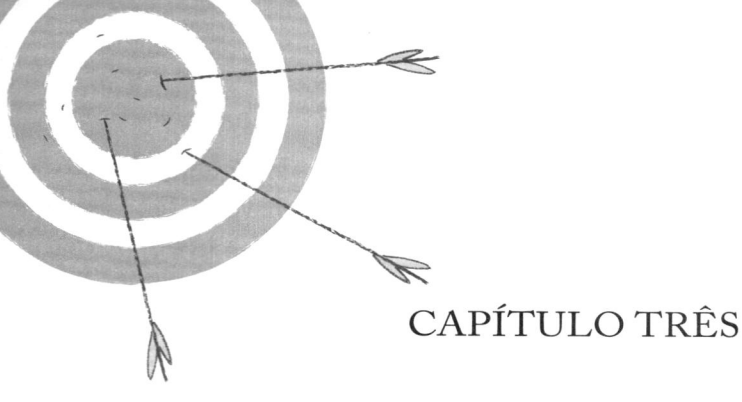

CAPÍTULO TRÊS

NÃO É

Aquela não era a bolsa dela – claro que *não* era –, e ela sabia exatamente de quem era.

– Ah, não – murmurou mais uma vez, colocando o livro de volta na bolsa. – Não, não, não, *não*.

Ela nem pegou *o número do telefone de Milo*!

Ela podia viver sem as flechas, as roupas, até mesmo a escova de dentes – mas levou seis meses para encontrar o presente da irmã. E agora ele se foi.

Xingando, ela vasculhou a bolsa mais uma vez à procura da carteira de Milo e a abriu. O nó em seu peito se desfez um pouco. Milo Smith (Smith? *Sério?*). Endereço no Brooklyn. Se ela pegasse o A Downtown para o F até o Brooklyn e trocasse as bolsas... poderia ter a dela de volta em algumas horas. Não era o ideal, mas não é como se tivesse escolha.

Ela fechou o registro da banheira antes de colocar tudo de volta na mochila e passar o arco composto por cima do ombro. Lucky olhou para ela, meio pendurado no sofá, de cabeça para baixo. Ele não fez nenhum movimento para ir a lugar nenhum.

– Ah, não se preocupe, não preciso de você para isso – falou para ele.

Ele ficou parado, contente, e a observou partir.

> Tenho que fazer uma coisa no Brooklyn.
> Vigia o Lucky pra mim? **KB**

AC O que diabos tem no Brooklyn?

Minha bolsa – longa história.
Conto quando voltar. **KB**

Então, ela colocou o telefone no bolso traseiro enquanto descia para o metrô. Depois de se espremer em um vagão lotado do trem A, passou para o F na Washington Square e encontrou alguns assentos vagos entre uma mulher lendo em seu Kindle e um turista derretendo em seu assento por causa do calor intenso. Ela se sentou, colocando o arco e a mochila no assento ao lado, e consultou o relógio. De todas as coisas descuidadas a fazer, ela *tinha* que confundir as bolsas deles.

Devia ter notado a diferença de peso desde o início e queria bater em si mesma por estar tão encantada por Milo que nem *pensou* em checar. Não importava o fato de que as bolsas deles eram *muito* parecidas, mas agora que Kate observava mais atentamente, a dele era *muito* melhor que a dela, que tinha sido um brinde em uma das festas de influenciadores para a qual tinha sido convidada – havia comida de graça, então é claro que ela tinha ido.

O telefone dela vibrou quando o trem saiu do porto e entrou no Brooklyn. Ela olhou para ele.

Era a irmã dela.

SB Vou doar alguns livros antigos da mamãe para a coleção Schwarzman do NYPL. Espero que você não queira nada.

Todos eles? **KB**

SB Por que eu doaria metade deles?

Certo. Não, por mim tudo bem **KB**

SB Ótimo.

O trem sacolejou ao longo dos trilhos. A mulher que estava lendo desceu após algumas paradas e foi substituída por uma jovem adolescente ouvindo música em seus fones de ouvido enormes. Como o trem foi ficando lotado, Kate pegou o arco do assento ao lado e colocou-o no colo. Infelizmente para ela, a única flecha que tinha sobrado depois da troca das bolsas teve que ser entregue à polícia como evidência quando ela entregou o ladrão. O sinal do celular estava falhando, caso contrário, Kate teria pegado o telefone para jogar no *Chess Unlimited*. Ela ficou um pouco viciada no site durante uma emboscada há algumas semanas, quando ela e Clint tiveram que passar algumas horas agachados em cima de um armazém em Gowanus. Ela e a irmã costumavam jogar juntas quando eram mais novas. Suze geralmente ganhava, porque Kate estava sempre mais interessada em fazer os movimentos mais dramáticos possíveis.

– Desse jeito você nunca vai *vencer* – queixou-se certa vez sua irmã mais velha. – Por que você joga assim?

– Porque é divertido – respondeu Kate – e dramático. O cavaleiro leal morrendo a serviço da rainha! O rei se vingando!

– O xadrez não conta uma *história*.

– Pode contar.

E Suze sempre revirava os olhos, fazia um ou dois movimentos inteligentes e declarava:

– Xeque-mate. Está vendo? Se você se dedicasse mais à estratégia, venceria.

Mas isso era sempre tão chato, e na emboscada Kate se viu fazendo exatamente os mesmos movimentos errados, apenas pelo drama. Um bispo a serviço de seu amante na outra praça, sem nunca poderem se encontrar na mesma cor. Dois peões se sacrificando em um último esforço para salvar o rei. Tudo era mais emocionante do que qualquer uma das teorias que Susan tentara lhe ensinar meticulosamente.

Era uma das muitas, *muitas* coisas pelas quais eram diferentes.

Ela verificou a identidade de *Milo Smith* novamente. Teria que descer na parada em Carroll Gardens. Havia uma boa sorveteria na área – um bom chocolate com menta parecia *incrível* agora. Quando ela colocou a carteira de volta na mochila, o livro chamou sua atenção.

Tinha que admitir, ela estava um pouco intrigada com essa *edição de colecionador* do que quer que fosse, especialmente com a escrita estranha. E uma pequena espiada não poderia causar algum mal, então ela se acomodou no assento e pegou o livro.

O castelo inabalável, de E. L. Albright.

Surpreendendo até a si mesma, Kate conhecia esse livro. Costumava lê-lo quando era criança, embora este não se parecesse em nada com o livro de bolso que ficava na estante de seu quarto da infância, com a lombada quebrada e as páginas com orelhas.

Outra coisa que Susan detestava.

Dentro do livro, aquela estranha linguagem angulosa a encarava de volta. Ela não a reconheceu – e também não era kree ou asgardiano. Mas *parecia* familiar de uma forma que ela não conseguia identificar. Para que idioma o livro tinha sido traduzido? E por quê?

Ela passou a ponta dos dedos pelas palavras estranhas.

Sua mãe costumava ler essa série para ela, as lembranças eram vagas e suaves, como olhar através de um filme borrado e rosado. Lá estava ela, com seis anos e meio e deitada na cama, com as cobertas puxadas até o nariz, ousando ouvir a mãe ler para ela, e, mesmo que as palavras nesta edição fossem estranhas e desconhecidas, a história estava lá.

"E, em seguida, o mago falou, enquanto a Praga deslizava por sua pele, cada ferida um olho terrível e agitado: 'Posso não ser poderoso e posso ser um covarde, mas nunca deixo minha família para trás'", a mãe dela lia, lambendo o polegar para virar a página. Todo mundo dizia que Kate e a irmã se pareciam com ela – cabelos escuros e sedosos e lábios macios e rosados –, mas ela parecia cansada naquela época, puxada em todas as direções ao mesmo tempo. Como se a vida fosse espinhosa, e ela tivesse ficado presa em cada farpa ao longo do caminho. "Os olhos espalhados no corpo dele, a Praga escura e ondulante que flutuava em sua pele, responderam: 'Então, o Senhor do Lugar Nenhum terá um belo banquete'."

– Não! O Senhor do Lugar Nenhum não pode – dizia a pequena Kate em voz baixa, puxando as cobertas. – Os olhos não. Eu odeio esses olhos.

A mãe a confortava.

– Ah, querida. Eles não podem machucar você. Eles não são reais. São apenas imaginários. Quando ele sonhar, eles vão embora.

Kate desejou, durante anos, que sonhar para afastar as coisas funcionasse na vida real. Desse modo, poderia ter sonhado com o assassinato da mãe. Poderia ter sonhado com a nova esposa do pai. Ela poderia ter fechado os olhos e apagado tudo de terrível, tudo de errado, e talvez sua família ainda estivesse junta.

Ela queria abraçar aquela criança que puxava as cobertas por cima da cabeça quando a mãe apagava as luzes para ir embora e queria lhe dizer que algum dia ela seria feita de respostas espirituosas e lâminas, e seria ela quem protegeria as pessoas.

– Mãe, acho que ela também vai à livraria!

Kate ergueu os olhos, sobressaltando-se. Uma criança, de oito, talvez nove anos, estava se inclinando para *muito* perto dela, olhando para o livro em seu colo com olhos arregalados e cheios de admiração. Ele tinha cabelo escuro bagunçado e pele morena, usava óculos muito grandes e uma camisa onde se lia ACAMPAMENTO MEIO-SANGUE. Duas de suas amigas se inclinaram com ele.

– Isso é Despalavra? – perguntou uma delas, sua voz tímida e suave. Ela era uma garota branca e desengonçada com cabelo loiro escuro.

– Acho que sim – confirmou a outra, uma garota negra robusta.

– O quê? O quê? Deixem-me ver – reclamou um quarto, e os amigos se separaram para revelar um menino sul-asiático em uma cadeira de rodas. Ele ajeitou os óculos. – Onde?

Kate pressionou o livro contra o peito rapidamente, encarando o bando de crianças que a cercava.

– Rajiv, Evie, Murella, *Martin*, por favor, deixem a moça simpática em paz – pediu uma mãe com aparência cansada, aproximando-se para afastar a horda de crianças de Kate. Ela era parecida com o garoto com a camiseta laranja do ACAMPAMENTO MEIO-SANGUE, tinha o cabelo escuro cortado curto e olheiras. – Tenho certeza de que ela está muito ocupada. Vão, sentem-se ali. Segurem-se na grade. Murella, você não pode ler e ficar de pé ao mesmo tempo.

A garota negra ergueu o queixo.

– Aposto que consigo.

– Provavelmente, sim – admitiu a mulher –, mas prefiro que não, apenas para o caso de o trem fazer uma parada brusca. – Em seguida, ela se voltou para Kate com um sorriso de desculpas. – Desculpe, eles estão *muito* animados.

Kate não se importou. Na verdade…

– Você disse Despalavra? Reconhece isso? – perguntou de repente, folheando o livro para mostrar para eles direito. – Você sabe o que é isso?

Todas as crianças olharam para ela como se ela tivesse acabado de espalhar lama no rosto e dizer que era uma galinha. O garoto sul-asiático declarou:

– Sim, claro! É apenas da melhor série de livros de todos os tempos.

– Quase ninguém conhece – retrucou o último garoto do grupo, um menino loiro e branco que parecia idêntico à menina branca. Ele torceu o nariz.

Sua irmã concordou:

– É *velha*.

– A série *Castelo instalável* – respondeu Kate, e os olhos das crianças se arregalaram. Ela acrescentou: – Minha mãe costumava ler para mim quando eu era pequena. Mas, então, isso é… *Despalavra*? – Ela já tinha ouvido essa palavra antes, o clarão esquecido de uma memória retornando, como a porta de um país de maravilhas do qual se esqueceu. – É a linguagem mágica da série, não é? Os livros originais tinham mensagens secretas escritas nas margens.

O menino de cabelos pretos olhou para a mãe e disse:

– Viu? Eu sabia que ela também ia para o evento.

Kate balançou a cabeça.

– Que evento?

A mãe disse pacientemente:

– O evento com E. L. Albright.

– Ele *nunca* faz eventos – explicou Murella. E, se ela estava animada, a inexpressividade de sua voz não deixava transparecer.

– Então, é uma chance única. Vou perguntar a ele se o bruxo realmente encontrou o caminho de casa.

– É óbvio que não, ele sucumbe à loucura da Praga – respondeu o amigo, tirando o limpador de óculos da bolsa presa às costas da cadeira de rodas.

– Não sucumbe, não, Rajiv.

– Sucumbe, sim.

– Não, me...

A mãe os interrompeu, ainda paciente, dizendo a Kate:

– Ele está realizando um evento na Magia dos Livros, no Brooklyn. Você devia vir, se não tiver mais nada para fazer. Temos um ingresso extra, já que a irmã de Rajiv não pôde comparecer.

– Obrigada, mas este livro não é meu. Estou indo devolver.

A mulher assentiu, e, quando o trem parou na Bergen Street, ela e a horda de crianças desembarcaram na estação lotada. Kate colocou o livro de volta na bolsa, desceu na parada seguinte – Carroll Street – e rapidamente se dirigiu ao endereço registrado na identidade de Milo. Era um dos prédios de fachada de arenito da Second Street, mas, quando ela chegou à porta, teve grandes suspeitas de que tinha sido enganada.

Uma senhora idosa apareceu à porta, com manchas marrons na pele e usando rolos de cabelo cor de rosa, e disse muito claramente que ninguém chamado *Milo* morava ali.

– Bem, alguém chamado Milo já morou aqui alguma vez?

– Moro aqui há quarenta e sete anos! – declarou a velha com orgulho. – Ninguém vai me expulsar do meu apartamento! Nem você, nem aqueles tubarões imobiliários, nem ninguém!

– Ah, eu não estava... eu não estou...

– Eu vou ficar aqui até morrer! – continuou ela. – Pode arrancar minha carcaça do chão e...

Kate achou que seria uma boa ideia ir embora o mais rápido possível, porque as pessoas estavam começando a olhar pelas janelas e portas para ver toda a agitação. Ela abaixou a cabeça depressa e começou a fazer o caminho de volta quando um vizinho colocou a cabeça para fora e perguntou:

– Você disse Milo?

– Sim – respondeu, de repente esperançosa. – Você conhece ele?

– Não, sinto muito, mas alguém esteve aqui recentemente perguntando por ele também.

Kate inclinou a cabeça.

– Quem?

Ele deu de ombros.

– Não sei. Alguns rapazes. Eles pareciam rudes. Desculpe, não posso ajudar.

– Não, está ótimo. Obrigada – ela acrescentou e acenou em despedida. Se não era a única procurando por Milo, isso não era um bom sinal.

Ela voltou para a estação de metrô, roendo a unha do polegar enquanto pensava. OK, o plano A não funcionou, e na verdade ela não tinha plano B. .

Se a identidade dele era falsa, então, havia uma boa chance de que o sobrenome dele também não fosse *Smith* (embora ela pudesse ter adivinhado isso *sem* um endereço falso; ela só tinha conhecido um Smith e ele era um cara legal da Filadélfia), e isso só levantava ainda mais questões: por que ele precisaria de uma identidade falsa?

Pelo menos ela tinha mais uma opção para tentar, graças àquelas crianças no metrô.

Ela pegou o telefone – que estava com 13% de bateria – e mandou uma mensagem para America.

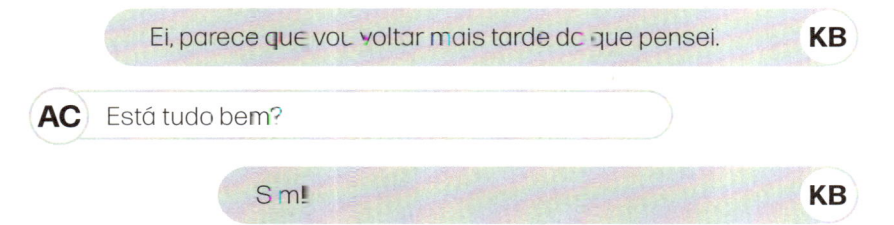

Era o que esperava colocando o nome da livraria no Google. Ficava apenas alguns quarteirões ao norte, então ela ia andando.

AC Meu sensor de mentira está dando sinal, Kate.

Está tudo bem. **KB**

AC Manda mensagem se algo der errado?

Vai ficar tudo bem. **KB**

AC Você continua usando essa frase.

AC Eu não acho que signifique o que você pensa que significa.

☺ Vejo você daqui a pouco! **KB**

AC Kate.

AC KATE.

AC Não me ignore, Kate.

Ela ia contar tudo para America mais tarde, depois de reunir coragem para admitir seu erro muito, muito estúpido. Colocou o telefone no bolso e acelerou o passo até a Magia dos Livros.

CAPÍTULO QUATRO

LIVROS (NÃO) SÃO MÁGICOS

A livraria foi fácil de encontrar, mas, para sua sorte, todos os ingressos haviam sido vendidos. Claro que tinham – as crianças *disseram* que este era um evento especial. E L. Albright nunca fazia eventos presenciais. Em vez disso, ela decidiu ficar do lado de fora como uma idiota e torcer para que Milo aparecesse.

Ela *realmente* queria suas flechas e sua escova de dentes de volta – mas principalmente o presente de aniversário da irmã.

A livraria era um charmoso prédio de tijolos com hera subindo pela alvenaria e um mural na lateral que dizia "Um pouco de imaginação!", com um arco-íris saindo dele, brilhando com animais selvagens, monstros felizes e elfos de terras distantes. Um grupo de adolescentes tirou uma foto na frente dele para suas redes sociais, todos segurando um livro diferente da série *Castelo inabalável*.

Eram seis livros no total – se Kate se lembrava corretamente. *O castelo inabalável*, *O castelo inabalável se abala um pouco*, *O castelo inabalável por si só*, *O castelo inabalável e suas provações*, *O castelo inabalável no fim dos tempos* e *O castelo inabalável sonha com a morte*. No primeiro capítulo, a órfã Maisey adormece e acorda em uma costa arenosa e etérea e, ao longo dos livros seguintes, ela viaja por mundos em um castelo impossível e inabalável que resistiu por eras e incontáveis guerras, protegido por um bruxo que era mais covarde do que corajoso e seres de contos de fadas de histórias antigas.

Na série *Castelo inabalável*, a pior coisa que poderia acontecer era acordar. E descobrir que o verdadeiro pesadelo era aquele que ela tinha deixado para trás antes de o primeiro livro começar.

Kate nunca chegou ao final do último livro, portanto, não tinha certeza de como terminava. A mãe dela faleceu antes que pudessem lê-lo juntas, e, depois que ela morreu, Kate também desejou viver em um mundo como o do *Castelo inabalável*. Um mundo no qual, quando a pior coisa acontecia – o que retorcia seu estômago e fazia com que você se sentisse vazio e sozinho –, você poderia simplesmente sonhar e se encontrar em uma nova história.

Ela costumava dormir na esperança de acordar e tudo ter voltado a ser como era antes.

Enquanto as meninas tentavam descobrir como todas apareceriam na foto enquanto *tiravam* a foto, Kate se ofereceu para fotografá-las e, ao devolver o telefone, ouviu uma voz familiar vinda da frente da livraria.

– Ah, é a senhora de novo.

Senhora? Ela não era *tão* velha. Ela se virou para a voz familiar e inexpressiva, e a garota negra que conheceu no metrô correu até ela. Qual era o nome dela... *Murella?*

– Então você decidiu vir!

Kate assentiu.

– Acho que decidi. Ainda estou procurando aquele meu amigo. Além disso, pensei melhor e não posso mesmo deixar de conhecer o E. L. Albright.

Murella a encarou, como se estivesse tentando avaliar se ela estava zombando deles ou não, mas então decidiu que ela *não estava* e enfiou a mão no bolso. Ela tirou um ingresso.

– Aqui. A senhora Stroll me deu para guardá-lo.

Kate pegou o canhoto do ingresso. Era um daqueles ingressos cor-de-rosa baratos que se ganha em rifas.

– Obrigada. De verdade.

– Quer vir conhecer a galera de verdade?

Ela hesitou.

– Eu só ia procurar meu amigo... acho que ele pode estar aqui.

– Será que ele já está lá dentro? – sugeriu Murella, e Kate se viu seguindo a garota até a livraria. – Todos fazemos parte de um acampamento de verão no Central Park – ela continuou, sem ser questionada, com aquela expressão impassível que enervava Kate um pouco. – Meus amigos e eu estamos aprendendo pingue-pongue com a Ms. Marvel. É muito legal. Tento não deixar isso transparecer.

– Está fazendo um ótimo trabalho.

– Obrigada.

Murella a conduziu até onde um livreiro pegou seus ingressos, fez um pequeno rasgo na parte superior e os devolveu. Kate seguiu a menina até o grupo familiar de crianças, a mãe sentada em uma das cadeiras de plástico, lendo um romance de Emily Henry que ela devia ter acabado de comprar, já que o recibo ainda estava visível lá dentro.

As crianças em questão pareciam tão animadas em vê-la de novo quanto ela estava literalmente sempre em todas as reuniões dos Vingadores – o que, para ser franca, não era nem um pouco animada. A última vez que ela viu o Capitão América, ele lhe lançou um daqueles olhares que diziam *estou decepcionado com você*, e ela o sentiu nos *ossos*. Mas quando a garota branca e desengonçada olhou para ela e perguntou "Você não é um pouco velha para ler livros infantis?", Kate descobriu que imediatamente morreria por eles.

Ou cometeria um crime hediondo. De qualquer maneira, ela faria.

Sem perguntar nada.

Murella acenou com a mão indicando o grupo: Rajiv, o garoto sul-asiático com cabelo preto volumoso e adesivos de super-heróis colados em cada centímetro de sua cadeira de rodas; o outro garoto branco com cabelo loiro escuro que parecia com aquela que tinha acabado de zombar dela; os gêmeos, Evelyn e Irving; e em seguida o garoto hispânico de pele morena, cabelo escuro bagunçado e olhos arregalados por trás de óculos redondos, Martin, que foi o primeiro a vê-la no metrô.

– Ah, oi! Você veio! – disse ele, entusiasmado. – Evelyn disse que você provavelmente não lia. A maioria dos adultos não lê.

A mãe dele, um pouco afastada em seu assento lendo seu livro de romance, tossiu cobrindo a boca com a mão, embora soasse suspeitamente como uma risada.

Kate sorriu.

– Bem, alguns de nós lemos.

Evelyn e Irving estreitaram os olhos.

– Qual foi o último livro que você leu? – perguntou Evelyn.

– Não minta – acrescentou Irving.

A mãe lançou-lhe um olhar nervoso, porque Kate… não respondeu de imediato. Panfletos de garantia contavam? Resumos sobre sua próxima missão e bandidos? Instruções? Ela abriu a boca. Depois a fechou novamente. Franziu a testa. Finalmente, ela disse:

– Um romance alienígena realmente picante.

– Picante? – perguntou Martin.

Murella disse a ele:

– Quer dizer que tem muito…

– Vamos lá, parem de perturbar a moça simpática – interrompeu a mãe depressa, fechando o livro, antes que a conversa seguisse um rumo com que nenhuma delas estava preparada para lidar. Ela lançou um olhar incisivo para Kate, mas Kate apenas deu de ombros.

Ela realmente não tinha mais *tempo* para ler muito, entre seu trabalho de detetive particular e salvar o mundo e se mudar de volta de Los Angeles para Nova York. Mudar-se para o outro lado do país dava um trabalhão.

Todas as crianças se afundaram nas cadeiras, claramente não mais interessadas em Kate – será que alguma vez estiveram de fato interessadas? Ou estavam apenas prontas para devorá-la? E de repente ela sentiu como se tivesse falhado em um teste essencial. Ela não sabia *por que* queria que essas crianças gostassem dela ou que pensassem que ela era legal – porque ela *era* legal, afinal ela era a Gaviã Arqueira! Mas tomou uma decisão em uma fração de segundo da qual provavelmente se arrependeria mais tarde.

Ela enfiou a mão na bolsa que não era sua bolsa e tirou o livro estranho.

– Na verdade, estou aqui para devolver isso a um amigo. Eu queria saber se vocês o viram. Cabelo alto e escuro, muito gatinho? Olhos verdes, usando camisa de botão e calça, provavelmente sapatos tamanho 46.

Quando ela pegou o livro, seus rostos se iluminaram no mesmo instante.

– Esse é o livro escrito em Despalavra – comentou Rajiv.

– Sim, e eu gostaria de devolvê-lo para o meu amigo.

Evelyn franziu a testa.

– Se ele é seu amigo, você não deveria ter o número dele?

– É muito suspeito que você não saiba – concordou o irmão.

– Muito suspeito – repetiu Martin.

– Super.

– Sim.

O ombro de Kate caiu.

Murella apontou para o livro.

– Posso ver?

– É, bem, não é exatamente *meu*, então não acho que…

Todos a encararam com grandes olhos de cachorrinho e ela cedeu.

– Só um minuto – disse ela, entregando o livro a Murella. Os amigos da menina se aproximaram dela como piranhas, e todos começaram a murmurar sobre as páginas, todas escritas em Despalavra, embora algumas cartas, eles comentaram, parecessem estranhas.

Enquanto isso, Kate observou a livraria. Ela não comparecia a um evento há… talvez anos. Pelo menos não desde que era pré-adolescente. Pelo que lembrava, o autor esperava na sala dos fundos até que fosse a hora, em seguida saía, lia alguns trechos e respondia a perguntas, depois fazia uma sessão de autógrafos. Pela quantidade de pessoas, ele ficaria aqui por um tempo. Havia uma pilha de edições novas na entrada da loja – reimpressões com capas coloridas – que ela supôs ser o motivo do início do evento.

Ela admitiu que a sincronicidade entre evento, Milo e esse livro escrito em Despalavra podia ser alguma coincidência extravagante – mas duvidava que fosse. Ele provavelmente estava planejando vir a este evento hoje já que aquele livro esquisito estava em sua bolsa, então ela tinha certeza de que o encontraria aqui.

O público, no entanto, parecia um pouco intenso. Talvez ela *devesse* ter trazido Lucky para esse evento.

Quem diria que uma série cujo último livro tinha sido lançado havia dez anos ainda fazia tanto sucesso entre as crianças? Muitas delas trouxeram os pais, mas algumas vieram sozinhas, vestidas como personagens da série – o bruxo, Maisey e seus amigos, o Senhor do Lugar Nenhum –, e algumas das fantasias pareciam melhores do que alguns dos uniformes dos *super-heróis* que ela tinha visto. Algumas crianças tinham livros imaculados debaixo do braço, outros estavam gastos, com lombadas quebradas e bordas manchadas, todos amados de maneiras diferentes. Provavelmente havia mais crianças nos corredores que ela não conseguia enxergar. A seção infantil ficava no canto mais distante, com arco-íris pelas paredes que se transformavam em uma seção de ficção de aparência pétrea, depois de não ficção e, em seguida, em papelaria, joias e adesivos.

O meio da livraria tinha sido esvaziado, as mesas, empurradas para os lados para dar lugar a algumas dezenas de cadeiras. Tentar encontrar Milo naquele caos era como tentar encontrar uma abelha num canteiro de flores silvestres.

Até que, é claro, não era.

De repente, um grito terrível e estridente perfurou o barulho constante da multidão. O tipo de grito que gelava o sangue. Kate ficou ereta, porque o grito veio do depósito dos fundos. Quando ela se deu conta, uma livreira saiu aos tropeços pela porta no outro extremo da loja, branca feito papel e desesperada.

– Alguém ligue para a emergência! – gritou a livreira, ofegante. – Por favor! *Por favor!*

Um de seus colegas de trabalho a agarrou pelos ombros.

– O que aconteceu? – perguntou ele. – Qual é o problema?

Kate já tinha um mau pressentimento.

A livraria inteira tinha ficado em um silêncio absoluto quando a livreira histérica disse, quase num sussurro:

– Ele está morto, o senhor Albright está *morto*.

CAPÍTULO CINCO

A TRAMA SE COMPLICA

— Vou ver o que aconteceu — Kate declarou, antes que a confusão se instalasse, e pediu à mãe que chamasse a polícia. O rosto dela estava tenso, como se estivesse tentando manter a calma pelas crianças, que, em sua maioria, estavam reagindo de acordo.

— *Morto*? – sussurrou Evelyn, com lágrimas nos olhos. O irmão a abraçou com força.

Irving disse:

— Não, não é verdade.

— Ele não pode morrer, ele tem que autografar meu livro – disse Martin, ao que Marella suspirou.

Rajiv deu um tapinha reconfortante em seu ombro.

— Sinto muito, mano...

— Fiquem juntos, ok? – disse Kate às crianças, pegando o livro de volta e enfiando-o na bolsa.

Eles lançaram um olhar estranho para ela.

— O que você vai fazer?

Ao que ela sorriu para eles – da forma mais reconfortante que conseguiu – e declarou:

— Eu sou a Gaviã Arqueira, a melhor.

As crianças a encararam, boquiabertas.

Ela apertou os lábios em uma linha fina e foi em direção ao depósito, parando perto de dois livreiros que tentavam acalmar a moça que tinha encontrado Albright. Depois de dar à moça algumas dicas rápidas sobre como respirar – concentrar-se nas coisas ao seu redor, contá-las –, Kate correu para o depósito. A polícia chegaria em breve, ela já podia ouvir as sirenes, mas decidiu dar uma olhada nas coisas primeiro.

Kate estava acostumada a entrar em lugares onde não deveria, mas a sala dos fundos de uma livraria era a primeira vez. Estava… desorganizada, para dizer o mínimo. Havia pilhas de livros *para todos os lados*, a única mesa estava quase invisível sob as pilhas de livros de bolso, fichas de pedidos e carregamentos de marcadores de página, meias *nerds* e chaveiros. Kate tomou cuidado para não tirar nada do lugar enquanto entrava na sala e passava por cima de uma pilha de livros de colorir no chão.

E ali, na mesa do gerente da livraria, estava o corpo de Albright, em um terno de *tweed* verde intenso.

Ele parecia velho, porque era, mas Kate ficou surpresa com *o quanto* ele parecia velho. Seu cabelo era bem penteado e prateado, bastante claro, tal qual sua pele branca manchada pela idade, e combinava com seu bigode grosso. Ele tinha olheiras escuras e profundas sob os olhos. Estava cansado e desgastado, não tanto por ser um recluso, mas mais como alguém que passou trinta anos acordado a noite toda temendo os terrores que assombram a noite.

E parecia que, pelo fio telefônico enrolado em seu pescoço, o monstro finalmente o havia pegado.

Em seu colo havia um pedaço de papel.

Ela pegou um lenço de papel da mesa e pegou a carta que estava no corpo do homem. Não tinha certeza do que esperava: um bilhete de assassinato? Recortes de revistas colados formando um enigma misterioso? Em vez disso, em letras cursivas longas e ondulantes, havia "*Meu querido Milo*", e abaixo estava escrita uma série de sigilos estranhos. Pareciam um cruzamento entre runas e hieróglifos, e, quanto mais ela olhava, mais pareciam brilhar. Como uma miragem sobre o asfalto quente.

Por uma fração de segundo, ela não conseguiu desviar os olhos, seu olhar estava grudado nos sigilos dançantes.

Uma dor lancinante atravessou sua cabeça...

Ela estremeceu, cambaleando. Parecia que um furador de gelo havia atravessado seu crânio. Ela viu dobrado por causa da dor, enquanto a carta caía de seus dedos para o chão. Seu cérebro parecia estar tomado por doces explosivos.

A porta da saída de emergência se fechou com um som leve e ela se forçou a agir. Compartimentalizou a dor, como havia sido treinada a fazer. Quem quer que tivesse saído pelos fundos poderia ser o assassino – ou pelo menos alguém que sabia de alguma coisa. Na sua experiência, muito raramente pessoas inocentes fugiam da cena de um crime.

– Ignore – disse a si mesma. E correu atrás do criminoso, saltando por cima de pilhas de livros e caixas que ainda esperavam para serem recebidas. A porta de saída dava para um beco nos fundos da loja. A noite havia caído, escondendo a maior parte da sujeira no beco e do lixo que ficava contra as paredes dos prédios de cada lado, e a saída para a rua era no outro extremo.

E havia uma figura correndo em direção a ela.

Ela focou a visão embaçada na figura.

– Ei, ei, você! Pare! – ordenou.

A figura parou na entrada do beco e voltou-se para ela. Um poste brilhou sobre a pessoa, lançando grandes sombras em seu rosto. Mas era ele – o rapaz de antes. Cabelo escuro e encaracolado, olhos verdes penetrantes e luvas de couro.

Milo.

– *Você*? – perguntou ela.

Ele pareceu igualmente surpreso ao vê-la.

– Eu juro que isso não é o que parece...

De repente, um carro utilitário parou atrás dele, e a porta traseira se escancarou. Dois homens saltaram, colocaram um saco na cabeça dele e o empurraram para o banco de trás.

– Está de *sacanagem*! – gritou ela, começando a correr em direção à saída do beco. – Ei, ei, parem! Soltem ele!

Os homens nem sequer olharam para ela enquanto entravam no carro antes que ele se afastasse do meio-fio. É *claro* que isso aconteceria quando ela não estava com suas flechas! É *claro* que ela ia perseguir alguém e depois essa pessoa seria sequestrada enquanto ela estava sem flechas. *Claro* que isso ia acontecer.

Ela passou pela entrada do beco, agarrando seu brinco de pressão. A parte traseira era magnética, um presente de sua equipe da Costa Oeste, porque também era um chip de rastreamento. Atirou-o no carro em fuga que se afastava e ele se prendeu no para-choque metálico. O veículo virou à direita no semáforo, com os pneus cantando, e desapareceu de vista.

Kate, com os pulmões ardendo, aquela estranha dor de cabeça ainda latejando entre as têmporas, se abaixou, com as mãos nos joelhos.

– Nada é fácil, não é? – Ofegou, parando um momento para recuperar o fôlego. Ela pegou o telefone, abriu o aplicativo de rastreamento e observou o carro voltar para Manhattan.

Então mandou uma mensagem para Clint – porque se ele *estava* fazendo reconhecimento, ele sempre se esquecia de colocar o telefone no modo vibratório…

> Vou buscar suprimentos no seu apartamento. Preciso de algumas flechas. **KB**

CAPÍTULO SEIS

O REI DO CRIME

Torres Fisk.

Por que tinha que ser nas Torres Fisk?

Kate massageou o topo do nariz. A dor de cabeça de antes não havia diminuído e – pior ainda – começou a deixar seu cérebro um pouco confuso, mas ela atribuiu isso ao estresse e a um longo dia. E, como era quase meia-noite, tinha sido um dia *realmente* longo. Ela pegou um lanche na casa de Clint, porque ainda não tinha jantado e se sentia mal pelo modo como a noite tinha acabado, especialmente porque estava animada para ficar vegetando no sofá com America e assistir a reality shows ruins.

As Torres Fisk não tinham mudado muito desde a última vez que ela as tinha explorado. Duas entradas, uma na West 38th Street e outra na Fifth Avenue. Havia, obviamente, um guarda armado em ambas. A maioria das janelas do prédio estava escura, porque era quase meia-noite, exceto algumas no 13º andar. Claro que *tinha* que ser o 13º andar. E ela suspeitava de que os elevadores no saguão principal nem sequer tinham esse botão. Que lugar melhor para se esconder um segredo do que em uma superstição?

Tudo o que ela queria era trocar sua bolsa com a de Milo para pegar de volta o presente de aniversário da irmã (e suas flechas). Isso era *tudo* que ela queria. E agora estava salvando um possível assassino de um assassino de verdade.

– Seja o que for que você tenha feito, Milo, eu não o invejo – murmurou, posicionando a aljava no quadril. Ela *teria* colocado seu uniforme, exceto que estava na bolsa que Milo possuía, então teve que se contentar com o que estava usando (um vestido até o joelho com short de ciclista por baixo, tênis All Star sem suporte para o arco do pé e tudo mais), que não era exatamente apropriado para lutar. Ela já tinha arrasado usando coisa pior, porém, e pegou emprestados alguns dos instrumentos extras de Clint e os enfiou na bolsa de Milo. Uma aljava com uma dúzia de flechas, uma bolsinha de cinto para pontas de flechas diferentes (algumas especiais que ela decidiu só contar a Clint que pegou *depois* de usá-las, incluindo uma ponta de flecha de garra em seu cinto, algumas flechas sônicas e uma flecha com rede) e algumas bugigangas. Bastão. Cordão metálico. Abraçadeiras. Binóculos. Um isqueiro.

Ah, e um par de óculos de segurança de Clint, já que, mais uma vez, os dela estavam em sua bolsa. Eles eram amarelos e berrantes e contrastavam *tanto* com seu vestido roxo... mas ela não estava aqui para ser estilosa ou impressionar os senhores do crime.

Ela deixava isso para o dia.

Estava empoleirada em um prédio em frente às Torres Fisk, um prédio mais antigo com pombos demais aninhados no telhado para que ela de fato se sentisse confortável ali por muito tempo. Um pousou em sua cabeça e arrulhou até que ela o enxotou.

Ratos da cidade, todos eles.

Ela colocou o binóculo na bolsinha que tinha no cinto e murmurou para si mesma, olhando para o 13º andar:

– Certo, Kate, você consegue fazer isso.

Ela não estava com vontade de lidar com os guardas nas entradas – e *ainda* havia muitos turistas vagando por ali que causariam uma cena caso ela simplesmente chegasse e derrubasse alguém aos chutes. E, lá dentro, tinha certeza de que haveria uma recepção com *outro* segurança – não, sua melhor aposta era evitar o maior número possível de guardas o máximo de tempo possível. Então, pegou uma das flechas, prendeu a ponta de garra nela e apontou para o 13º andar.

E disparou.

Outra pontada aguda apunhalou sua cabeça e ela estremeceu. A flecha errou o alvo e acertou a janela do décimo quarto andar. *O que... foi isso?* Sua visão ficou turva, mas ela sacudiu a cabeça. Não havia tempo para descobrir – ela tinha certeza de que havia câmeras de segurança tanto na parte externa do prédio quanto na parte interna. Então, colocou o arco sobre o ombro e deixou o motor de garra em seu cinto puxá-la. Ela subiu rapidamente até o topo e, em seguida, ancorando-se, virou de cabeça para baixo para chegar ao 13º andar e tirou a ponta de flecha sônica. Prendeu-a à janela, que explodiu com um som estridente, estilhaçando o vidro, e entrou em uma das salas escuras do 13º andar.

Ela tirou a corda do cinto e rapidamente posicionou outra flecha no arco, mas a sala estava escura e silenciosa. Também era surpreendentemente... normal? Não como a de um prédio de escritórios, mas do tipo de normalidade que ela esperava de uma cobertura na Fifth Avenue. Havia um sofá na parede oposta e uma galeria de retratos acima dele, todos da mesma mulher. A falecida esposa de Fisk. O carpete era macio e havia um piano de cauda de cor marfim no canto.

O que parecia um gramofone tocava a Sinfonia nº 6 em si menor de Tchaikovsky, as notas murmurando baixinho através das paredes.

Silenciosamente, ela se esgueirou até a porta e abriu uma fresta. Dava para um longo corredor que combinava com o escritório em que havia caído, e do outro lado, uma empregada estava tirando o pó de um busto do próprio Wilson Fisk – o que não era surpresa. À primeira vista, a empregada parecia bastante normal, mas, olhando mais de perto, suas mãos tremiam. Ela estava apavorada.

E ainda mais baixo, sob o som da valsa, havia o som de... gritos? Bem, *isso não era bom.*

Parecia vir de uma das salas à direita.

A empregada desapareceu descendo o corredor, e Kate saiu do quarto, atirando rapidamente na câmera de segurança no canto superior esquerdo. Depois na da direita. Nenhum de seus tiros acertou em cheio. O que *diabos* estava acontecendo? Não podia ser nervosismo, podia? Pouco açúcar no sangue? Uma noite ruim? Azar? Sua dor de cabeça estava diminuindo aos poucos, pelo menos.

Ela pressionou o ouvido contra cada uma das portas até encontrar a certa.

E, sem hesitar nem um momento, entrou. A sala estava coberta, do chão ao teto, por estantes brancas repletas de livros em cada uma das paredes, ao lado de bustos de autores antigos e estimados poetas consagrados. Havia um tabuleiro de xadrez montado em uma mesa de canto, com peças pretas cercando um único bispo branco. Ela sabia, por Susan, que um bispo sozinho não era capaz de forçar um xeque-mate. Nunca poderia, nunca o faria.

E, destoando da biblioteca, no meio da sala, estava Milo amarrado em uma cadeira de veludo, com sangue escorrendo de um corte na testa e de um lábio arrebentado. E, ao lado dele, enrolando repetidamente uma corda, estava um homem alto e branco usando um chapéu de caubói sobre cabelos castanhos bagunçados, uma jaqueta de couro, calças largas e botas de caubói com esporas nos calcanhares.

Ele se virou assim que a porta se fechou. Estreitou os olhos.

– Ora, ora, que companhia adorável temos aqui – cumprimentou com um sotaque texano.

– E quem é você? – perguntou Kate, esticando a corda do arco. Mirando direto no rosto dele.

Ele tirou o chapéu para ela.

– Amigos me chamam de Montana.

– E quanto aos seus inimigos?

Ele sorriu.

– Montana também.

Ela resistiu à vontade de revirar os olhos.

– Ok, *Monty*, vou lhe contar como isso vai acontecer. Você vai desamarrar o cara e depois se ajoelhar e colocar as mãos atrás da cabeça, *entendido*?

– E se eu não fizer isso?

– Não acho que sou uma péssima atiradora – respondeu ela. *Os últimos três tiros não contam*, pensou. Foram um acaso. – Tenho muitas referências, se precisar vê-las.

O sorriso do homem só aumentou. Havia um cintilar em seus olhos quando ele balançou a cabeça, com as mãos erguidas atrás dela.

— Não, senhorita, eu acredito em você.

— Então, vamos, cachorrinho, e desamarre-o.

O homem não se mexeu. Na verdade, pareceu relaxar um pouco e se recostou no encosto da cadeira. Ela começou a ordenar que ele desamarrasse Milo de novo, quando uma voz profunda vinda de algum lugar atrás dela a interrompeu.

— Acho que não, Kate Bishop.

Ela nem tinha ouvido o homem se aproximar, sorrateiro, e isso era uma grande façanha, porque ele se elevava acima dela, tão alto quanto largo, um homem branco gigantesco em um terno branco imaculado, segurando a bengala nas mãos. Ele era careca, tinha os olhos profundos no rosto, sorria como se soubesse — sem sombra de dúvida — que era a pessoa mais inteligente da sala.

Involuntariamente, Kate deu um passo para trás.

Já tinha ouvido falar de Wilson Fisk muitas vezes antes, mas ver o Rei do Crime em carne e osso foi de alguma forma diferente de qualquer coisa para a qual poderia estar preparada. Ele ocupava o espaço com o tipo de presença que sugava o ar da sala.

Ele levantou uma bolsa muito, muito parecida com a que ela carregava no momento. A bolsa dela. Aquela que continha seu arco e flecha, uniforme e o presente de sua irmã

— Acredito que isto seja seu — disse ele. E então sorriu ao acrescentar: — *Gaviã Arqueira*.

Merda.

Logo em seguida, Montana tirou uma faca do bolso e a pressionou contra a garganta de Milo. Kate fez um movimento para detê-lo, até que Montana pressionou com mais firmeza — traçando uma linha de sangue no pescoço do jovem aterrorizado — e ela congelou em seus passos.

Ela cerrou os dentes.

— Isso é baixo, Rei do Crime — grunhiu ela. — O que você quer?

— Fácil. Uma troca — respondeu Wilson Fisk. — Já houve confusão demais esta noite, por isso prefiro tornar o resto da noite um pouco mais fácil. Há um livro nessa bolsa que você carrega, espero. Eu preciso dele. E devolverei sua bolsa em troca.

O que era... tecnicamente o que ela estava tentando fazer desde o começo. Parecia fácil demais.

Ela estreitou os olhos.

– Só isso?

– Só isso, *Katie*.

Um músculo se contraiu na mandíbula dela. Ninguém podia chamá-la de Katie, exceto Clint e – *talvez* – sua própria irmã. Definitivamente, não esse magnata nefasto trajado de branco.

Atrás dela, Milo lutava contra as amarras.

– Não! Não faça isso. Não...

– Se não fizer, sabe o que vai acontecer – continuou Rei do Crime.

Ah, ela sabia. A mesma coisa que sempre acontecia. A mesma ameaça de morte sem criatividade. Era uma posição na qual havia sido encurralada tantas vezes, que basicamente devia acampar lá. Ela abriu o zíper da bolsa.

Milo lutou contra suas restrições, fazendo com que a faca o ferisse mais profundamente.

– Não! Não. Você não entende!

– É apenas um livro – retrucou ela em resposta. – Definitivamente não vale a sua vida. Além disso, parece que você já foi usado como saco de pancadas. – Ela olhou feio para Montana ao dizer isso, mas o caubói apenas deu de ombros.

– Ele não queria cooperar – foi a desculpa de Monty.

Milo cuspiu:

– E *nunca* vou...

Foi a coisa errada a dizer, porque Montana deu um soco no rosto de Milo e o nocauteou. Ele ficou mole em suas amarras.

Ela estremeceu. Aquilo deixaria mais do que um hematoma. Ela pegou o livro com capa de couro em questão e o ergueu. Rei do Crime tentou pegá-lo, mas ela o segurou.

– E você *vai* nos deixar ir?

— Eu sou um cavalheiro, Katie.

— Sim, bem, você não especificou essa parte quando disse que queria este livro, então estou apenas me garantindo.

— Eu não esperaria nada menos de você.

Ainda assim, parecia fácil demais. Porém ela não tinha muita escolha. Então, ofereceu o livro ao Rei do Crime, que o pegou e folheou, apontando para os estranhos símbolos escritos dentro dele.

— Ótimo — declarou ele. — É autêntico. Eu mantenho minha palavra. — Então ele devolveu a bolsa de Kate, e ela imediatamente percebeu que estava muito mais leve, leve *demais*. A surpresa no rosto dela deve ter transparecido, porque Fisk riu. — Você *realmente* acha que eu lhe devolveria suas flechas? Katie, deveria me conhecer melhor.

Ela abriu a bolsa e verificou lá dentro. Então verificou de novo. Traje, confere. Ganchos, lanches, escâner policial, tudo ali. Tudo estava lá, exceto as flechas…

— E a caixa branca?

Ele estalou a língua contra o céu da boca.

— Desculpe, não me lembro.

Ela cerrou os dentes e puxou a bolsa por cima do ombro.

Atrás dela, Montana cortou as cordas que prendiam Milo, e ela puxou o braço do rapaz por cima do próprio ombro e o colocou de pé. Ele ficou apoiado nela como um peso morto enquanto ela o arrastava para fora da biblioteca. Wilson deu um passo para o lado para deixá-la sair.

— O elevador fica à sua direita — disse ele. — Vou deixar você ir desta vez, mas… Katie? Se eu pegar você invadindo um dos meus prédios novamente, não serei tão tolerante.

— Então não me dê um motivo para voltar — retrucou ela. Então arrastou Milo para fora do quarto e pelo corredor, com o som da risada do Rei do Crime seguindo-os muito depois de terem entrado no elevador e chegado à Park Avenue.

Somente quando eles estavam na esquina da rua, foi que ela o apoiou contra um poste de luz e enxugou o suor da testa. Era quase uma da manhã, e as ruas estavam finalmente — felizmente — vazias.

Havia lixo empilhado na calçada, esperando para ser recolhido, e a vida noturna da cidade (os ratos e as baratas) corria pelas calçadas em busca de restos de migalhas do dia. Ela ainda sentia os olhares dos homens do Rei do Crime presos em suas costas, o que a fazia ficar cautelosa. Não sabia para onde levar Milo – se é que o levaria para algum lugar. *Principalmente* se ele havia matado Albright...

Kate chamou um táxi e disse ao motorista para levá-los ao único lugar para onde ela sabia ir.

Para casa.

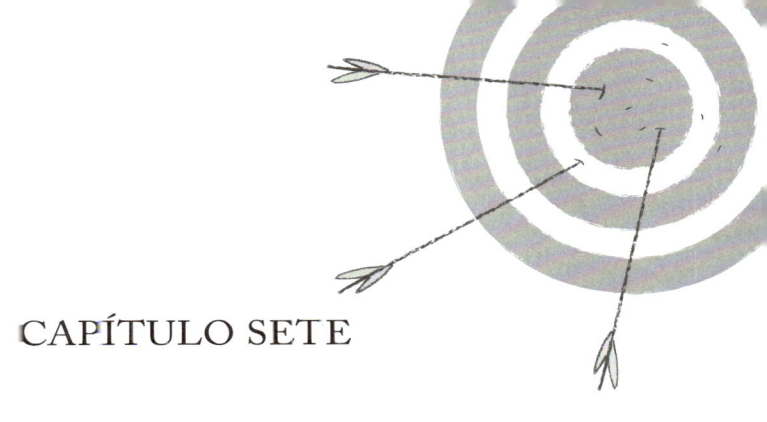

CAPÍTULO SETE

DIGNO DE UM PESADELO

A casa dela era um prédio infestado de pombos no Lower East Side, em cima de uma pizzaria que servia pizzas *supreme* gordurosas com um acompanhamento de lavagem de dinheiro (era um caso aberto no qual ela estava trabalhando ativamente – tinha ligações com a Gangue do Agasalho, ela conseguia *sentir*). Ela nunca se sentiu tão aliviada ao ver o prédio em ruínas. O táxi parou no meio-fio, e o motorista estacionou.

– Dinheiro ou cartão? – perguntou ele.

Kate enfiou a mão na bolsa que cruzava seu peito e, então, percebendo que era a de Milo, pegou a outra e encontrou a carteira embaixo do uniforme.

– Deu quanto mesmo? São US$ 32,85? Você aceita moedas?

O taxista se virou no banco e a encarou com um olhar inexpressivo quando ela começou a contar mais de trinta moedas de vinte e cinco centavos.

– Acho que também tenho um centavo… – murmurou ela. Ao lado dela, Milo (ainda inconsciente) gemia, com o rosto encostado na janela.

– Pode me dar US$ 32 – declarou o taxista, sentindo pena de Kate quando ela começou a procurar por um centavo na carteira.

– Devo ter *pelo menos* dois…

Um movimento na calçada chamou a sua atenção. Ela olhou de relance, quase por instinto, para o outro lado da rua. Havia um homem escorado na vitrine de uma loja fechada, o boné baixo sobre a testa e as mãos nos bolsos. Para um olhar destreinado, ele poderia parecer um universitário qualquer vadiando, mas sua postura era defensiva demais, com os ombros retos demais.

Não era um uma pessoa comum.

"*Os homens do Rei do Crime de novo?*", ela se perguntou, porque ele os deixou ir embora fácil *demais*. Estava desconfiada desde que arrastara Milo para fora do prédio, e, infelizmente, seu palpite se confirmara.

Então ela olhou para seu apartamento. Não havia nenhuma luz acesa em suas janelas, o que era bastante estranho, porque *deveria* ter. Ela fechou a carteira e afundou no banco devagar. Uma cortina perto de uma janela aberta em sua cozinha tremulou. Uma janela que deveria estar fechada. Bem, isso com certeza era um problema.

– Olha, desculpa, eu passei o endereço errado, burrice minha. Meu novo apartamento fica em… – Para onde poderia ir? *Pense.* – Washington Heights.

O motorista lançou um olhar perplexo para ela. Ficava bem longe dali.

Ela deu uma risada constrangida.

– Eu não deveria ter tomado aquele último copo! Sinto muito mesmo, eu pago.

Ele resmungou algo e colocou o carro em movimento de novo. O taxímetro aumentou devagar, e Kate pegou seu cartão de crédito – aquele que ela tinha envolvido em fita adesiva para não ficar tentada a usá-lo – e começou a rasgar a fita com os dentes.

Se isso não era uma emergência, ela não sabia o que era.

Quando America abriu a porta do apartamento, Kate disse rapidamente:

– É melhor do que parece.

– Ele parece muito mal, Kate! – respondeu America, horrorizada. E, sim, Milo provavelmente *estava* com uma aparência muito ruim.

Ele estava pendurado, ainda inconsciente, no ombro dela. Ele não tinha uma identidade *de verdade* com ele, e ela não tinha certeza de qual era a opinião dele quanto a hospitais. Em sua experiência, pessoas que tinham identidades falsas não queriam ser encontradas, e isso trazia a questão: quem *era* esse cara pendurado inconsciente em seu braço?

America ajudou Kate a arrastá-lo para o apartamento, onde Lucky rapidamente pulou do sofá e começou a rosnar para o estranho.

– Ei, ei, pare! Cachorro mau! – Kate apontou para ele. – Agora vá se sentar ali. Estou cansada e sem disposição.

Ela tinha acabado de gastar mais de setenta dólares em uma corrida de táxi às duas da manhã. Esse realmente *não* era o dia dela.

Lucky choramingou, enfiou o rabo entre as pernas e, com uma última rosnada para Milo, foi até o canto e deitou-se na cama de cachorro que America sempre deixava para ele. Quando colocaram Milo no sofá, America foi procurar seu kit de primeiros socorros no banheiro, e Kate foi até o freezer pegar algumas ervilhas congeladas. Ervilhas congeladas ajudavam em tudo. E logo elas cuidaram de Milo, um curativo no corte na testa, ervilhas congeladas cobrindo seu queixo, e ele gemeu. Tentou se sentar.

Kate gentilmente o empurrou para trás.

– Você está seguro aqui. Está tudo bem. – Ela se sentou na beira do sofá ao lado dele e examinou seus olhos com uma minilanterna. Ele estremeceu por causa da luminosidade, mas ela não viu sinais de concussão, o que era fantástico. – Apenas durma esta noite, ok?

– Meu livro.. e o meu... – murmurou ele.

– Está tudo bem – mentiu ela. E o tom de sua voz foi tranquilizador o suficiente para que Milo acreditasse nela, porque ele assentiu, apertando as ervilhas contra a bochecha inchada, e voltou a dormir.

America indicou o corredor com os olhos, levantou-se e marchou até lá. Kate deu um suspiro, levantou-se e a seguiu. Estava cansada, com fome e farta do dia de hoje.

– Que *diabos*, Kate? – sussurrou America. – O que *aconteceu* esta noite? Conte-me *tu-do*.

– Honestamente? Eu não sei. – Ela massageou o topo do nariz. – Bem, sabe quando eu impedi aquele crime hoje cedo? Por acidente troquei a minha bolsa com a desse cara, Milo, e, quando fui devolver a dele, tive alguns problemas.

America lançou-lhe um longo olhar.

– Espero que você explique.

Ela suspirou e contou tudo sobre a identidade falsa, a edição de colecionador ornamentada e o assassinato…

– Com licença, *o quê*?

– Eu sei. É muita coisa. Depois disso, ouvi alguém saindo da livraria e o segui por um beco, e era esse cara.

– Então *ele* matou o autor?

– Eu não sei. Não consegui perguntar a ele, porque os homens do Rei do Crime o sequestraram. Por isso, tive que fazer uma visita à Torre Fisk e, depois de trocá-lo por aquela edição de colecionador ornamentada, levei-o de volta para o *meu* apartamento, mas tinha um cara vigiando o local do outro lado da rua, e a janela da cozinha estava aberta. Eu não deixei aberta. Então, aqui estou. Com… bem, o senhor Talvez um Assassino.

– Isso – disse sua melhor amiga, torcendo o nariz – é *muita coisa* para entender.

– Eu sei. Estou cansada.

– O que Rei do Crime quer com um *livro*? Contém códigos nucleares? As finanças da cidade? Futuros números de loteria?

Kate encolheu os ombros.

– Como eu vou saber?

– Ok – murmurou America, mais para si mesma do que para Kate –, vamos resolver isso pela manhã.

– Vamos deixar você em paz amanhã… sinto muito mesmo…

– Kate, está tudo bem. – Então ela olhou para Milo no sofá. – Embora não tenha certeza de onde *você* vai dormir esta noite.

Ah. Kate olhou para Milo deitado no único sofá do apartamento e depois para a cadeira no canto da sala, perto de uma das duas grandes janelas.

– Bem… acho que já dormi em lugares piores.

– Vou pegar um travesseiro para você. – A amiga suspirou e foi até o armário do corredor. – E um pijama.

Kate ficou mais do que grata quando foi escovar os dentes e jogar um pouco de água no rosto. Não estava contente por envolver America nisso – seja lá o que *isso* fosse –, mas não conseguia pensar em nenhum outro lugar para ir onde Milo estaria tão seguro. Além disso, caso Milo fosse um problema, Kate gostava da ideia de America estar perto o bastante para transportá-lo direto para uma cela de prisão. Lucky seguiu Kate até o banheiro, como se temesse que ela desaparecesse de novo, e a observou se trocar para dormir. America lhe entregou uma camisa extra e uma calça de pijama e colocou um travesseiro e um cobertor fino na cadeira da sala.

– Se precisar de alguma coisa, é só chamar – disse America, desejando-lhe uma boa noite enquanto entrava no quarto e fechava a porta.

Kate terminou de usar o banheiro. Cada osso de seu corpo estava cansado, e aquela pulsação estranha e nebulosa na parte de trás de sua cabeça finalmente se dissipou no momento em que sua cabeça encostou no travesseiro, e ela se enrolou na cadeira macia e adormeceu profundamente.

No entanto, quando ela sonhou, foi um pesadelo.

Ela *sabia* que era um pesadelo, mas isso não ajudou. Seus dedos não seguravam a flecha. Sua mira estava instável. Não sabia onde estava, mas o cenário não importava. Estava embaçado para ela, mudando de uma cena para outra, de um ringue de clube de luta para uma base de supervilões e para um cinema ao ar livre. Havia lama preta por toda parte. Afundava em tudo, devorando tudo.

– Kate! – gritou America, com uma língua enrolada em sua cintura. Ela agarrava o chão, tentando lutar contra o puxão, enquanto a língua a arrastava para trás até a boca de um monstro. A lama preta como tinta se abriu em uma boca com fileiras e mais fileiras de dentes brancos e irregulares, enquanto a língua a puxava para dentro.

Tudo – todos – que devorava se tornavam parte de sua forma horrenda. Ela observou seus amigos se transformarem no monstro, seus olhos, sorrisos e risadas, todos deslocados e flutuando na massa gigantesca.

– *Kate!* – gritou America mais uma vez, estendendo a mão para ela, e ela estendeu a mão de volta. Seus dedos quase se tocando. Tão perto... tão...

A língua apertou a cintura de sua melhor amiga e, com um puxão feroz, arrastou-a entre os dentes e fechou a boca.

– NÃO! – berrou Kate, fechando os olhos em desespero. – Isso não é real. Não é real. Não é real...

– *Eu proponho uma troca* – falou a criatura com a voz do Rei do Crime.

Kate abriu os olhos, e Clint Barton emergiu da superfície da lama, como se estivesse tentando lutar contra uma corrente de miasma. O medo cobria seu rosto como lodo.

– Katie – ofegou ele. – Katie, *fuja! Fuja!*

– Não, não, não – sussurrou ela, agarrando o arco. Seus dedos desajeitados posicionaram a flecha como ela já havia feito milhares de vezes antes, mas, pela primeira vez, parecia estranho. *Está errado...*

Ela não conseguia *encaixar*. Por que ela não conseguia encaixar uma simples flecha?!

– *Se não o fizer, você sabe o que vai acontecer.*

Finalmente encaixou uma e a puxou para trás, mas ainda parecia errado. As penas arranharam sua bochecha. Sangue jorrou do corte, preto e pegajoso como...

Como lama.

Runas estranhas surgiram na superfície da criatura, ardendo como marcas quentes. Os mesmos três símbolos, repetidamente. Ela não os reconheceu a princípio...

Até que ela reconheceu.

Da carta encontrada no corpo de Albright.

– Isso não é real – sussurrou, fechando os olhos com força. – Isso não é real. Isso não é *real.*

A lama escura subiu por sua pele. Grudou-se nela como cola. Ela tentou puxá-la, sair dela e, ao fazê-lo, descobriu que o alcatrão deixava manchas de contusões em sua pele, que ficaram mais nítidas e depois se abriram – como olhos.

Um olho, depois dois e três, subindo pela parte interna do braço dela.

E ela gritou. Gritou e arranhou aqueles olhos, arrancando-os em grandes pedaços, sua pele saindo com eles. Ela continuou rasgando, continuou arrancando, mas eles continuavam voltando, repetidamente, olhos azuis, verdes e olhos castanhos e olhos familiares, e, se eles tivessem bocas, estariam sorrindo, rindo, saboreando o pânico dela.

Os dedos dela se cravaram até o osso e em seguida…

— KATE!

Ela acordou com um arquejo. Seu coração batia forte no peito. Sua mente zumbia – e aquele gosto forte e ácido de vômito coçavam no fundo de sua garganta. Aos poucos, ela voltou a si, e sua visão focou. O cabelo escuro e encaracolado de America caía entre elas, e Kate percebeu que a amiga estava em cima dela, prendendo-a, com as mãos de cada lado de sua cabeça. Ela estava no chão frio, a luz da manhã entrando pela janela. Sua garganta parecia estar em carne viva, seus olhos ardiam. E America parecia horrorizada.

– Kate? – sussurrou ela. E, em seguida, com alívio: – Você teve um pesadelo. Você não parava de gritar.

– Tive?

– Sim – America por fim a soltou e saiu de cima dela. Ela se sentou com as pernas cruzadas, olhando para os braços de Kate e depois para longe. – Você está bem?

Kate se sentou e olhou para os próprios braços. Marcas de arranhões estavam gravadas neles, vermelhas como vergões, exceto por uma mancha semelhante a um hematoma na parte interna do braço, que parecia… Ela rapidamente virou o braço e o escondeu debaixo do cobertor. A parte de trás de sua cabeça latejava onde ela – provavelmente – caiu da cadeira e bateu no chão.

– Estou bem. Foi apenas... um sonho muito ruim.

America não parecia convencida.

– Eu nunca ouvi você gritar assim antes – ela sussurrou.

– Estou bem – repetiu Kate, embora o gosto de vômito em sua garganta a fizesse pensar o contrário. O hematoma que ela escondia se moveu, podia senti-lo.

– Pesadelos raramente matam – observou uma terceira voz vinda do sofá. Kate ergueu o olhar depressa e, à luz da manhã, viu Milo parado a poucos metros de distância, com um hematoma na bochecha, mas parecendo estar bem apesar disso.

Engolindo o medo, ela sorriu para ele.

– Que bom que está acordado.

– Sim, bem, acho que gostaria de ir embora, se não se importa – disse ele sem rodeios. O cabelo dele estava bagunçado, levantado em ângulos estranhos, porque ele tinha dormido na posição errada. – Onde está meu livro?

Ela abriu a boca. Fechou novamente. Ah, *certo*. Teria que lidar com isso hoje.

– Você disse que estava com meu livro ontem à noite – continuou ele.

Ela desviou o olhar.

– Eu não fiz isso, na verdade. Eu disse que estava tudo bem.

Ele cerrou a mandíbula.

– Você mentiu.

– Eu não *menti*. Tecnicamente.

Os olhos verdes dele se aguçaram em um instante.

– Então *quem* está com ele? – começou a perguntar antes de se conter, como se estivesse se lembrando da noite anterior. – O Rei do Crime. – Ele girou nos calcanhares e foi calçar os sapatos de novo. – *Claro* que está. *Claro* que você entregou para ele.

– Você ia morrer se eu não o entregasse para ele – argumentou ela, levantando-se. America os observou em silêncio. – Você *podia* me agradecer.

– Agradecer? – zombou ele, virando-se para ela enquanto calçava os sapatos. – Ah, sim, *obrigado*… por absolutamente nada.

Lucky estava descansando sob um raio de sol na cozinha. Pela claridade da manhã, deveria ser pouco mais de sete horas. Cedo demais para tudo isso. Quando Milo foi pegar sua bolsa do lado do sofá onde Kate a deixara, Lucky mostrou-lhe os dentes. Milo mostrou os próprios em resposta.

– De nada – respondeu Kate com sarcasmo, esfregando os olhos sonolentos. – E pare de hostilizar meu cachorro.

– Ele me hostilizou primeiro – retrucou Milo. – Aquele livro é um dos manuscritos mais importantes do *mundo*. Um de seis, na verdade. E agora Rei do Crime tem dois deles. O meu e *O castelo inabalável no fim dos tempos*. Apesar de eu não saber disso até ontem à noite.

Ela revirou os olhos.

– E daí que ele tem dois livros raros e caros?

Milo parecia prestes a explodir.

– Você está *de brincadeira*…

America interrompeu:

– Foi por isso que você o matou?

Ele deu um gesto de dispensa para ela.

– O Rei do Crime ainda está vivo.

– Não – retrucou Kate, arriscando um olhar para a amiga, que nunca foi muito sutil. – Queremos dizer o autor. E. L. Albright.

Ele congelou.

– O quê? – Sua boca se contraiu em uma carranca, seus olhos ficaram desfocados. – Ah. Certo. Eu o vi na cadeira, mas pensei que talvez…

– Então você *não* o matou?

Ele virou o rosto.

– Não. Por que eu faria isso?

– Você estava lá. Você fugiu da cena do crime.

– Por essa lógica, você também – respondeu ele, passando as mãos enluvadas pelos cabelos, exasperado, um hábito que parecia acalmá-lo sempre que o fazia. – E depois você deu o meu livro para o Rei do Crime.

Ela suspirou.

– Olha, não é culpa minha. Se você tivesse seu *verdadeiro* sobrenome na sua identidade, eu teria encontrado você antes.

Ele olhou para ela e, para sua surpresa, havia lágrimas em seus olhos.

– Meu verdadeiro sobrenome, Kate Bishop? – perguntou, sua voz cheia de ironia. – Meu *verdadeiro* sobrenome é *Albright*.

CAPÍTULO OITO

UM PROBLEMINHA

— Ah.

É sério, o que mais ela poderia dizer?

Milo passou os dedos pelos cachos oleosos de novo, e isso o deixou um pouco mais firme. O suficiente para perguntar onde estava sua bolsa. As duas garotas apontaram para ela, caladas.

— Obrigado — murmurou ele, então, agarrou-a e foi em direção à porta.

Kate disse:

— Espere, aonde você está indo?

— Para a delegacia. A menos que haja outro lugar aonde eu deva ir para buscar o cadáver do meu avô…

America e Kate trocaram um olhar antes de Kate dizer:

— Não, lá é o lugar certo. Certifique-se de dar-lhes uma declaração também.

— E não pense em sair da cidade — acrescentou America. — Nunca acaba bem.

— Claro, obrigado pela dica. — Então ele colocou a bolsa no ombro e destrancou a porta. Ele fez uma pausa ao sair e disse, com certa relutância: — Obrigado. Por me salvar.

E passou pela porta antes mesmo que Kate pudesse murmurar um *de nada*. Ela esfregou a nuca com um suspiro e, quando America lhe lançou um olhar — do tipo que dizia que realmente não deveria trazer estranhos para a casa dela no meio da noite —, encolheu os ombros e pediu licença para ir ao banheiro.

– Tem certeza de que você está bem? – perguntou-lhe America pela porta.

– Estou – respondeu Kate, tentando manter a voz calma enquanto olhava para o hematoma em seu braço. Poderia jurar que, um segundo antes, parecia um olho. Estava apenas cansada. Vendo coisas.

– Tem certeza? Porque você acabou de deixar um possível assassino sair do meu apartamento – respondeu sua melhor amiga com naturalidade.

– Eu percebi.

– Acha que ele está dizendo a verdade?

– Não sei.

– Certo. Bem, vou correr. – Fez-se uma pausa, e depois: – Misty Knight me ligou ontem à noite, procurando por você.

Misty Knight? Kate já tinha ouvido esse nome algumas vezes antes. Na maioria das vezes, de Clint. Jogou um pouco de água fria no rosto, tentando acordar.

– Ela não está no FBI atualmente?

– Não sei. Ela apenas perguntou sobre você. Anotei o número dela no balcão. Ligue para ela.

Kate suspirou. Se fosse relacionado ao assassinato, uma das crianças provavelmente tinha contado para Misty que Kate esteve na livraria ontem à noite. Ótimo.

– Claro, obrigada.

– Certo… se você tem certeza de que está bem…

– Estou *bem*, America.

Mesmo que não acreditasse nela, a amiga deixou o assunto de lado.

– Tudo bem. Posso trazer alguns sanduíches de café da manhã depois da minha corrida?

– Não, acho que vou sair também depois de tomar banho – respondeu Kate. – Se não for problema.

– Ah, não, você não vai a lugar nenhum. Vai ficar aqui por algumas noites até que as coisas se acalmem com o Rei do Crime.

Kate abriu a boca para protestar, mas a amiga ergueu a mão.

– Não aceito "não" como resposta. – Em seguida, America pegou seus fones de ouvido na mesinha de centro e os colocou ao sair do apartamento.

Assim que ela saiu, Lucky lançou um olhar de desaprovação para Kate.

– Ah, não me olhe assim – disse ela, irritada. – Eu *estou* bem. Esperava que sim.

Virando-se, ela se fechou no banheiro e deixou a água o mais quente possível, para que tentasse limpar o máximo que pudesse da noite anterior.

Kate pegou um café da manhã tardio na loja de *bagels* da esquina – *bagel* sortido com salmão defumado e cheio de *cream cheese* – e decidiu que era hora de ligar para Misty Knight. O dia já estava abafado, os quiosques que vendiam os jornais do dia estavam todos anunciando que poderia ser o dia mais quente do verão.

A chamada tocou três vezes antes de uma voz atender:

– Alô, aqui é Misty Knight.

– Oi, Misty – começou ela, afastando Lucky de um hidrante. – Aqui é Kate Bishop, sabe, a Gaviã Arqueira? A boa? Ouvi dizer que você estava me procurando.

– Kate, é um prazer finalmente falar com você. Clint falou muito de você.

– Ah, cara, sinto muito.

– A maior parte foram coisas boas, não se preocupe – disse a mulher, com uma risada. – Eu trabalho na Divisão de Crimes Aberrantes do FBI. Investigamos crimes relacionados a superpoderes. Estou investigando a morte de E. L. Albright. Gostaria de saber se você tem alguns minutos para responder a umas perguntas. Algumas crianças na livraria ontem à noite me disseram que você estava lá.

Kate parou em uma área arborizada e sentou-se à sombra em um banco do parque, tentando parecer calma, mas torceu a coleira de Lucky um pouco demais em sua mão. Sua mente estava acelerada. Se Misty estava na Divisão de Crimes Aberrantes, significava que eles pensavam que a morte de Albright não foi apenas um assassinato, mas que foi cometida por uma pessoa com superpoderes. Não era a primeira vez que ela pensava no bilhete que tinha lido, na dor de cabeça terrível que parecia uma picareta no centro de seu crânio.

– Ah, claro – respondeu finalmente, os joelhos balançando para cima e para baixo. – Sim, eu estava lá. Do que precisa?

– Viu algo suspeito ontem à noite antes de sair? Os relatórios dizem que você saiu abruptamente pela porta do depósito onde o senhor Albright foi encontrado. Testemunhas disseram que você estava procurando por alguém.

Caramba, *quanta* informação aquelas crianças contaram para Misty? Pensando nelas, sentiu sua surpresa rapidamente se transformar em exaustão. Elas provavelmente contaram tudo para ela. Kate esfregou o rosto com a mão livre.

– Na verdade, sim.

Ela contou a Misty sobre Milo, o ladrão que ela prendeu naquele dia, a troca das bolsas e como o encontrou no beco logo antes de os homens do Rei do Crime o sequestrarem.

Isso surpreendeu Misty.

– *O Rei do Crime*?

– Ele estava atrás do livro raro que Milo tinha. De qualquer forma, ele o tem agora, e Milo está a salvo, mas parece pensar que o Rei do Crime está colecionando as edições raras. São seis no total, eu acho. – Ela relaxou no banco do parque. – Você sabe alguma coisa sobre eles? Estão encadernados como livros antigos, e o interior é…

– Traduzido para uma linguagem fictícia. Sim, estou ciente.

Kate sentou-se um pouco mais ereta.

– Então você sabe deles?

– Infelizmente – respondeu Misty. – Esse tal de Milo… ele ainda está com você?

– Não, ele foi embora esta manhã.

– Talvez seja melhor.

Kate amaldiçoou baixinho. Ela *sabia* que havia algo de suspeito nele.

– Ele é um suspeito? Preciso localizá-lo de novo?

– Não, não. Quanto menos pessoas envolvidas, melhor. Todos os que estiveram envolvidos com esses livros morreram, incluindo o investigador que inicialmente estava cuidando do caso para o departamento de polícia de Nova York, depois que o Rei do Crime roubou o primeiro livro. É por isso que o caso foi entregue a mim.

A suspeita fez um nó em sua barriga.

– Então você acha que Albright foi assassinado pela mesma pessoa?

– Não tenho certeza. Embora ainda não tenhamos o relatório da autópsia, inicialmente parece que ele foi estrangulado. Todas as outras mortes foram relatadas como causas naturais.

– Sério?

– Sim.

– Mas você não acha que foram – adivinhou Kate.

Misty riu.

– É isso que estamos tentando descobrir. Nada de estranho aconteceu com você, não é? Alguma coisa fora do comum?

Kate fez um gesto de negação, embora Misty não pudesse ver.

– Não, não. Nada.

– Ótimo. Obrigada pelo seu tempo, senhorita Bishop, e, por favor, não se envolva mais nisso. Eu assumo daqui. E, se vir aquele rapaz de novo... Qual era o nome dele, Milo? Diga a ele para me ligar. – Em seguida Misty desligou, e Kate inclinou a cabeça para trás.

Cada osso de seu corpo *ainda* estava cansado, e a dor de cabeça do dia anterior não havia passado. Na verdade, tinha certeza de que o pesadelo a tinha piorado.

Lucky se remexeu entre as pernas dela e mordeu seu *bagel* com salmão defumado, e ela gritou, surpresa, e o enxotou, mas acabaram comendo o resto juntos enquanto ela formulava um plano. Procurou por Milo no Google usando seu nome completo, e o mais próximo que conseguiu foi uma vitória em um campeonato de trocadilhos três anos antes – mas, se o Rei do Crime estava procurando pelos outros quatro livros, ela tinha quase certeza de que encontraria Milo onde quer que esses livros estivessem também.

Por fim, enfiou o restante do *bagel* na boca e decidiu perguntar às únicas pessoas em quem conseguia *pensar* que poderiam saber alguma coisa sobre onde encontrar edições ultrarraras de uma série de livros infantis, e essas pessoas estavam no último lugar ao qual ela desejaria ir:

No Central Park.

Transcrição (continuação)

*[Testemunho de Katherine Elizabeth Bishop sobre os eventos
ocorridos no Edifício Stephen A. Schwarzman da Biblioteca
Pública de Nova York em 2 de agosto]
Colhido por Misty Knight*

KNIGHT: Espere então seus informantes foram *crianças*?

BISHOP: O que há de errado com crianças?

KNIGHT: Nada, é só… o conteúdo que estava *naqueles livros…*

BISHOP: Ainda nem chegamos lá. Isso é muito, muito, muito antes de tudo aquilo acontecer. E eles não são realmente *informantes*, são apenas muito *nerds*. E acredite em mim, são do tipo de criança que sabe se cuidar. Eu ainda tenho danos psicológicos por lidar com eles…

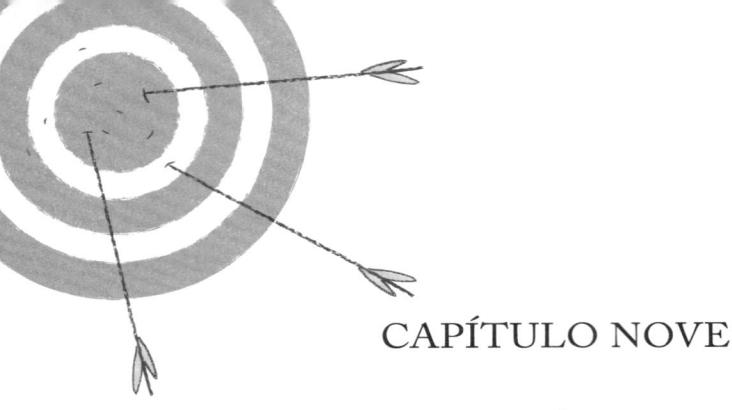

CAPÍTULO NOVE

UAU, RÊMIGES

Foi fácil encontrar o acampamento de verão no parque. Tudo o que Kate precisou fazer foi seguir o som de crianças gritando ao brincar. Aproximou-se da cabine sombreada onde as crianças se registravam e perguntou onde ficava a aula de pingue-pongue. O homem queimado de sol apontou na direção das quadras de tênis e disse a ela que não tinha como não ver as mesas ali.

— O maior esporte conhecido pelo homem! — declarou, dando-lhe uma raquete.

— Eu prefiro tiro com arco, na verdade. — Ela pegou a raquete e agradeceu antes de se dirigir à área de pingue-pongue, que ficava perto das quadras de tênis. Um pequeno grupo de crianças se aglomerava no canto de uma delas, na única sombra de toda a quadra. Ela as reconheceu instantaneamente, e todas estavam discutindo sobre... *videogames?*

— Estou lhe dizendo, o novo do Homem-Aranha é *incrível* — argumentava Rajiv. — Deve ganhar jogo do ano.

Os gêmeos reviraram os olhos.

— O jogo dos Vingadores é muito mais legal — declarou a menina, Evelyn.

O irmão dela, Irving, torceu o nariz.

— De jeito nenhum, o sistema de luta é desajeitado demais. É mediano.

— Você apenas não gosta de jogos de luta!

— E os arqueiros são ruins. Disparo contínuo? Não é possível.

– É por isso que o jogo do Homem-Aranha é o melhor dos *dois* mundos – argumentou Martin, e ao lado dele Murella lambeu o polegar e virou a página de uma cópia esfarrapada de *Percy Jackson e os olimpianos: o ladrão de raios*.

E, para a completa diversão de Kate, a Ms. Marvel estava do outro lado da mesa de pingue-pongue, batendo uma bolinha com uma raquete. Às vezes, ao salvar a bola, seu braço se esticava mais do que parecia poder, mas as crianças não notavam. Talvez ela tivesse deixado de ser novidade rapidamente para eles. Ela era uma super-heroína pequena com pele marrom de tom quente e cabelos escuros na altura dos ombros, presos atrás das orelhas. Usava seu uniforme habitual, uma túnica azul e vermelha com um raio por cima da legging, uma echarpe pendurada para trás. Ms. Marvel viu Kate do outro lado da cerca e deixou cair a bola, surpresa.

– Ah! Oi, Kate! – cumprimentou, correndo rapidamente até ela. – O que a traz até o parque? Está dando uma aula também?

– Ah, bem, na verdade, não, mas você está fazendo um ótimo trabalho – respondeu, e os ombros de Ms. Marvel relaxaram.

– *Ha*.

Kate apontou o polegar para as crianças.

– Para ser justa, eles são *realmente* difíceis de impressionar.

– Nem me fale. Como vai? Não quero parecer alarmada, mas você está com uma cara...

– Horrível, eu sei – brincou. Pensou que se sentiria mais acordada com seu uniforme (uma jaqueta roxa que amarrara na cintura porque estava *calor demais* para usar uma jaqueta e uma camiseta preta sem mangas com legging preta acolchoada), mas não se *sentia* nem um pouco mais acordada. Decidiu que era hora de pôr os óculos escuros, tirou-os da bolsa e os colocou. – Na verdade, eu só queria saber se poderia perguntar algumas coisas para suas crianças.

Ms. Marvel inclinou a cabeça.

– Sobre...?

– A noite passada. Tenho certeza que eles contaram para você, certo?

– Ah! Sim, ouvi falar do senhor Albright. Foi horrível. Eles não conseguiam parar de falar sobre como conheceram Misty Knight, *a* Misty Knight. Eu gostaria de ter estado lá, ela é tão legal. Uma das melhores detetives que o departamento de polícia de Nova York já teve. Trabalhou com Colleen Wing. Foi colega de quarto de Jean Grey, ajudou o Demolidor a lidar com a Mão… Ela é *lendária*. – Então ela olhou para as crianças e se inclinou na cerca para sussurrar para Kate: – Suspeito que Albright foi assassinado, já que Misty está no caso.

A boca de Kate se torceu.

– Você provavelmente não está errada.

– É mesmo? Eu *sabia*! Você está trabalhando com ela? Vocês estão formando uma equipe como Clint e Natasha? Ah! Misty colocou você sob a supervisão dela? Uma detetive experiente e durona e uma jovem super-heroína se unindo para…

– Não, não – Kate acenou para ela em negação. – Nada disso. – Então, como uma observação à parte: – Já fiz isso com Jessica Jones.

Ms. Marvel murchou um pouco.

– Droga. Bem – disse, consultando o relógio –, é melhor perguntar a eles agora, antes que nosso torneio de pingue-pongue comece. Ei, crianças! – chamou, e os seis pareciam coelhos diante de faróis. – Venham aqui rapidinho!

Eles o fizeram, surpresos ao ver Kate ali.

– O que ela está fazendo aqui? – perguntou o garoto de óculos grossos, Martin, quando todos se aproximaram.

– Na verdade, quero fazer algumas perguntas a todos vocês – respondeu Kate.

– Sobre ontem à noite – adivinhou Murella.

Kate encolheu os ombros.

– Mais ou menos isso.

– Você devia ter ficado por lá então – retrucou Rajiv. – Já contamos tudo à polícia e à senhorita Knight. – As outras crianças concordaram. – E não é como se tivéssemos *visto* alguma coisa. Somos inúteis.

Martin acrescentou:

– Sim, estamos inscritos para o *pingue-pongue*.

Ms. Marvel fez uma careta.

– Ora essa!

Kate esboçou um sorriso.

– Que bom, então, que eu quero saber sobre aqueles livros do Albright. E pensei que poderia muito bem perguntar aos seus *maiores* fãs. – Ela exagerou? Talvez tivesse exagerado.

Todas as crianças se entreolharam. Céticas. Então, Murella ergueu um dedo.

– Um segundo. – E todos se reuniram. Kate e Ms. Marvel trocaram um olhar antes que Ms. Marvel desse de ombros.

Irving murmurou:

– Talvez ela possa nos ajudar.

Evelyn concordou.

– Esclarecer sobre o disparo automático de uma vez por todas.

Martin concordou:

– Arqueiros não são *tão* bons.

Ai, caramba. Kate tinha um mau pressentimento, mas já estava envolvida demais quando as crianças se viraram, e Rajiv declarou, mantendo o queixo erguido:

– Nós vamos ajudar, mas trabalhamos com troca equivalente. Você nos dá algo, e nós lhe daremos algo em troca.

Ms. Marvel parecia chocada.

– *Crianças!*

Ao mesmo tempo, Kate disse, cruzando os braços sobre o peito e inclinando o quadril:

– O que vai ser, então? – Arqueou uma sobrancelha.

Murella explicou:

– Os arqueiros são fortes demais no jogo *Prontos para a luta* dos Vingadores.

Irving acrescentou:

– Eles estão com defeito.

Evelyn revirou os olhos.

– Não, eles *não estão*. Acho que arqueiros podem disparar continuamente.

– Eles não são armas! – exclamou Martin.

– Eles são *talentosos*!

Enquanto as crianças discutiam, as duas super-heroínas trocaram o mesmo olhar silencioso, antes de Kate suspirar e tirar o arco composto da bolsa e posicionar uma flecha. Martin estava discutindo se o ataque agressivo de Hulk poderia interceptar os tiros do Gavião Arqueiro, e Kate definitivamente não tinha dormido o suficiente para nada disso.

Ela apontou para a bola de pingue-pongue abandonada em cima da mesa e disparou – e a dor de cabeça atacou, mas ela se segurou para não estremecer. A flecha atingiu a mesa bem na base da bola de pingue-pongue e a fez saltar. As crianças se viraram para vê-la voar pelo ar, e Kate a pegou com uma das mãos.

Elas ficaram olhando, boquiabertas.

Então, Martin ajustou os óculos e disse:

– Faça de novo.

Kate respondeu:

– Eu não sou um pônei de circo. Então, para responder à sua pergunta, vocês provavelmente precisam saber um pouco sobre a arma primeiro. – Ela foi recuperar a flecha da mesa. Videogames, programas de TV, filmes, quase nenhum deles estava certo. Aquelas flechas eram de computação gráfica, a física estava toda errada. Ela apostaria que essas crianças nunca tinham visto alguém atirar uma flecha de verdade. Na primeira vez que Kate atirou, foi mágico. Bem, em parte, porque ela tinha sido sequestrada por alguns capangas que estavam atrás de seu pai e, em parte, porque foi salva pelo maior arqueiro do mundo.

Não que ela fosse *admitir* isso para Clint algum dia.

Preparou sua flecha e puxou-a elegantemente. Encontrou seu ponto de ancoragem na bochecha. Tão fácil quanto caminhar.

Nada parecido com seu pesadelo – absolutamente nada.

As crianças assistiam.

– Bem, quando se estica o arco – explicou – para mirar, é preciso se assegurar de que as rêmiges estão próximas ao seu...

– O que são rêmiges? – perguntou Irving.

Evelyn respondeu:

– As penas.

– Ah, por que são chamadas de rêmiges?

Kate suspirou e afrouxou o arco.

– Não sei...

Martin, com o nariz enfiado no telefone, interrompeu:

– A internet diz que "rêmige" está relacionada à palavra em latim *remex*, que significa "remador", e passou a nomear as penas de voo das asas de aves.

Rajiv perguntou:

– Como *remex* virou "rêmiges"?

Kate engoliu um grunhido. Talvez devesse apenas esclarecer as suposições deles sobre sua especialidade e prosseguir. Enquanto as crianças discutiam a evolução da palavra – seja lá como tivesse ocorrido –, ela atirou a bola de pingue-pongue para Ms. Marvel e lhe pediu que a jogasse.

– Com quanta força? – perguntou Ms. Marvel.

Kate inclinou a cabeça.

– Dê-me um desafio.

Uma chama se acendeu nos olhos da jovem super-heroína, e ela puxou o braço para trás e a arremessou alto. Kate rapidamente puxou sua flecha e a disparou.

Ela estremeceu para afastar a dor de cabeça aguda que atravessou seu cérebro como uma adaga. Ficou sem fôlego. E seus ouvidos zumbiram.

E, ainda assim, as duas metades da bola de pingue-pongue, que antes estava inteira, caíram na mesa.

As crianças ficaram instantaneamente quietas.

– *Uau, rêmiges* – sussurrou Rajiv.

Martin rapidamente guardou o telefone no bolso e disse a Irving:

– Talvez seja necessário reavaliar nossas opiniões.

Rajiv disse:

– O do Homem-Aranha ainda tem uma física melhor.

Evelyn zombou e apontou para as duas metades da bola de pingue-pongue.

– Está *evidente* que todos vocês subestimaram os arqueiros. Eles são legais!

Kate se recompôs novamente, afastando o zumbido da cabeça.

– E – continuou, tentando brincar – *podemos* atirar em sequência. É chamado de tiro rápido, embora em geral dependa do tipo de aderência que temos na empunhadura, quer dizer, onde seguramos o arco. A pegada mediterrânea dificulta o tiro rápido, mas podemos usar a pegada eslava, a pegada comanche ou a pegada de polegar para tornar menos difícil puxar a flecha para trás, para que não seja preciso cruzá-la com o arco, estão entendendo? – perguntou às crianças, que piscaram para ela com olhos grandes e vazios. Então, ela suspirou e disse: – Resumindo, pode ser feito. Não é sustentável em longo prazo, *mas*, em caso de emergência, a velocidade do tiro depende do talento do arqueiro.

Evelyn entendeu o que isso queria dizer:

– Então, todos vocês precisam me pedir desculpas. Eu estava *certa*. Arqueiros *não* foram exagerados no jogo! São apenas talentosos de verdade.

– Exato – respondeu Kate com um sorriso. Ela gostava de Evelyn. – E alguns arqueiros são melhores que outros.

Rajiv disse:

– O jogo do Homem-Aranha ainda é mais divertido... – E recebeu olhares furiosos de metade de seus amigos e acenos de concordância da outra metade.

Agora, porém, era a vez de Kate. Ela colocou o arco composto sobre a mesa de pingue-pongue e encarou as crianças direto nos olhos.

– Agora preciso que todos vocês respondam a algumas perguntas realmente importantes.

As crianças engoliram em seco, mas assentiram, e finalmente Murella colocou um marcador em *Percy Jackson* e disse:

– Você veio ao lugar certo. O que quer saber?

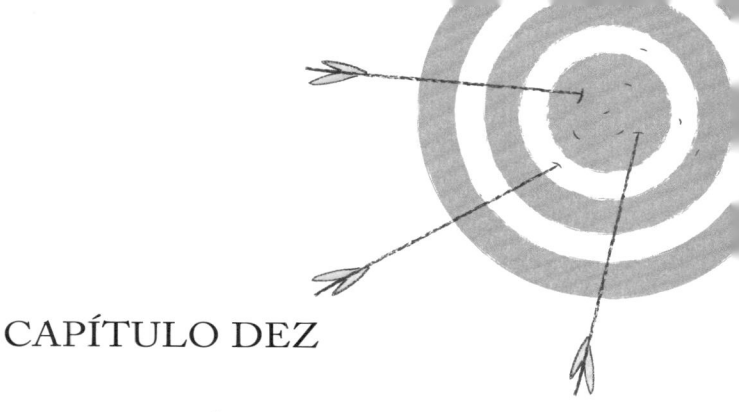

CAPÍTULO DEZ

LUZES, CÂMERA, LEILÃO

As crianças não sabiam *exatamente* onde estaria um livro raro, mas tinham um amplo conhecimento dos fóruns sobre Albright, e havia rumores de que havia uma edição rara de *O castelo inabalável se abala um pouco* a ser leiloada naquela noite em um armazém em Chelsea, bem na beira da água. Estava saindo por pouco mais de 7,8 milhões de dólares. Kate *sem dúvidas* não tinha tanto dinheiro.

Mas ela também esperava não precisar.

Tudo o que precisava era de um belo vestido e um plano.

O vestido ela mesma podia providenciar (tinha um vestido de noite extra no fundo do armário para situações de emergência), sendo assim, ela e America se encontraram em seu prédio no Lower East Side. Ela ignorou o cara que *ainda* estava de guarda do outro lado da rua, enquanto Lucky esgueirou-se entrando no prédio antes dela, e subiram até o segundo andar.

America se deixou cair no sofá puído de Kate.

– Você estava certa. Alguém está vigiando você.

– Apenas mais um dia de trabalho – Kate suspirou, abrindo o armário para encontrar o único vestido de noite que ainda possuía; tinha penhorado o restante para ter algum dinheiro. Tirou-o do armário e abriu o zíper da capa protetora. Era um lindo vestido prateado que ia até o meio da coxa, já fora de moda há alguns anos, mas ela esperava que ninguém a criticasse *muito* por isso, já que sabia que ficava fenomenal nele.

Em sua vida anterior, o pai de Kate a exibira em eventos de gala suficientes para deixá-la enjoada deles para sempre. Ela costumava vestir as últimas tendências, arrumar o cabelo conforme a moda, sabia escolher a peça certa para distrair todos das coisas que não queria eles vissem. Graças a uma infância passada afogada nos clubes sociais de Manhattan, conhecia esse tipo de público *bem* demais, e eles não se importariam com a falta de joias enquanto olhavam para seu decote profundo.

– Não deixa muito espaço para esconder seu arco – comentou America quando Kate saiu do quarto, alisando a frente do vestido. Ela prendeu o cabelo em um coque bagunçado, preso com uma presilha afiada o bastante para cortar fios de aço. Uma tempestade vespertina havia chegado, e a chuva tamborilava na janela.

– Vou esconder em algum lugar, já estive nessa casa de leilões antes. Anos atrás, com meu pai – acrescentou, com um pouco de amargura. – Lembro da maior parte do lugar.

America fez um barulho de desaprovação com a garganta.

– Tem *certeza* que não quer que eu vá com você? Posso cancelar meu encontro...

Kate lançou um olhar furioso para ela.

– *Não.* Você não vai cancelar seu encontro por minha causa. Além disso, deve ser tranquilo, e não é como se eu fosse de fato *roubar* alguma coisa.

– Então, por que ir afinal?

Kate ajustou as alças prateadas e depois deu mais uma volta lenta diante do espelho. *Porque tem alguma coisa errada*, pensou, mas não era algo que pudesse falar, ainda não.

– Sabe quando você tem um mau pressentimento? Bem no meio do seu estômago?

– Seu sentido-aranha – respondeu America, séria.

Ela assentiu.

– Ele está formigando.

America entendeu o sentimento.

– Ainda assim, se alguma coisa der errado, você me manda uma mensagem?

– Eu juro – prometeu Kate à sua melhor amiga.

A chuva não diminuiu conforme a noite avançou, e, quando o Uber de Kate parou na entrada do armazém, tudo estava encharcado – inclusive o funcionário de aparência lamentável que abriu a porta do carro para ela com uma reverência. Ele estava vestido com o que ela imaginou ser o uniforme da casa de leilões: um terno carmesim cortado curto no peito, calças vermelhas bem justas e um crachá no qual se lia "rodeio" logo abaixo do nome da casa de leilões:

LEILÕES FAUST

O porteiro ofereceu a mão, e ela aceitou, pisando graciosamente no meio-fio. Ele caminhou com ela, com um guarda-chuva acima dos dois, até a entrada – uma estrutura angular em forma de três lajes de pedra erguidas como uma espécie de portal. Palmeiras e outras plantas folhosas ocupavam o canteiro da frente, uma cascata jorrava do telhado do armazém até um lago de carpas que corria por baixo da calçada de vidro e entrava no prédio.

Era um lugar lindo, e, à medida que as luzes da cidade acendiam com o anoitecer, o mesmo acontecia com as luzes coloridas do paisagismo nas laterais do armazém propriamente dito, pintando o exterior cinza em vermelhos e roxos. Kate entrou na fila atrás de um casal – a mulher usava um dos colares mais caros que ela já tinha visto – e imediatamente se sentiu malvestida. Ela mandou uma mensagem para America.

> Eu devia mesmo ter trazido um xale ou algo do tipo. Espero que sua noite esteja melhor.
>
> **KB**

Em resposta, recebeu uma foto de America com uma linda mulher sul-asiática, com olhos escuros, cabelo laranja vibrante curtinho e um piercing de septo colorido como uma viagem de ácido de Lisa Frank. Kate clicou duas vezes na imagem para curtir.

Ela observou as pessoas na fila para ver qual era o motivo da demora.

Na porta, parecia que havia um homem verificando a entrada de todo mundo. Ah, *isso* não era bom. É claro que devia haver uma *lista exclusiva*, e parecia que o homem que tinha parado a fila não estava nela.

O segurança estava balançando a cabeça.

– Sinto muito, senhor, você não pode entrar a menos que esteja na lista.

– Meu *avô* tem uma peça sendo leiloada aqui – retrucou o jovem. – Como posso não estar na lista?

Isso fez com que os ouvidos de Kate se aguçassem. Saiu um pouco da fila para ver melhor o rapaz em questão. Ombros largos. Cabelo escuro cacheado. Luvas de couro – reconheceu aquelas luvas.

Bem, bem, parecia que ela estava certa, afinal. Onde houvesse um livro, Milo com certeza iria atrás dele.

O segurança estava ficando impaciente.

– Sinto muito, se você não está na lista...

– Ele é meu convidado – declarou Kate em voz alta, e esperava *muito* que seu plano funcionasse. Milo se assustou, olhou por cima do ombro e, de repente, empalideceu. Ela olhou para ele, esperando que ele entendesse o sinal para seguir a deixa dela, e correu até ele, passando o braço pelo dele. – Sinto *muito*, chegamos separados. Eu *devo* estar na lista – continuou ela, apontando para o *tablet* na mão carnuda do segurança.

Havia cicatrizes e calosidades nas mãos do segurança. Ele não era apenas um ajudante contratado, mas um segurança de verdade. Ela também deduziu que, por estar aqui, ele devia ter um problema no joelho ou algo que limitasse sua mobilidade, mas seu talento ainda o tornava indispensável. E tudo isso lhe contava algo muito, muito ruim:

quem quer que fosse o dono da Leilões Faust não estava de brincadeira. E isso queria dizer que a segurança seria extremamente rígida.

O segurança perguntou, com um leve sotaque russo:

— E você é?

Ela sorriu para ele.

— Susan Bishop, da Editora Bishop — respondeu ela, com suavidade. Todo mundo sempre comentava o quanto ela e a irmã eram parecidas.

O homem repassou sua lista.

— Desculpe, mas também não vejo seu nome.

Kate fingiu choque.

— *O quê?* Sinto muito, você disse que *não* está vendo meu nome?

— Não, não estou.

— Bem, isso não é problema meu, não é? Isso é problema seu, e parece que você não é muito bom no que faz se não consegue nem reconhecer *Milo Albright*, neto do infame autor E. L. Albright! Na verdade, fomos um dos primeiros editores a oferecer o romance do avô dele, embora ele tenha publicado com outra editora — acrescentou ela nobremente, embora fosse tudo mentira. Não conseguia lembrar *quem* publicou a série *Castelo inabalável*, mas não parecia que Milo fosse tentar corrigi-la sobre nada disso. Ela não prestava atenção aos negócios legítimos do pai havia anos, principalmente desde que Susan assumiu o cargo de CEO. — É uma história adorável.

O homem hesitou, olhando para sua lista de pessoas e depois de volta para os dois.

— Eu... ouvi falar de você...

— Exatamente. Então, podemos passar?

— Talvez eu tenha que verificar com...

Kate colocou uma mão delicada no topo do *tablet* e sorriu para ele com seus grandes olhos de corça.

— Posso verificar para você e, ao mesmo tempo, mencionar como você está causando uma cena bastante embaraçosa para nós dois. — Em seguida, apontou para a fila que se formava atrás deles, todos os convidados esperando para sair da chuva.

Rapidamente, o homem clicou em algo em seu *tablet*, caindo no ardil ou decidindo que o problema não era da sua alçada.

– Minhas desculpas, senhor Albright, senhorita Bishop. Por favor, sigam em frente. Aproveitem a noite.

– Obrigada – respondeu Kate. E juntos, com o braço dela enrolado no de Milo, entraram no armazém.

Estava escuro e fresco lá dentro, e Milo estava rígido como uma tábua ao lado dela. Ela murmurou de canto de boca:

– Aja *naturalmente*.

– Você acabou de mentir para entrar aqui – sussurrou ele.

– Minha irmã não vai se importar.

– Espere, você… você é parente *daqueles* Bishop? *De verdade?*

No escuro, ela não conseguia ver o rosto dele, mas decidiu que ele estava sendo sincero, então respondeu:

– Infelizmente.

No final do corredor, havia outro homem distribuindo números de leilões, e ele os deixou entrar no armazém principal. O lago de carpas abaixo deles se espalhava por todo o piso de vidro, que era coberto por vigas de aço, como um tabuleiro de xadrez. Abaixo dela, centenas de peixes, laranjas, brancos e malhados, nadavam em águas azuis cristalinas. O chão do aquário brilhava verde-água a uns bons três ou talvez cinco metros de profundidade. A quem quer que esta casa de leilões pertencesse, eles tinham *dinheiro*.

Ela já tinha visto aquários do tamanho de paredes antes, mas não debaixo do chão.

Milo murmurou:

– Obrigado. Mas por que você está aqui?

– Provavelmente pela mesma razão que você – respondeu ela, seu olhar passando rapidamente por todas as saídas. Duas de emergência nos fundos e a entrada da frente. Havia um palco à esquerda, com luzes roxas e vermelhas deslizando devagar, e logo ao lado havia uma porta para o que ela lembrava serem salas privadas e com sistemas de segurança onde os itens do leilão eram guardados. O livro estava lá dentro. Mas parecia que ela precisaria de um cartão-chave para acessá-lo.

– Você quer o livro – disse ele. Não era uma pergunta.

– Mais ou menos. – Ela se virou, encarando-o, e mexeu na gravata dele para fazer parecer que estavam tendo um momento íntimo enquanto ela checava o restante do armazém. Na luz baixa, podia jurar que ele estava corando. – Na verdade, quero algumas respostas. – Em seguida enrolou a gravata na mão e deu um puxão forte. Ele deu um grunhido desconfortável. – Caso não se importe, Milo.

Ele engoliu em seco.

– Que... tipo de respostas?

– Do tipo literário. Tenho certeza que você entende. – Ela estudou seus olhos, mas ele não estava nem um pouco assustado. Na verdade, parecia estar se divertindo um pouco. Interessante.

– Kate, não tenho certeza do que você está...

Ela puxou um pouco mais forte, fazendo-o ofegar.

Ele estremeceu.

– Está bem, *está bem*.

– Você disse que há seis livros. Quantos estão aqui?

– Por que eu deveria...

Ela puxou um pouco mais forte.

– Quantos, Milo? – repetiu ela. Um garçom passou, oferecendo alguns petiscos caros em uma bandeja de vidro brilhante.

– Um... eu acho.

– Você *acha*?

– Sim, eu *acho*. A menos que a pessoa que o colocou no leilão tenha desistido no último minuto ou um comprador já o tenha arrematado. *Ou o Rei do Crime.*

– Por que o Rei do Crime quer tanto os livros? – perguntou ela, esperando que Milo lhe contasse mais do que Misty havia contado.

Milo desviou o olhar para a massa de pessoas ricas em suas melhores roupas, exibindo uma opulência com a qual a maioria das pessoas nesta cidade nem sequer podia sonhar. As luzes de ambientação no teto do armazém, seis metros acima, projetavam sobre o rosto dele longas sombras rosa e vermelhas.

Ela tensionou a mandíbula.

– Eu salvei sua *vida*, você me deve, Milo.

– Eu sei – respondeu ele secamente. Ela enrolou a gravata na mão mais uma vez, até que a mão cerrada encontrou a garganta dele. – Meu avô costumava ser... Alguém está vindo – avisou ele, seus olhos se voltando para uma pessoa atrás dela. Seu rosto contraído.

– E então? Diga-me agora.

– Eu prometo, depois do leilão.

– Depois desta *conversa* – exigiu ela.

Ele cedeu:

– Está bem.

Ela relutantemente desenrolou a mão da gravata dele e olhou por cima do ombro para um casal que vinha em direção a eles. O homem branco era alto, tinha cabelo branco prateado bem curto, um tapa-o-lho dourado no olho esquerdo, e de braço dado com ele estava uma mulher loira com um vestido Dior extravagante e um sorriso gentil.

– Quem são eles?

Em resposta, ele a olhou com exatamente o mesmo olhar que ela lançou para ele quando entraram no leilão, para que ela seguisse a deixa dele, e pegou uma taça de champanhe de um garçom que passava para se misturar. O vidro também estava tingido de vermelho, as bolhas parecendo quadradas por trás do cristal refratado.

– Gregory Maxwell – cumprimentou Milo.

O homem em questão estendeu as mãos.

– Milo, *meu garoto*! Já faz séculos. Lamento muito pelo seu avô – acrescentou ele, sombriamente. – Você deve estar desolado.

A mulher loira assentiu, colocando a mão enluvada sobre o coração. A aliança de casamento em seu dedo provavelmente pesava mais do que uma barata de Nova York.

– Eu chorei quando soube, Milo! Ele era um homem maravilhoso.

Milo sorriu, mas era um sorriso tão vazio quanto a expressão em seus olhos.

– Foi… uma noite terrível, sim.

Que eufemismo, pensou Kate.

– Ele estava doente? – perguntou a esposa. – Sabe, meu clube do livro ontem à noite disse que talvez ele tenha sido *assassinado…*

– Cecelia – interrompeu o homem, repreendendo-a. – Não devemos espalhar boatos.

Ela parecia abalada.

– Ai, meu Deus, sinto muito. Isso foi muito rude da minha parte.

Kate passou o braço em volta de Milo de novo, porque percebeu que ele, pouco a pouco, começou a ficar rígido à medida que conversavam com Gregory Maxwell e sua esposa.

– Sinto muito, acho que não nos conhecemos – disse ela, mudando de assunto. – Eu sou Susan Bishop.

O homem se sobressaltou.

– Da *Editora Bishop*? Minha nossa, eu estava dizendo para minha esposa que não vemos seu pai há algum tempo! – Claro que não, ele estava na Costa Oeste envolvido em algum tipo de vilania nefasta para se tornar imortal ou em outro esquema de pirâmide exaustivo. – Sabe, eu queria marcar uma reunião com você para discutir seu modelo de distribuição. O modo como cortaram custos e conseguiram obter um lucro *impressionante* desde a partida de seu pai foi uma façanha. Sinto muito, no entanto, pelo seu casamento.

O sorriso de Kate estava tenso.

– Está tudo bem, eu deveria ter ouvido minha irmã. Ela não gostava dele desde o começo. E você é Gregory Maxwell…?

– Da Editora Pegasus! CEO, editor, idealizador e tudo mais. É tão bom finalmente conhecer uma contemporânea. Pensei que todos estavam no tribunal federal por hipotéticos monopólios imprudentes – explicou o homem de cabelos grisalhos, tocando sua gravata borboleta adornada com joias, uma esmeralda incrustada em ouro, que provavelmente valia mais do que um quarteirão inteiro. Tanto o homem quanto sua esposa exalavam opulência. – Esta é minha esposa, Cecelia.

– Prazer – respondeu Kate, também apertando a mão da esposa dele.

Milo explicou:

– A editora de Gregory é especializada em literatura infantil.

– Sim, e esta noite não é uma ocasião muito *divertida*? Há colecionadores literários de todo o mundo aqui, e quase todos vão dar lances no lote 67 – acrescentou, com uma piscadela maliciosa. – Pelo menos é por isso que estamos aqui! Mas eu acho que eles vão me tirar a casa com o preço. É muita sorte para o leiloeiro, entretanto, já que a arte é muito mais valiosa com o artista *morto* do que vivo. Provavelmente vou perder, mas não posso deixar de tentar dar um lance a outra peça para a nossa coleção particular.

– Ouvi dizer que sua coleção é bastante extensa – comentou Milo, inexpressivo. – Você não tem uma primeira edição de *Alice através do espelho*?

– Tenho! – Gregory riu. – Mas eu provavelmente nem precisaria fazer um lance esta noite se não tivéssemos recusado os livros do seu avô tanto tempo atrás. Temos nos repreendido desde então – continuou. – Teríamos ganhado milhões com ele.

– Porque é sempre isso que importa – comentou Milo com um sorriso tenso e vazio.

– É um negócio! É importante. E, se me permite, podemos fazer maravilhas com a marca do seu falecido avô – acrescentou, tirando um cartão de visita do bolso interno do paletó, sorrindo como um tubarão. Entregou-o a Milo, que o pegou sem olhar. – Poderíamos assegurar o legado de seu avô.

Milo apertou a boca formando uma linha fina, tentando controlar sua expressão como se tivesse acabado de provar algo podre.

– Vou pensar.

– Faça isso, meu garoto.

Cecelia disse ao marido:

– Querido, acho que estou vendo Abbott com o marido dele. Devíamos ir cumprimentá-los. Queremos estar na lista de convidados para a festa de Natal dele. Sabe, depois do leilão, você vai querer ir para casa e ir direto para a cama; ele acorda cedo – acrescentou ela baixinho, para Kate e Milo, como se fosse um segredo.

– Ah, sim, sim. Foi um prazer vê-los, Milo, Susan – acrescentou Gregory com um aceno de cabeça. Então, se virou para sair para outra parte do armazém. Kate esperava sentir Milo relaxar um pouco quando eles se afastassem, mas ele parecia ficar mais tenso a cada passo.

Até que, de repente, e de forma um tanto peculiar, ele entregou sua taça de champanhe intocada para Kate e se virou na direção do casal.

– Gregory – chamou ele. Tirou a luva da mão direita e a estendeu. Ele disse algo baixinho para o homem, embora Kate estivesse longe demais para ouvir, e, com ele de costas, ela não conseguia ler seus lábios.

Gregory olhou para a mão estendida de Milo um momento antes de aceitá-la com um aperto firme.

– Não será um problema. – Ela leu em seus lábios.

Em seguida, Milo calçou a luva de couro e voltou até Kate. Ela olhou para Gregory Maxwell, que esfregou as têmporas como se estivesse com dor, franzindo a testa. A esposa lhe sussurrou algo, ele sacudiu a cabeça com um sorriso, e os dois desapareceram na multidão. Milo pegou seu champanhe dela e tomou de um só gole.

Ela arqueou uma sobrancelha.

– Ruim assim, é?

– Abutres, todos eles – resmungou ele, sombriamente, colocando o copo vazio na bandeja de outro garçom que passava. Os garçons deslizavam entre as pessoas como sombras, e eram tantos, que Kate imaginou que metade deles também fosse de segurranças. – Gregory Maxwell é um dos piores. Ele e a esposa podem *parecer* perfeitos, mas há rumores de que estão separados.

– Deem um Oscar àquele homem – respondeu ela de forma elogiosa. – Pelo menos agora sabemos que o livro é o lote 67.

– Agora só temos que descobrir como obtê-lo – concordou ele, passando os olhos pela sala e depois até o mezanino que cercava o andar principal.

Algumas pessoas sombrias estavam encostadas na grade, as luzes refletindo em seus relógios e brincos caros. Kate imaginou que aquela fosse a seção VIP da casa de leilões, onde os ultrarricos se distanciavam dos moderadamente ricos. Afinal, eles não podiam se *misturar*.

Milo começou a andar em direção a uma das mesas, um orbe brilhante no meio que pulsava em um branco suave, e gentilmente puxou Kate com ele. Chegaram à mesa e pararam ali, e Milo pegou mais duas taças de champanhe de um garçom que passava e entregou uma para ela.

– Então, estávamos na parte em que você me contava por que esses livros são importantes – comentou Kate, e ele torceu o nariz ao se lembrar do acordo.

– Certo, certo. Bem, duvido que você acredite em mim.

– Faça sua melhor tentativa de me chocar – respondeu ela, fingindo que estava tomando sua bebida. Se alguém sabia sobre as mortes misteriosas relacionadas aos livros de Albright, ela imaginou que seria Milo.

Ele girou o champanhe em sua taça, observando as bolhas subirem até o topo. Seu rosto se contraiu.

– Já ouviu falar do Projeto Tremor?

– Deveria?

– Não, mas teria sido mais fácil se tivesse – respondeu ele, sem rodeios. – A coleção que estamos procurando é um conjunto único que meu avô criou para esconder sua pesquisa sobre o Projeto Tremor. Ele trabalhava para a S.H.I.E.L.D. – acrescentou, um pouco mais baixo. As pessoas andavam e se moviam ao redor deles, e Kate mantinha-se atenta conforme o faziam. Havia algo de predatório nessas pessoas. Algo que fazia sua pele se arrepiar. – Na década de 1980, ele trabalhou com desertores dos projetos governamentais Montauk e Stargate no Tremor; eles criaram uma maneira de enganar a amígdala, a parte do cérebro humano responsável por identificar possíveis ameaças e, por consequência, pesadelos, no que eles chamaram de "erro de interrupção".

Kate franziu a testa.

– Como uma falha no sistema de um computador?

– Exatamente – respondeu ele. – Resumindo, eles encontraram uma forma de fazer os pesadelos de uma pessoa, de fato, a matarem, basicamente assustando-a até a morte durante o sono.

Ela sentiu um arrepio percorrendo sua pele, lembrando-se de seu próprio pesadelo na noite anterior. Esses tipos de morte poderiam ser entendidos como de causas naturais, conforme Misty dissera.

– Quer dizer que esses livros escondem uma fórmula para algum tipo de toxina que desencadeia encefalopatia e psicose. Estou perto?

– Não.

Hã.

– Então, *não* é psicose?

– Não é uma toxina – esclareceu ele. E isso foi surpreendente, dadas todas as evidências que ela havia vivenciado até agora. – Uma linguagem escrita.

– Bem, *isso* não estava no meu cartão de bingo.

– É isso que a torna tão mortal. Meu avô e sua equipe acreditavam que nós, como humanos, poderíamos explorar a guerra psicológica. Sabe como os hipnotizadores usam aquelas espirais para hipnotizar as pessoas? É uma teoria como essa, mas, em vez de uma espiral, é uma forma, uma linguagem visual; assim nasceu o Projeto Tremor. Eles acreditavam que, por meio de sinais visuais, mensagens subliminares, uma pessoa poderia ser hipnotizada contra sua vontade para fazer o que o sinal visual especificasse. No entanto, eles testaram e aperfeiçoaram apenas um desses sinais antes de a pesquisa ser encerrada.

– A do pesadelo – deduziu Kate –, e a pessoa hipnotizada não saberia.

– A princípio, não. Não até que as alucinações comecem, e a essa altura é apenas uma questão de tempo até que morra ou seja levada à loucura.

– Ah. Isso… poderia facilitar muito os assassinatos.

Ele assentiu.

– Poderia. Meu avô queria experimentar outros sigilos, outras combinações. O que mais poderiam fazer? O poder desses sigilos acabava nos pesadelos ou era possível usá-los para outros propósitos também? – Ele deu de ombros. – A s.h.i.e.l.d. encerrou o projeto, mas, antes que pudessem evitar, meu avô roubou todo o trabalho relacionado ao Projeto Tremor, destruiu todas as cópias de arquivo e fugiu. Ele precisava de um lugar para esconder sua pesquisa. E que lugar seria melhor para guardar segredos tão perigosos do que um livro infantil?

Kate murmurou:

– Obviamente ele subestimou uma criança com um interesse obsessivo por quebra-cabeças e muito tempo livre.

Milo bufou.

– Ele subestimou muita gente. Ele criou uma linguagem falsa, Despalavra, baseada nos sinais visuais do Projeto Tremor e deixou pistas para a tradução ao longo da série de livros. Ele colocou seu trabalho nos seis volumes raros, escritos apenas em uma linguagem que alguém que tivesse lido os livros e descoberto o código fosse capaz de entender. E depois – ele deu de ombros – destruiu seu trabalho original e deu os livros, alguns para amigos, outro vendeu para um sebo e doou outro. Só guardou um deles, e eu fiquei com ele por segurança. Ele tinha ouvido falar que o Rei do Crime tinha adquirido um, então eu estava indo entregar o livro para ele quando...

– Trocamos nossas bolsas – completou Kate.

Milo assentiu.

– Sim. Só percebi que você estava com o livro quando eu já estava na livraria e... foi aí que o encontrei. Nos fundos. Ouvi alguém saindo e fui atrás dele, e aparentemente você veio atrás de mim, e o resto você sabe.

Kate encostou-se na mesa.

– Isso é... muita coisa para absorver. – E ela ainda tinha dúvidas, porque, se Milo estava falando a verdade, então, por que Albright tinha consigo o bilhete que teria amaldiçoado seu próprio neto?

A menos que ele não confiasse no neto. E, se fosse esse o caso, Milo não estava falando a verdade.

— Tente ser *neto* dele — respondeu ele, batendo sua taça de champanhe na dela. — Meu avô e eu nunca concordamos. E eu meio que gostaria de ter conversado com ele uma última vez, sabe?

Ela entendia melhor do que ele provavelmente pensava.

— Você não tinha como saber que nunca mais o veria.

O pomo de adão dele se moveu enquanto ele lutava para engolir, reprimindo as emoções.

— Suponho que você esteja certa.

Ela lançou o olhar pela sala de leilões mais uma vez. Havia uma orquestra de doze integrantes tocando no canto mais distante do armazém, o que só fazia com que todos quisessem falar mais alto.

— Bem, sem dúvidas faz mais sentido agora por que vejo tantos rostos familiares. Pessoas ligadas à Maggia e ao Senhor Negativo. Acho que a mulher de verde ali é uma representante do Doutor Destino. Tenho certeza de que há alguém do Rei do Crime aqui também. Não se trata de uma coleção de *livros*, mas de uma arma.

Milo suspirou.

— Por que os supervilões têm nomes tão chatos?

— Supervilão raramente significa *supercriativo*.

— Se eu fosse um supervilão — comentou ele, inclinando-se sobre a mesa em direção a ela —, pensaria no meu nome por pelo menos uma semana. Ia mandá-lo para um grupo de controle. Para ver se provocava medo em alguém.

— Faria isso, é? — Ela achou graça da ideia.

— Com certeza. Eu escolheria algo discreto, talvez um trocadilho.

— Os melhores nomes são trocadilhos — concordou Kate. E, enfim, no meio da multidão, ela encontrou exatamente quem queria ver. Um homem alto e desengonçado entrou pela porta com fechadura digital e rapidamente se misturou à multidão. Ele se pareceria com qualquer outro cliente do leilão, não fosse a silhueta volumosa no paletó — uma pistola — e o fone de ouvido da cor da pele. Ele também andava como alguém que tinha treinamento: peso nos calcanhares, as costas retas, os dedos parados demais. — Agora, rápido, me diga — falou, voltando sua atenção para Milo. — Como planejava obter aquele livro?

Ele deu a ela um olhar surpreso.

– Ah, hum, eu não planejei. Só queria ver *quem* o comprou e depois… ver se me dariam?

– É sério?

– Eu não sou um super-herói, Kate.

– Anotado. Então, tenho um plano melhor. Pode ficar aqui? – acrescentou ela. E, antes que ele pudesse impedi-la, saiu da mesa e desapareceu na multidão.

Ela era muito boa em se infiltrar em multidões e desaparecer. Tudo o que precisava fazer era se mover igual a todo mundo: ombros para trás, andando como se fizesse parte, e logo todos acreditavam. Agora precisava apenas descobrir uma maneira de pegar o cartão--chave e entrar na sala dos fundos ao lado do palco. O livro devia ser fácil de encontrar depois disso, bastava procurar o Lote 67.

Se ela não soubesse o que procurar, nem teria notado a porta. Ela se fundia quase perfeitamente à parede de metal, sua única indicação era um leitor de cartão-chave quadrado. Era também, como esperado, uma parte do armazém da qual os convidados se mantinham longe, porque tinha muito trânsito de garçons entrando e saindo das cozinhas nos fundos.

Ela deslizou os dedos pelo cinto preto em sua cintura. Uma das razões pelas quais escolheu o vestido prateado não foi apenas o fato de ser o único vestido de noite que possuía, mas também que, com um cinto preto na cintura, ela podia esconder uma dúzia de pontas de flechas nele. Embora não pudesse levar suas armas *de verdade* para o leilão, as pontas de flecha eram suficientes na hora do aperto. Pontas de flecha de betume, pontas de flecha sônicas, elétricas – ela tinha até uma de rede. America brincou dizendo que devia evitar levar um chute na barriga, mas na verdade isso era mesmo um problema. *Realmente* não queria ser eletrocutada, queimada e levar um golpe sônico ao mesmo tempo. Seria um dia *muito* ruim.

Por isso, tinha que ter cuidado com o modo como se movia, o que fazia, *como* fazia.

E isso incluía como ela pegaria o cartão-chave desse segurança. Talvez pudesse distraí-lo e...

– Kate?

Ah, droga.

Ela estremeceu e olhou em direção à voz. Para seu absoluto pavor, era a única pessoa que ela realmente *não* queria ver.

Misty Knight, em um impressionante terninho prateado da mesma cor de seu braço metálico, a cor brilhante contra sua bela pele escura. E ela *não* estava com uma expressão feliz.

– Eu podia dizer que estou surpresa em ver você aqui, mas estaria mentindo – comentou ela.

Kate tentou ficar de olho no segurança enquanto ele se afastava cada vez mais.

– Eu não sabia que você gostava de leilões.

– Detesto, e você?

– Detesto – concordou.

Misty deu um suspiro e se dirigiu a Kate:

– Então, importa-se de me dizer por que está aqui?

Kate desviou o olhar por um segundo – um *segundo* – e o homem desapareceu habilmente na multidão. Ela soltou um suspiro frustrado e voltou-se para a detetive disfarçada.

– Tenho certeza de que você já sabe.

– Sim, e é por isso que não consigo entender por que você está *aqui* – continuou Misty. – Acho que falei para você ficar fora disso. É perigoso.

– Você falou, e eu sei. – Kate baixou o olhar. – Mas eu não posso.

– Eu poderia prendê-la por atrapalhar uma investigação...

– Você vai? Porque eu gostaria de avançar naquela direção, se você for. – Kate apontou com o polegar para trás, e a inspetora disfarçada apenas soltou um longo suspiro. Sendo assim, Kate decidiu ceder um pouco. – Olha, não estou tentando atrapalhar você, mas também não posso simplesmente ignorar isso. Então, podemos trabalhar juntas?

– Não – respondeu Misty rapidamente –, mas só porque há muita papelada envolvida. Estou aqui porque a última ligação no telefone de E. L. Albright foi do vendedor do livro neste leilão.

– Você está aqui para se encontrar com o vendedor?

Misty checou seu telefone.

– Se eu conseguir.

– Deixe-me adivinhar...

– O vendedor usou um telefone descartável e, portanto, não consigo rastrear sua identidade? Com certeza.

Kate inclinou a cabeça para o lado, pensativa. Essa não podia ser a única razão pela qual ela estava ali, havia outras maneiras de localizar o vendedor em um leilão.

– Alguma outra coisa aconteceu, então.

– Ouvi dizer que você era uma detetive particular bastante decente.

– E uma ex-Jovem Vingadora. Eu me garanto – respondeu Kate.

A agente do FBI aproximou-se um pouco mais, com a voz baixa ao dizer:

– Dois livreiros foram internados na UTI com uma doença neurológica desconhecida hoje cedo.

– Dois *livreiros*? Civis?

– Sim. Ambos relataram pesadelos. Alucinações. Um deles acordou no meio da noite e tentou esfaquear o companheiro antes de ser internado.

Isso se parecia muito com os sintomas que Milo descreveu e que estavam relacionados ao Projeto Tremor. Mas por que dois civis teriam...

O bilhete, compreendeu, horrorizada.

O mesmo bilhete que ela viu, aquele com símbolos estranhos. O pesadelo dela na noite passada teve algo a ver com aquilo? Se ela teve pesadelos – e as alucinações? Ela se lembrou do estranho hematoma em seu braço, aquele que por um segundo parecera um olho.

Ah, céus.

Isso queria dizer... queria dizer que *ela* também estava infectada.

– Eles adoeceram nesta manhã – continuou Misty. – Estão exibindo sinais semelhantes aos de outras mortes "naturais" que cercam o caso, mas não consigo afastar a ideia de que há algo um pouco diferente nisso. As outras pessoas expostas morreram muito depressa após a exposição. Está mais lenta nesses livreiros. Se for uma toxina...

– Não é – informou a Misty. – É hipnose, não consigo explicar. Tem algo a ver com o Projeto Tremor dos anos 1980.

Isso era novidade para a agente.

– *Tremor*? Achei que havia sido encerrado.

– Foi, mas Albright fez parte disso. Havia um bilhete em seu corpo. Tenho certeza de que os livreiros leram ou pelo menos olharam.

– Terei que ver se a divisão de cena do crime detectou isso.

– Faça o que fizer, não olhe para ele. E, caso alguém tenha olhado, levem para o hospital imediatamente. É importante que quem esteja hipnotizado não durma.

A agente do FBI a encarou preocupada.

– Como você sabe de tudo isso, Kate? *Você* não estava na sala dos fundos também?

De repente, ela viu o cara emergir da multidão novamente, voltando para a sala de leilões. Era agora ou nunca.

– Estou bem. Explicarei tudo mais tarde, prometo – acrescentou e, rapidamente, se separou da agente e abriu caminho por entre a multidão.

Agarrou o homem desengonçado pelo pulso no momento em que ele passou o cartão-chave na fechadura e abriu a porta.

– Ursinho querido! – exclamou, girando-o.

O estranho lançou-lhe um olhar perplexo. Ele tinha um nariz torto por estar em um rosto que havia levado muitos socos.

– *Como é*?

– Ah! Desculpe! – Ela o soltou depressa, fingindo arrastar as palavras. – Achei que você fosse outra pessoa, ha! – A porta começou a se fechar, então ela agiu rápido e colocou as mãos nos ombros dele. – Mas você serve. – Então, empurrou-o para trás pela porta e foi com ele, dando um beijo em sua boca.

Eles tropeçaram pela porta da sala dos fundos. As luzes automáticas se acenderam acima deles. Ele rapidamente a afastou.

– Que *diabos*, senhora?

Kate limpou a boca, o batom manchando seu braço.

– Alguém já disse que você beija mal? – perguntou ela. E chocou a própria testa na dele. Ele caiu no chão como um saco de batatas. – Ai, ai – sibilou ela, esfregando a cabeça. Isso não ajudou em *nada* com sua dor de cabeça. – Caramba, cara! Seu crânio é feito de *metal*?

Em resposta, ele gemeu do chão.

Não havia mais ninguém na sala dos fundos, como ela suspeitava, mas havia uma câmera no canto superior atrás dela, bem perto da porta. Provavelmente também teria funcionado se ela não tivesse atirado uma ponta de flecha de betume na direção dela quando eles caíram lá dentro. Agora pingava uma gosma repugnante que lembrava…

A lama do pesadelo dela, na verdade.

Hum.

Ela se virou para o resto da sala e pôs as mãos nos quadris, olhando para os corredores apertados de prateleiras de metal e caixas, todas etiquetadas e bem organizadas só para ela.

– Muito bem. Eu tenho… – checou o relógio fino em seu pulso – vinte minutos até o início do leilão. Vamos começar.

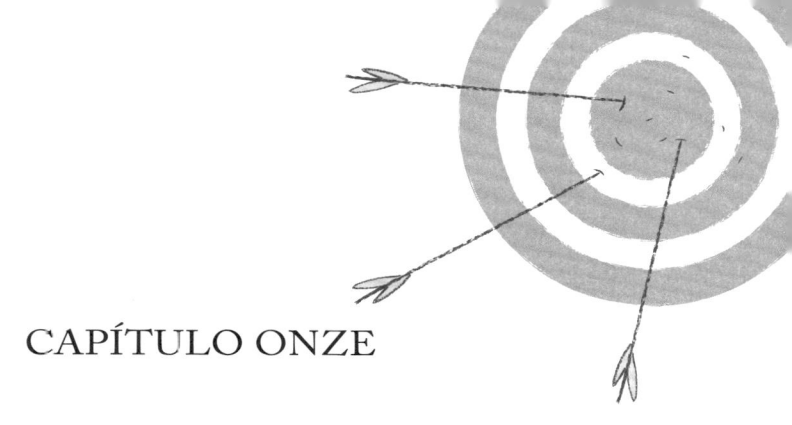

CAPÍTULO ONZE

VENDIDO PARA A GAROTA COM FLECHAS DE BANGUE-BANGUE

Se Kate fosse uma pessoa que apostava, apostaria que alguém apareceria nos próximos três minutos, assim que percebessem que a câmera estava quebrada, então ela tinha que pegar esse livro – e rápido.

Examinou as caixas, fileiras e mais fileiras delas em prateleiras limpas e arrumadas. Ela levantou as tampas de algumas, apenas para encontrar pinturas de Picasso, uma joia que ela *achava* que a família real britânica tinha sido a última a roubar e adagas Kree. Porque, é claro, não havia um tema coeso naquele leilão, exceto "o que as pessoas ricas podem pagar e provavelmente não deveriam possuir". Então, no terceiro corredor, ela abriu a caixa no item número 67, e, sobre uma pilha de feno, estava um livro com capa de couro muito parecido com aquele que havia encontrado na mochila de Milo. Aliviada, ela o tirou da caixa e abriu na folha de rosto: O CASTELO INABALÁVEL SE ABALA UM POUCO.

O segundo livro da série.

– Achei você – sussurrou. Quando pegou o livro, um olho se formou nas costas de sua mão. Ele abriu, piscou e girou a íris em sua direção. Ela sufocou um grito quando a maçaneta do estoque se sacudiu e pegou o livro.

Ela mal teve tempo de subir nas prateleiras e se empoleirar ali antes que um funcionário da casa de leilões entrasse na sala, seguido por dois homens brutais com coldres de armas na cintura. Eles apontaram para o betume na câmera e notaram que alguém estava ali.

Bem, *dã*.

Kate silenciosamente pegou a ponta da flecha sônica em seu cinto, o que seria uma droga caso fosse usada – especialmente para a joia na caixa 39 –, mas lhe daria uma chance de escapar agora que tinha o livro. Empoleirou-se, silenciosa como a morte, equilibrada em cima de uma das prateleiras. Como as luzes halógenas pendiam na altura do topo das prateleiras, enquanto não se mexesse, ficaria escondida na escuridão.

– Alguém esteve aqui – disse o segurança alarmado. – Avise ao chefe!

Seu colega assentiu e saiu do depósito, seguido rapidamente pelo funcionário do leilão. Isso foi de péssima sorte para o segurança abaixo de Kate. Ela mudou de posição, colocando o livro nas costas, preso pelo cinto. O guarda olhou para cima.

E a viu empoleirada nas prateleiras.

Ela relaxou a mira e saltou, batendo a lateral do sapato de salto alto no rosto dele. De repente, sua cabeça foi inundada de dor. Ela caiu tropeçando e se agarrou à prateleira para ficar de pé. Era como se um furador de gelo atravessasse seu crânio de novo. Sua respiração ficou presa. Como se ela… como se ela estivesse tendo…

Um ataque de pânico.

Isso não estava certo. Não era normal para ela.

O guarda se endireitou, depois limpou uma linha de sangue da bochecha onde o salto dela o cortou e lambeu.

– Isso é tudo que você tem, garotinha?

Ela cerrou os dentes e se empurrou para longe da parede.

– O que *você* acha? – rosnou e deu um soco. Sua cabeça queimou de dor novamente. Ele bloqueou o soco, mas não conseguiu bloquear a joelhada no estômago, nem o ataque seguinte dela. Cada movimento enviava outra pontada de dor pelo crânio dela.

Fazia a bile subir por sua garganta. Ela conseguiu agarrar o braço dele e torcê-lo, usando o impulso de seu corpo para virá-lo de costas. Ele bateu no cimento *com força*.

A essa altura, todo o corpo dela tremia.

No chão, o guarda gemia.

– Não foi seu movimento mais elegante, Bishop – murmurou para si mesma, tentando se livrar da dor de cabeça. Fazia sua visão oscilar. – Agora, como tirar Milo daqui…

Ela deveria estar mais preocupada com quem *mais* estava ali para roubar o livro, porque, assim que abriu a porta do depósito principal de novo, um rosto familiar apareceu em seu caminho. Ele inclinou a cabeça, sorrindo, e jogou para trás o chapéu de caubói.

– Bishop – ronronou ele.

Ela deu um passo para trás.

– Ah, Monty…

– O Rei do Crime não avisou a você para ficar fora dos negócios dele?

– Tecnicamente, ele apenas me disse para não invadir suas torres novamente – respondeu ela, tentando parecer mais corajosa do que realmente era. O salão estava começando a girar.

Montana tirou o laço do cinto.

– Bem, então deixe-me informá-la formalmente, senhorita, que…

Se ele tinha mais alguma coisa a dizer, ela não ouviu antes de puxar uma ponta de flecha elétrica do cinto e enfiá-la na barriga dele. Ele se tensionou intensamente, reto como uma vara, e se retorceu com um uivo. Em seguida, tombou para trás como uma árvore caindo, e ela passou depressa por cima dele e entrou de volta no armazém, fechando a porta atrás de si, sem que ninguém notasse. Rapidamente ajeitou o cabelo, inspirando, expirando, tentando acalmar os nervos enquanto corria de volta para a mesa onde Milo *deveria* estar.

E ele não estava lá.

As coisas estavam saindo do controle muito, *muito* depressa. Ela respirou fundo uma vez. Depois outra.

Acalme-se, Kate, disse a si mesma. Você está bem. Você está…

– *Kate Bishop!* – Ela ouviu Montana rosnar atrás dela. Virou-se. O caubói atravessava o armazém em direção a ela, afastando os clientes conforme se aproximava. Suas esporas faziam *cliques* agudos no chão de vidro.

– Isso é *meu* – grunhiu Montana, balançando o laço acima da cabeça. Os fios dourados da corda cintilavam entre os rosas e os vermelhos.

Ela não podia enfrentá-lo diretamente sem piorar sua dor de cabeça lancinante – e já estava tão ruim, que ela estava com vontade de vomitar. Mas ergueu os punhos de qualquer forma, porque de jeito *nenhum* ela ia cair sem lutar...

De repente, Milo o derrubou no chão.

– CORRA! – gritou ele.

Então, contra seu bom senso, ela fez exatamente isso. Virou-se e correu em direção à saída e, ao fazer isso, tirou o telefone do sutiã.

Com dedos trêmulos, digitou uma mensagem de última hora...

E enviou para sua melhor amiga.

No chão, Montana tentou arrancar Milo de cima dele, mas Milo continuou agarrando-o, puxando-o para baixo, até que Montana ergueu o punho e socou o rosto de Milo. O rapaz o soltou. Montana agarrou seu laço e girou-o uma vez acima da cabeça.

Kate estava quase na saída de emergência. As letras de neon brilhavam – acenavam. Ela estendeu a mão para a porta...

O laço se prendeu em sua perna direita. Montana o puxou.

Kate sentiu o chão sumir e se chocou contra o piso de vidro. As carpas abaixo dela se dispersaram.

Um bipe soou em seu cinto. Um, dois...

– Ah, não – sussurrou ela.

Uma ponta de flecha sônica disparou, enviando um guincho agudo pelo ar. Era quase ensurdecedor, como estar perto demais de uma motocicleta quando ela acelera pela primeira vez. As pessoas próximas estremeceram, tapando os ouvidos. O som na verdade aliviou a dor de cabeça de Kate, só um pouquinho, porque era um tipo diferente de dor.

Pelo menos até ela ouvir um estalo sob sua barriga.

– Ah, *não* – choramingou.

Montana se levantou e se aproximou, enrolando a ponta do laço na mão. Suas esporas se chocavam contra o vidro.

– Você não pode fugir pra muito longe de mim, Kate B…

Ela se virou de costas, tirou o livro do cinto e atirou-o no ar.

O painel de vidro de nove por nove do piso abaixo deles se estilhaçou.

Eles caíram no aquário. Ela começou a voltar à superfície, mas Montana a agarrou pela cintura. Puxou-a para baixo. Os pulmões dela estremeceram, gritando por ar.

Acima deles, Milo pegou o livro e levou-o ao peito.

A flecha sônica afundou com Kate e Montana, ainda fazendo barulho mesmo sob a superfície. Ao afundar, começou a rachar as vidraças ao redor deles, fraturas percorriam as superfícies como galhos de árvores. As pessoas se espalharam, fugindo das rachaduras.

Montana agarrou o cinto dela, percebendo o que havia nele, e tirou a faca. Ela tentou esbofeteá-lo, mas ele cortou o cinto, sorrindo largamente, e agarrou uma das pontas de flecha.

– *NÃO!* – gritou ela, sua voz saindo em uma onda de bolhas de ar. Ela mordeu a mão dele. Ele soltou e bateu a mão na lateral do rosto dela. A ponta de flecha se afastou deles. Então, um peixe abocanhou-a, pensando que era comida, e começou a nadar com ela. A extremidade da ponta de flecha piscou uma vez, depois duas, e depois…

Explodiu.

Em um momento ela estava lutando contra um caubói e, no seguinte, estava se esforçando para lembrar em que direção ficava a superfície. A onda de choque da explosão a separou de Montana. Espalhou-se por todo o aquário, abrindo um buraco na lateral do armazém, onde a chuva da noite entrou rodopiando naturalmente.

E, claro, a água jorrou para *fora*.

Espalhando-se pelo porto.

A corrente pegou Montana primeiro. Ele tentou se agarrar ao piso de vidro acima deles, mas não conseguiu encontrar um apoio – muito parecido com Augustus Gloop pego pelo cano de chocolate

– e, em vez disso, enfiou a adaga no fundo do aquário. A corrente levou seu chapéu embora.

Kate alcançou a superfície e emergiu, agarrando-se à estrutura de metal do chão em forma de tabuleiro de xadrez, cortando os dedos no vidro irregular. Tossiu, cuspindo.

– *Kate Bishop!* – rugiu Misty, emergindo da multidão restante reunida nas vidraças do piso que *não* estavam quebradas. Misty estendeu a mão para tirá-la da água, apertando-a com força. – Você vai acabar me fazendo ser *demitida*!

Kate sentiu o laço em torno de seu pé se esticar. Montana deve ter perdido a luta contra a corrente. A mão dela escorregou da mão de Misty, enquanto ela gritava:

– Diga ao FBI *que foi minha culpaaaa!* – Antes que fosse arrastada para baixo.

Em um instante, Kate estava sendo arrastada por um aquário de carpas que provavelmente *nunca* teria sido aprovado em uma fiscalização de obra, e, no seguinte, ela e seu bom amigo Monty estavam sendo sugados pelo buraco na lateral do armazém e cuspidos cinco metros e meio na direção do rio Hudson logo abaixo.

De repente, Kate ouviu algo se estilhaçar – tão alto e penetrante, que seus ossos foram sacudidos.

Quando se deu conta, havia passado por um buraco em forma de estrela na realidade, e as cores giravam ao seu redor como um caleidoscópio. Ela caiu passando por uma dimensão de amarelos, verdes e vermelhos, subitamente sem peso. Seu cabelo flutuava como se ela estivesse submersa, lagostas do tamanho de pessoas olhavam para cima e apontavam para ela, um espetáculo encharcado caindo e com uma corça amarrada no tornozelo.

Outro portal em forma de estrela se abriu abaixo dela, para a cidade, a sujeira e as calçadas salpicadas de chiclete.

Kate se chocou *com força* contra o cimento.

O portal fechou um segundo depois, rompendo a corda, que caiu frouxa ao lado dela. Ela gemeu, tossindo água e bile, cada osso de seu corpo latejava. Empurrou-se e rolou de costas.

E lá estava America Chavez, de braços cruzados, rosto contraído de raiva, e ela era a visão mais linda que Kate já tinha visto em toda a sua vida.

Transcrição (continuação)

[Testemunho de Katherine Elizabeth Bishop sobre os eventos ocorridos no Edifício Stephen A. Schwarzman da Biblioteca Pública de Nova York em 2 de agosto]
Colhido por Misty Knight

KNIGHT: Ah, sim, eu lembro dessa parte. Demorei um pouco para pescar aquele homem do rio Hudson. Fiquei me perguntando como você escapou.

BISHOP: Sempre tenha uma melhor amiga que possa abrir buracos interdimensionais na superfície da realidade.

KNIGHT: É o que parece. Já que estamos falando do leilão, o proprietário do armazém em questão gostaria de saber para onde enviar a fatura.

BISHOP: [SILÊNCIO]

KNIGHT: [SILÊNCIO]

BISHOP: Então, depois do armazém, voltamos para o apartamento de America…

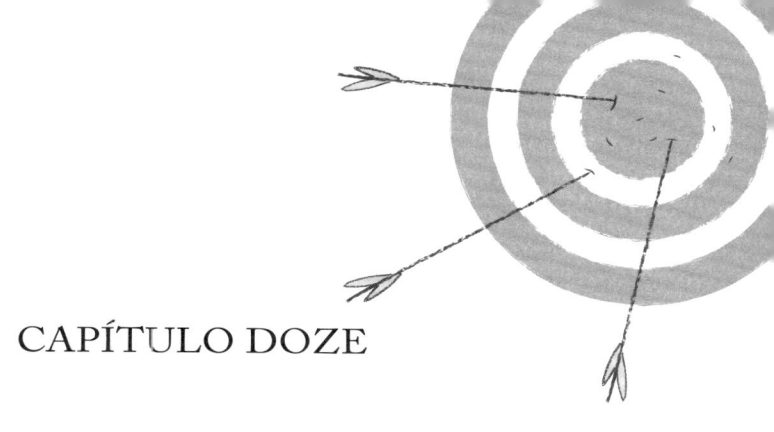

CAPÍTULO DOZE

DE VOLTA RAPIDINHO

Kate queria rastejar para debaixo de uma pedra e morrer. Estava cansada, dolorida e, naquele momento, tendo uma discussão com America. O que era meio difícil de fazer quando se tinha um saco de ervilhas congeladas pressionado contra a lateral da cabeça.

– Falando sério! Eu teria ido com você em vez disso! – gritou America, jogando as mãos para o alto enquanto andava de um lado para outro na sala de estar. Após sua provação que desafiou a morte, Milo as encontrou do lado de fora do armazém, com o livro na jaqueta, e America os transportou de volta para seu apartamento em Washington Heights. Isso provavelmente era o melhor a ser feito, porque, se Montana ainda estava por perto, Kate suspeitava, era porque os caras que vigiavam seu apartamento trabalhavam para o Rei do Crime.

Milo naquele momento tinha um saco de cenouras em cubos congeladas pressionado contra a bochecha, parecendo tão lamentável quanto Kate provavelmente se sentia.

Ela afundou no sofá irregular. Lucky apoiou a cabeça no joelho dela, como se dissesse *Pronto, pronto*.

– Eu falei que sinto muito… queria que você fosse para o seu encontro.

– E o encontro foi ótimo! Eu poderia ter remarcado! – continuou America. – E, depois, recebi aquela sua *mensagem enigmática*!

Kate ressaltou:

– Não acho que tenha sido *tão* enigmática...

Em resposta, America pegou seu telefone, abriu as mensagens de texto e recitou:

– "SOCORRO, PRECISO DE UMA FORMA DE MUGIR".

Ela estremeceu.

– "Fugir". Era para ser "fugir".

Milo ressaltou:

– Para ser justo, a vaca quase foi pro brejo.

– Hmm-hum. E agora? – America olhou de um para o outro. – Um de vocês vai me contar o que está acontecendo? Tipo, o que *realmente* está acontecendo?

Milo lançou um olhar hesitante para Kate, como se essa não fosse a melhor ideia, mas, se aquela hipnose de pesadelo continuasse bagunçando com a cabeça dela, então, ela preferia que America *soubesse* do que não soubesse. Poderia colocá-la em perigo por causa de quem quer que estivesse atrás dos livros, mas era o tipo de risco calculado que Kate sabia que teria que correr. Por isso, ela respirou fundo e decidiu arrancar o band-aid proverbial.

– Então, esses livros...

De repente, Milo interrompeu:

– Ela está fazendo isso por mim.

Tanto America quanto Kate o encararam, perplexas.

Ele continuou, incapaz de olhar para Kate:

– Meu avô era excêntrico e reservado e escondeu segredos altamente valiosos sobre um estudo psicológico letal em edições exclusivas de colecionador de seus livros – explicou ele, erguendo o livro do leilão: *O castelo inabalável se abala um pouco*. A encadernação parecia idêntica à do primeiro. – Suponho que foi por causa desses livros que meu avô foi assassinado, então pedi a Kate que me ajudasse a encontrar todos e garantir que ninguém pudesse usar os segredos contidos neles.

America encarou o livro, cautelosa.

– Seu avô os escondeu em *livros infantis*?

Milo sorriu diante disso, mas era um pouco forçado demais.

— Livros infantis são um pouco mais complexos do que muitas pessoas imaginam, e que lugar seria melhor para esconder seu legado? Meu avô estudou os efeitos de certos sigilos e como, em sequências específicas, eles poderiam gerar comandos neurológicos, principalmente a morte por meio do medo induzido por pesadelos e, mais tarde, por alucinações.

— E é por isso que... — O telefone de Kate tocou, interrompendo-a, e ela olhou para a mensagem. A única pessoa que mandava mensagens para ela a essa hora era Clint...

Mas não era.

America olhou para ela.

— Quem é?

— Misty — respondeu, em um murmúrio, e enviou uma mensagem de volta. — Ela prendeu o cara do Rei do Crime no Hudson.

— Ainda bem — declarou Milo com naturalidade. — Não consigo imaginar o que Rei do Crime faria se conseguisse todos os seis livros. — Depois ele inclinou a cabeça e acrescentou: — Assassinato, creio eu.

— Ou *pelo menos* chantagem — respondeu Kate.

America murmurou um palavrão baixinho e começou a andar de um lado para o outro em seu apartamento, enquanto Kate tentava controlar suas emoções. Não podia deixar que vissem suas mãos tremendo, por isso, tentou não pensar em como aqueles livreiros haviam entrado em contato com o bilhete no mesmo dia que ela. Nem America, nem Milo sabiam que ela também estava infectada — seria essa a palavra certa? Sob influência? Hipnotizada? *Enfeitiçada?* —, e era preferível que continuassem assim.

Não sabia quanto tempo ainda lhe restava. Ela e os livreiros tinham sido todos expostos ao mesmo tempo... estariam todos mais perto da morte do que ela pensava?

Ela ia saber quando acontecesse? Simplesmente adormeceria e nunca mais acordaria, devorada por aquela criatura em seu pesadelo?

Lucky choramingou, como se dissesse: *Não se atreva a ir a lugar algum*, e ela o afagou atrás das orelhas.

– Bem. – America finalmente parou de andar e colocou as mãos nos quadris, sua pose favorita para pensar. – Você não pode exatamente ir a todas as livrarias do mundo para encontrar esses livros, então, se eu fosse você, rastrearia aqueles sobre os quais você já tem informações. Se a divisão de Misty abriu um caso por causa de mortes misteriosas em torno do livro que Rei do Crime já tem, então, talvez essas mortes possam…

Milo interrompeu:

– A hipnose é indetectável. Vai parecer que morreram de causas naturais. Esse é o encanto.

– Sim, *porém* – America levantou um dedo –, você disse que o Rei do Crime só pode encontrar a pesquisa do seu avô com todos os *seis* livros. Como as pessoas estão morrendo de hipnose se ninguém conhece os sigilos?

Kate sentou-se um pouco mais ereta.

– A menos que seja alguém que *já* conheça os sigilos.

– *Exato!*

– Bem, meu avô não os usaria – declarou Milo um pouco tenso.

Então, por que ele escreveu aquele bilhete para você? Kate queria perguntar, mas, se o fizesse, deixaria transparecer que tinha visto os sigilos e estava hipnotizada. Não, era melhor manter isso para si mesma por enquanto.

– Talvez não – concordou America –, mas se conseguirmos descobrir *quem*…

– Não importa *quem seja* se não conseguirmos reverter os efeitos – interrompeu Milo. – E, para fazer isso, precisamos de todos os seis livros.

– Podemos impedi-los de hipnotizar qualquer outra pessoa – argumentou America.

– E enquanto isso? Enquanto o Rei do Crime faz uma onda de assassinatos coletando todos os livros? São simplesmente danos colaterais? – perguntou ele, sombriamente. – É o dilema do bonde: salvamos cinco pessoas que correm o risco de serem atropeladas por um bonde, desviando-o para matar apenas uma pessoa nos outros trilhos?

America lançou-lhe um olhar penetrante, e ele sustentou o olhar dela.

Até que ele desviou primeiro, deixando cair o saco congelado de cenouras na mesinha de centro, e se levantou.

– Onde é o banheiro?

Tanto America quanto Kate apontaram na direção do corredor, e ele saiu. Quando ele fechou a porta, um silêncio rígido caiu entre as duas. Milo com certeza ficou incisivo muito, muito depressa. Kate esfregou o rosto com as mãos. Estava encharcada, cheirava a um lago de carpas e sentia dores por todo o corpo. Tudo o que queria era dormir. Mas se o fizesse...

America cruzou os braços sobre o peito mais uma vez.

– Eu não confio nele, Kate – sussurrou ela.

– Ele passou por muita coisa. Primeiro o avô dele morreu, depois o Rei do Crime tentou matá-lo e agora ele tem que limpar a bagunça do avô.

– Eu sei, mas... – Ela hesitou, e Kate percebeu que ela queria dizer mais alguma coisa, mas depois pensou melhor e balançou a cabeça. – Deveríamos apenas ter cuidado, certo? Vou ajudar você amanhã nessa busca. Duvido que todos os livros estejam na cidade, portanto, você vai precisar de mim de qualquer forma.

Kate deu-lhe um sorriso tranquilizador.

– Não seria um golpe de sorte se estivessem?

– Você nunca tem tanta sorte. Vai ficar aqui esta noite de novo, certo?

– Infelizmente, acho que sim.

– Ótimo. Você deveria ficar no sofá esta noite.

– Eu pareço *tão* cansada?

– Não quero ofender, mas sim.

Kate coçou o queixo de Lucky, tentando não pensar no que poderia acontecer caso *realmente* adormecesse.

– Vou tentar dormir um pouco.

– Por favor, tente. Você não vai ajudar ninguém se estiver exausta. Boa noite, me chame se precisar de alguma coisa, está bem?

– Sim, obrigada.

America piscou.

– Estou do seu lado. – Depois foi para o quarto e fechou a porta, e Kate se afundou de novo nas almofadas.

Sentia-se impotente – e culpada por envolver America nisso, *em especial* porque sabiam tão pouco sobre essa pesquisa bizarra. Não queria colocar sua melhor amiga em uma situação perigosa – mesmo que America comesse situações perigosas no café da manhã. Ela não era exatamente capaz de socar um pesadelo, e essa hipnose parecia feita sob medida para contornar todas as defesas de America. Se Kate não conseguia nem *se proteger*, como podia envolver mais alguém nisso? Os problemas pareciam seguir Kate aonde quer que ela fosse. Não podia simplesmente encontrar um presente de aniversário para sua irmã, podia? Apenas impedir um assalto *normal*? Não, tinha que salvar uma edição assassina de um livro de uma série infantil que acabou sendo a chave para basicamente destruir com o mundo como ela o conhecia. Esse estranho veneno visual – esse *feitiço* – não afetava apenas sua capacidade de dormir, mas também sua capacidade de fazer todo o resto.

De salvar as pessoas, de salvar *a si mesma*.

Que tipo de monstro criaria um feitiço como esse?

Que tipo de monstro espalharia isso?

Quando Milo voltou do banheiro, pegou o livro e sentou-se no sofá ao lado dela e de Lucky, que arreganhou os dentes até Kate dar uma palmadinha no nariz dele.

– Desculpe – murmurou ela. – Não sei o que há com ele.

– Dizem que os cães são bons juízes de caráter – respondeu Milo, olhando para Lucky –, mas talvez este esteja quebrado.

Ou talvez Lucky e America estivessem no caminho certo.

– A única coisa que Lucky é capaz de avaliar é uma fatia de pizza – mentiu, e o cachorro bufou e jogou a cabeça no colo dela. – Ele adora uma boa pizza.

– E quem não adora? – Milo pegou o livro da mesinha de centro e tirou o marcador de fitilho com a etiqueta do número do lote na ponta. Jogou-a na mesa de centro. – Então, faltam mais cinco. Pelo menos sabemos onde dois estão.

– Para o bem ou para o mal – concordou ela, olhando para o número do lote. Sessenta e sete. Ela deu um pulo. – Espere. Sessenta e sete.

– E daí?

– Seu amigo… bem, não amigo, mas conhecido. O cara de cabelos grisalhos e tapa-olho! Ele não disse que pretendia fazer uma oferta no lote sessenta e sete?

Milo encolheu os ombros.

– Aposto que quase todo mundo lá pretendia.

– Sim, mas ele disse que era para *aumentar* sua coleção – ressaltou ela, e ele também entendeu a mesma coisa.

– *Aaaah*.

– Exatamente. – Ela sorriu. – Acho que sabemos nosso próximo movimento.

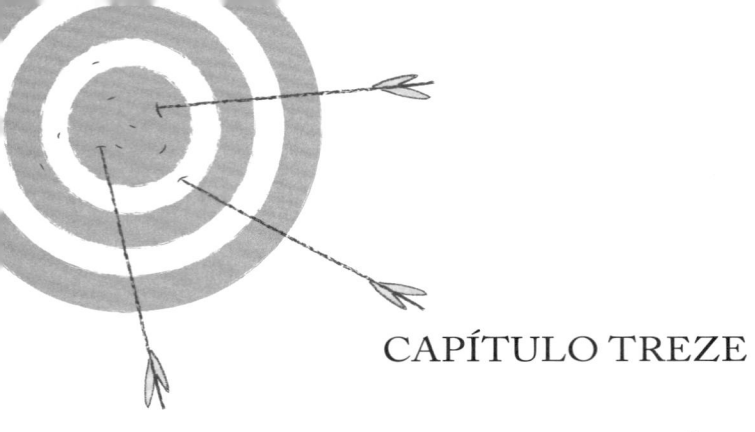

CAPÍTULO TREZE

BOM ATÉ A ÚLTIMA GOTA

A cobertura de Gregory Maxwell ocupava três andares inteiros em um arranha-céu muito caro na Park Avenue. Era excepcionalmente luxuoso, com três porteiros bonitos e um segurança postados na porta da frente. Teria sido difícil para Kate entrar furtivamente neste complexo, mas, para sua sorte, Milo cedeu e admitiu que podia ter um caminho muito mais fácil para entrar na casa de Maxwell…

Um convite.

Sendo assim, ele pegou o cartão de visita que Gregory lhe dera e discou o número. Eram dez e meia da noite, e Gregory ficou perplexo com o telefonema de Milo… até que Milo usou seu trunfo.

– No fundo, eu gostaria de conversar. Sobre sua proposta.

E isso bastou para Gregory convidar Kate e Milo. Ele caiu que nem um patinho.

America relutou um pouco em deixá-los ir, mas Kate argumentou que, quanto mais cedo conseguissem todos os livros, melhor. Além disso, era a oportunidade perfeita para America fazer a própria investigação sobre Milo enquanto Kate o distraía. Portanto, America a fez prometer que levaria Lucky, e ela o fez. Sentia-se um pouco mais segura com o cão ao seu lado, que era um reforço tão bom quanto qualquer outro. Além disso, cães não sabiam ler, então Lucky não corria perigo com esse feitiço estranho.

Kate, Lucky e Milo entraram no elevador, que os levou por 33 andares até a cobertura de Maxwell.

O plano era simples: Milo ia entrar e distrair Gregory, enquanto Kate se esgueiraria com Lucky para caçar a estimada *coleção* de Gregory (Kate esperava encontrar os três livros enfileirados em uma estante. Não seria excelente?). Era um plano simples.

E, melhor ainda, não envolvia nenhuma luta.

Ainda assim, enquanto o elevador subia, tirou da bolsa que ela trazia pendurada no ombro a aljava e o arco composto e preparou ambos.

– Só por precaução – disse para ele com um sorriso rápido.

O elevador se abriu no 33º andar – e foi nesse momento que eles encontraram o primeiro problema.

Embora soubessem que Gregory tinha *três andares inteiros*, Milo não percebeu que o elevador dava direto *dentro* da cobertura. Ele saiu sozinho, sem saber o que fazer.

Kate murmurou:

– Mantenha-o falando. Eu cuido disso – antes que as portas do elevador voltassem a se fechar.

Ela apertou o botão para o andar acima e, assim que o elevador começou a subir, apertou o botão de parada de emergência e abriu a saída de emergência no teto. Levantou Lucky primeiro e depois subiu. Abriu as portas do elevador para o próximo andar com uma de suas flechas. A porta se abriu apenas o bastante para que ela empurrasse Lucky.

– Você *realmente* precisa reduzir o consumo de pizza – bufou e em seguida passou ela mesma.

Viu-se no segundo andar da cobertura de Gregory, cheia de quartos enormes e esculturas estranhas. Muitos dos retratos nas paredes pareciam ter sido pintados pelo mesmo homem – o próprio Gregory, segundo a assinatura. Eram os únicos toques de cor neste apartamento deprimentemente branco.

Não havia personalidade nenhuma em todo o espaço. As paredes eram brancas, os móveis eram brancos, os tapetes no chão de madeira de freixo. Era imaculado e sinistro, como se o sofá, o tapete e a mesa existissem porque eram *obrigatórios*. Caso contrário, o apartamento pareceria muito mais estranho.

Lucky manteve-se ao lado dela enquanto avançavam pelo corredor até a escada circular. Ela parou no topo, quieta, enquanto Milo seguia Gregory até a parte principal do apartamento, provavelmente a sala de estar, se ela tivesse que adivinhar a disposição.

A primeira coisa que Kate notou foi que Gregory não parecia nada bem. Sua pele parecia doentiamente pálida, quase cinza, e ele ficava enxugando a testa com um lenço que combinava com seu pijama de seda carmesim.

– Ah, Milo, meu garoto! Sinto muito, você me encontrou em um momento terrível. Cochilei no sofá e tive o *pior* sonho que já tive, então desculpe minhas roupas. Entre, entre – disse ele a Milo. Havia substituído seu vistoso tapa-olho dourado por um preto simples. – Devo dizer que sua ligação foi uma grande surpresa. Depois daquele... *fiasco* no leilão, ficamos sem ter o que fazer! Aparentemente, um homem usando chapéu de caubói *roubou* o livro de Albright. Cecelia e eu ficamos tão perturbados que quase pensamos em queimar toda a nossa coleção.

Isso parecia um pouco exagerado, mas, se Kate tinha aprendido alguma coisa, era que bilionários eram exatamente isso... *exagerados*.

Pelo menos o roubo não tinha sido atribuído a ela... ainda. Provavelmente porque foi Montana que Misty Knight arrastou para fora do rio Hudson, muito depois de Kate e Milo terem saído de cena.

Gregory e Milo sentaram-se nos sofás brancos, onde o anfitrião juntou os dedos, e foram direto ao assunto.

– Então, você veio falar sobre os livros do seu avô. Devo dizer que fiquei surpreso por isso não poder esperar até de manhã.

Milo recostou-se no sofá, ficando à vontade com muito mais facilidade do que Kate esperava. Ele colocou um braço nas costas do sofá.

– Por que esperar quando podemos fazer negócios agora?

Gregory concordou com entusiasmo.

– Verdade, por que esperar?! Eu sempre disse à minha esposa que os livros do seu avô…

– Falando nisso – interrompeu Milo, inclinando-se para frente de forma conspiratória –, onde está sua coleção? Já ouvi falar tanto dela…

– Ouviu? – Os olhos de Gregory cintilaram. Pareceu ser sua única alegria quando ele se levantou e conduziu Milo até as portas de mogno fechadas no outro lado da sala… completamente oposto ao lugar onde Kate estava. Totalmente fora de alcance. Claro que estava. Ela resmungou isso baixinho, e Lucky bufou concordando. Maxwell continuou: – Normalmente não mostro minha coleção para ninguém, mas talvez convença você a me entregar o *Castelo inabalável*…

– Definitivamente não faria mal nenhum – respondeu Milo, com falsa amabilidade.

Gregory juntou as mãos.

– Excelente! Agora, deleite seus olhos…

Então, ele recuou até as portas duplas e as escancarou atrás de si.

O queixo de Kate despencou.

Tal qual o restante do apartamento, o branco impessoal se espalhava pelo aposento, sobre todas as prateleiras embutidas, escrivaninhas, cadeiras e *livros*… Uma sensação ruim começou a espiralar no estômago de Kate, conforme Milo entrava no escritório e dava uma volta completa para ver a extensão do… dano.

Porque *era* dano.

Cada livro, cada item de colecionador, cada diário precioso, cada edição rara e cada cópia encadernada de um texto perdido havia sido pintado de branco.

– Meu exemplar de colecionador de *O castelo inabalável e suas provações* está aqui em algum lugar – declarou Gregory, acenando com a mão em direção às prateleiras e mais prateleiras de lombadas pintadas de branco –, embora eu, na verdade, não consiga lembrar onde está. Talvez ali perto da janela? – Ele franziu a testa pensando.

– Ou perto do busto de Willy Shakes? Ah, depois de algum tempo todos parecem iguais – disse ele, virando-se para Milo com olhos famintos. – Agora vamos, Milo, meu garoto?

– Nossa, você definitivamente amplia o sentido da palavra *coleção* – declarou Milo, inexpressivo, observando a biblioteca. – Apenas *um* dos livros do meu avô?

Em resposta, Gregory balançou o dedo e estalou a língua:

– Você, meu rapaz, deveria saber que não se trata da *quantidade* de livros, mas da *qualidade*.

Kate observou as mãos de Milo se cerrarem em punhos e depois relaxarem de novo.

– Claro – respondeu ele, com a voz vaga. – Na sala de estar?

– Naturalmente. Eu não gostaria de fazer negócios aqui. É tão *impessoal*.

Em seguida, voltaram para a sala, mas pelo menos Kate sabia para onde ia. Olhou para Lucky e murmurou:

– Por que nada disso pode ser fácil?

Em resposta, Lucky se encolheu.

Parecia que poderia haver um corredor na direção de onde ela veio até o outro lado da cobertura e, com sorte, outro lance de escadas que a levaria para mais perto do escritório. Ela não era *contra* o uso dos dutos de ar, mas preferia não fazê-lo. Portanto, ela e Lucky voltaram por onde vieram e entraram em um corredor branco adjacente. Os corredores eram todos iguais; a única diferença eram os retratos, mas logo ela percebeu que eram todos da mesma mulher…

A esposa de Gregory. O nome dela era Cecelia, não era?

Eles pareciam inseparáveis. Kate se perguntou por que haviam se separado.

O outro lado do segundo andar era praticamente igual ao primeiro: quartos excessivamente grandes com colchas brancas, tudo tão pouco prático, em especial para um apartamento para *duas pessoas*. Era como se, mesmo com todo esse espaço, eles preferissem não preenchê-lo com… nada. Sua irmã também tinha entrado na moda minimalista há alguns anos, mas nada nesse nível. Viver em um apartamento tão limpo e intocado parecia… vazio. Como se nunca tivesse sido feito para ser habitado, mas sim exibido e depois vendido pelo lance mais alto quando os atuais ocupantes morressem.

Felizmente, ela encontrou um lance de escadas até o primeiro andar e, por sorte, o corredor levava à sala de estar ao lado do escritório. Kate não percebeu até já ter entrado na sala de estar e rapidamente se puxou – e Lucky – para trás com um pulo.

Gregory olhou em volta.

– Ah, que barulho foi esse?

Milo pensou rápido e derrubou a xícara de chá.

– Ai, droga! Desculpe, desculpe – disse, tentando salvar como podia. – Fico tão desastrado quando estou nervoso.

Gregory levantou-se e correu em direção à cozinha para pegar uma toalha, e Kate aproveitou o momento para contornar o corredor e entrar no escritório.

– Obrigada – murmurou para Milo. Depois, cuidadosamente fechou as portas atrás de si e de Lucky.

Do outro lado, ela ouviu o retorno do bilionário.

– Não tem problema! Todo mundo é um pouco desajeitado às vezes. Por que Cecelia… – Ele hesitou e, então, decidiu mudar de assunto. – Bem, Milo, meu rapaz, como eu já falei antes, a Editora Pegasus é o lar perfeito para obra de Albright. Poderíamos ser ótimos juntos. Edições de colecionador luxuosas, caixas exclusivas; podemos tornar o legado do seu falecido avô lucrativo e lendário…

Kate se afastou das portas de mogno enquanto Gregory Maxwell falava sem parar. Pelo menos ele gostava de se ouvir falar.

– Mantenha-o ocupado, Milo – murmurou ela, voltando sua atenção para os livros pintados de branco –, porque vou demorar um pouco.

Ela rapidamente se pôs ao trabalho. O escritório era esquisito, parecia quase um cenário. Feito para ser visto, mas não habitado. Kate tirou um livro e depois outro. Ela teve sorte de o *livro inteiro* não ter sido pintado – apenas as partes que as pessoas podiam ver. O que, a menos que fosse o fim de uma fileira, era apenas a lombada. Ainda era horrível, mas não tão ruim quanto ela pensara a princípio.

Milo e o proprietário da Editora Pegasus discutiram a aquisição dos romances da série *Castelo inabalável*, para grande desgosto de Milo. Ele não queria sugerir o plano quando pegaram um táxi para Park Avenue, mas era a única maneira garantida de conseguir uma audiência com Maxwell, especialmente àquela hora da noite.

– Como pode ver – continuou Gregory, enquanto Kate checava livro após livro o mais rápida e silenciosamente que conseguia. Lucky farejava pela sala, ficando mais agitado a cada momento. Ele choramingava, e Kate o mandava ficar quieto todas as vezes –, a *atual* editora do seu avô não consegue nem atender à demanda; isso não seria um problema para a minha editora.

Ao que Milo respondeu:

– Não, vocês apenas lançam livros sem qualquer tipo de marketing.

– É melhor ter o livro nas livrarias, disponível! – retrucou Gregory. – E a série *Castelo inabalável* nunca teria problema de marketing. Se a relançarmos, haverá lançamentos à meia-noite. Haverá alarde! E não um eventozinho minúsculo em uma loja qualquer no *Brooklyn*... – Ele fez uma careta ao dizer o nome, como se nunca tivesse posto os pés lá em toda a sua vida. – Na Editora Pegasus, daremos à sua família, que a alma de seus falecidos pais descanse em paz, respeito *de verdade*.

– Prefiro que não mencione meus pais – respondeu Milo friamente.

Kate franziu a testa. Milo... também não tinha pais? Essa era uma grande parte de sua vida para omitir. Eram só ele e o avô? E agora só ele? Ela e a irmã não se davam bem o tempo todo, mas Kate ainda estava sempre infinitamente feliz por não estar sozinha.

– Sim, claro... – hesitou Gregory por um momento, como se finalmente percebesse que tinha passado dos limites.

Kate revistou prateleira após prateleira. Suspeitava de que o livro se pareceria tanto com o primeiro, da mochila de Milo, quanto com o do leilão. Encadernado em couro. Páginas enrugadas. Filigrana dourada na frente com o título do romance.

Lucky andava de um lado para o outro perto da porta.

Kate olhou para ele.

– Shhh! – sibilou ela pela terceira vez. O cachorro baixou as orelhas, mas ainda parecia em pânico.

Que estranho. Lucky nunca agia assim. Ele estava sentindo algum cheiro?

– Só mais alguns segundos, garoto – sussurrou ela, enquanto puxava a escada com cuidado para começar a caçar na última parede. Uma coisa era certa sobre Gregory Maxwell: ele conseguia preencher o silêncio facilmente. Milo mal precisou dizer uma palavra para ele fazer longos discursos e tangentes, e voltar apenas minutos depois para responder à pergunta inicial. Eles conversaram sobre coisas que Kate já tinha ouvido falar antes nos escritórios do pai: distribuição, apoio da editora, estratégias de marketing, direitos autorais. Gregory até se ofereceu para comprar os livros da antiga editora.

– Eles não estão fazendo *nada* por você – insistiu o homem. – Ora, se não fosse pela reputação do seu avô...

De repente, Lucky choramingou – desta vez bem alto.

– Que barulho é *esse*? – perguntou Gregory, e Kate ouviu o chão ranger quando ele se levantou.

Ela redobrou seus esforços, puxando os livros da estante apenas o suficiente para ler os títulos. Não, não, definitivamente não, pobre *Crepúsculo*, não, não, William Shakespeare não elaborou piadas fálicas eloquentes para serem pintadas de *branco*...

Os passos estavam na porta. Lucky se agachou e arreganhou os dentes.

Kate examinou o resto das prateleiras, esperando encontrar uma lombada familiar...

Ali!

Ela ficou na ponta dos pés, tirou um livro e segurou *O castelo inabalável e suas provações*.

– Bingo – sussurrou.

Neste momento, as portas de mogno se abriram.

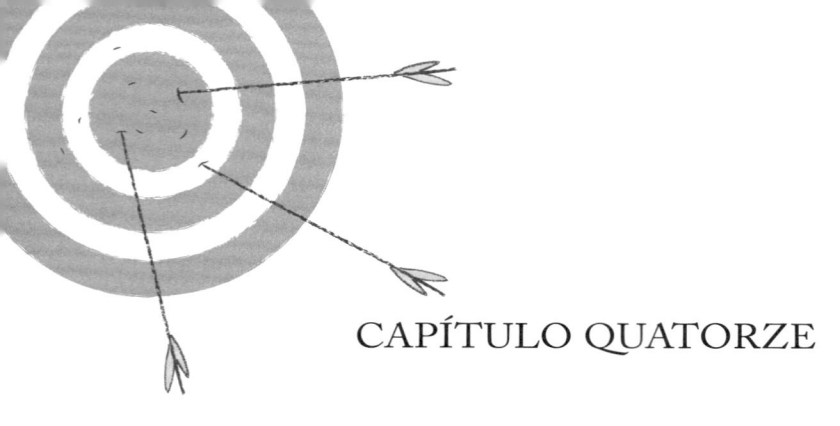

CAPÍTULO QUATORZE

MELHOR QUE UMA GUILHOTINA

Gregory Maxwell franziu a testa, olhando ao redor da biblioteca vazia.

– Juro que pensei ter ouvido alguém aqui! – Ele massageou as têmporas. – Perdoe-me. Minha cabeça está confusa a noite toda.

Milo apareceu ao lado dele, parecendo incrivelmente impressionado.

– Não, não, pensei ter ouvido alguma coisa também... – admitiu, olhando ao redor da biblioteca, todos os livros, com lombadas brancas, ordenadamente em seus lugares. Exceto por uma única lacuna na terceira fileira da segunda prateleira.

Quando Gregory começou a se virar em direção a ela, Milo desviou a atenção dele dizendo:

– Aquela é uma primeira edição de *Orgulho e preconceito*? – E apontou para a parede oposta.

O colecionador se alegrou.

– Sim, é! Fico surpreso que você a tenha reconhecido pintada de branco!

– É difícil esquecer uma lombada dessas.

Milo guiou Gregory até a estante, perguntando sobre seus Austen favoritos, e Gregory ficou mais do que feliz em contar a ele com grandes e floreados acenos de mão.

– Você conhece boa literatura, meu rapaz. Cecelia prefere as *Brontë*. Acredita nisso?

– Que erro – declarou Milo concordando. – A propósito, onde ela está?

Gregory disse:

– Dormindo, é claro! É *tarde*. – Então, de forma um pouco conspiratória, acrescentou: – Sei que correm rumores desagradáveis de que estávamos *separados*, mas recentemente nos reconciliamos.

– Ah. Eu… não tinha ouvido falar, infelizmente.

– Infelizmente? Por que infelizmente? É perfeito!

Talvez se Kate estivesse prestando um pouco mais de atenção, teria notado o tremor nervoso na voz de Milo, mas estava um pouco preocupada, espremida no armário com Lucky, uma mão apertando o focinho dele. Através da fresta estreita nas portas do armário, ela viu Gregory se aproximar e servir-se de um copo de whisky da garrafa acima dele. Ela prendeu a respiração, rezando para que Lucky também segurasse a dele.

Gregory ofereceu a Milo um copo de whisky. Tinha um aroma forte e intenso. Milo fez uma careta e abaixou a bebida, decidindo não tomá-la.

– Cecelia é minha cara-metade; você tem um amor assim? É bastante reconfortante. Ouso dizer que morreria sem ela.

Isso… pelo menos fez Kate respirar um pouco mais fácil. Ela pensou que algo *nefasto* estava acontecendo ali.

– Eu sou difícil, mas é por isso que ela me ama. Ouvi dizer que seu avô também era bastante difícil – acrescentou Gregory.

Milo finalmente fixou o olhar no armário. Kate imaginou que ele ia descobrir onde ela havia desaparecido, mas agora o truque era fazer Gregory *sair* por tempo suficiente para Kate e Lucky escaparem. Estavam tão perto. Ela estava com o livro, tudo o que precisava fazer era voltar para o maldito elevador antes que os porteiros do saguão suspeitassem do elevador parado.

– Ele era peculiar, claro, mas a maioria das pessoas criativas é – respondeu Milo.

– Sim, mas ouvi dizer que ele passou por quatro... não, talvez cinco... artistas diferentes até que conseguissem replicar aquela linguagem boba dele para colocar no cabeçalho de seus livros. E ele nunca forneceu uma chave para alguém decifrar!

– Algumas crianças decifraram.

– Pequenas parasitas engenhosas, todas elas.

– Para quem publica livros infantis, sem dúvidas você não gosta delas.

– Crianças? Eu amo seu poder de compra. Umas lágrimas e seus pais compram para elas o que há de maior e mais caro no mercado. Por outro lado, eu não seria pego morto *com* uma! – E ele riu. – Tenho certeza de que seu avô era igualzinho.

Milo passou os dedos pelas lombadas embranquecidas das prateleiras mais distantes.

– Ele na verdade amava crianças. Amava a engenhosidade delas. Além disso, não são as crianças que estragam tudo, mas sim os adultos.

Gregory parou de rir e pigarreou sem jeito.

– Bem... cada um com suas preferências, suponho...

– Mas eu com certeza detesto crianças. Pegajosas, intrometidas, malcriadas... horríveis – acrescentou Milo alegremente, lançando para o editor um sorriso malicioso e cheio de dentes. Ele quase parecia estar falando sério.

Lucky deu um puxão, suas garras arranhando o interior da porta do armário.

Kate o segurou com força.

– Pare, pare – murmurou ela. Lucky estava com a cabeça erguida, o nariz se contorcendo, como se farejasse alguma coisa ruim.

– Agora eu *ouvi* isso – disse Gregory. – Está vindo daqui, talvez?

Prendendo a respiração, Kate se recusou a mover um músculo, agarrando Lucky com tanta força que ele não conseguia se contorcer, nem se quisesse, conforme Gregory Maxwell se aproximava cada vez mais. Ele parou na frente do armário.

Já era, ela ia ser descoberta.

Milo disse:

– Talvez seja um animal?

– Ah, *espero* que não – respondeu Gregory, estendendo a mão para a maçaneta do armário.

– Se for eu não quero ver. Eu... bem... eu odeio ratos. Tenho certeza de que é um rato – Milo declarou confiante e recuou em direção à porta da sala.

Gregory fez uma pausa.

– Sabe, meus vizinhos *andaram* reclamando de algo nas paredes. Provavelmente é um rato mesmo. Sabe como são os ratos nesta cidade – continuou ele, enojado. – Estou surpreso que não exista um super-herói para ratos. Deus sabe que hoje em dia existe um para cada coisa, às vezes dois!

Kate revirou os olhos.

– Mas talvez eu deva olhar, só para garantir. Afaste-se, Milo, meu garoto, isso pode ser perigoso! – anunciou Gregory. Então se agachou para abrir o armário.

Era isso. Eles estavam acabados...

Milo de repente deixou escapar:

– Onde eu assino?

Gregory deu um pulo e se levantou.

– Está falando sério?

– Acho que podemos ser um bom time.

– Ah, com certeza! Vamos contatar meu pessoal de direitos autorais. Venha, venha ao meu escritório! – declarou. E, com um floreio, apontou para o extremo oposto da cobertura, subindo uma escada em caracol de metal e entrando em um espaço elevado com uma porta de celeiro e privacidade insuficiente. Ele conduziu Milo para dentro, mas Kate ouviu os passos deles se afastarem da biblioteca, a porta se fechar, e as vozes deles serem completamente abafadas.

Então, ela e Lucky saíram do armário e correram até a porta. Lucky continuou a virar a cabeça, distraído, mas Kate conseguiu fazê-lo se concentrar por tempo o bastante para voltar para o elevador e entrar. Ela fechou a escotilha do teto e apertou o botão de desbloqueio de emergência.

O elevador deu um solavanco – e começou a descer.

Ela esperou no banco do lado de fora do prédio até que Milo desceu, cerca de dez minutos depois, parecendo tão cansado quanto ela. Lucky nem sequer rosnou para ele quando ele se sentou ao lado dela, e os dois olharam fixamente para a rua.

Depois de um minuto, Milo disse:

– Estou com fome. – Ele olhou para Kate. – E você?

Ela assentiu.

– Conheço uma boa pizzaria 24 horas virando a esquina que aceita cães.

Lucky também gostou da ideia.

CAPÍTULO QUINZE

PÉSSIMA PIZZA

Não havia nada como pizza à meia-noite na cidade que nunca dormia. Gordurosa e com muito queijo, era exatamente o que Kate precisava depois de se enfiar em um armário do tamanho de uma toca de rato e ser colocada em risco por seu cachorro favorito.

Péssima Pizza era um pequeno restaurante espremido entre um salão de manicure e uma loja de produtos para turistas, e, por causa do nome, a maioria dos turistas passava longe. As manchas de gordura nos assentos de vinil eram permanentes, os chicletes grudados nas mesas xadrez estavam cinza de sujeira pelo tempo, e a pequena *jukebox* no canto do restaurante estreito murmurava música pop suave do início dos anos 2000 sem parar. A pizza era deliciosa, no entanto; de longe a melhor de Midtown. Os proprietários mimavam Lucky sempre que eles iam até o restaurante e lhe davam fatias extras e pedaços descartados que normalmente deixavam para os ratos no beco.

Eles comeram a pizza em silêncio, porque de fato não havia muito o que dizer. O roubo tinha corrido bem e mal ao mesmo tempo, e Kate não tinha muita certeza de como processar isso. Tinha certeza de que, em algum momento, conseguiria contar para Clint depois de beber um pouco.

Não, nunca poderia fazer isso.

Depois que terminaram de comer, Milo finalmente perguntou:

– Você está bem?

Ela levantou a cabeça.

– Hum? Por quê?

– Porque este é o maior tempo que você ficou sem falar desde que a conheci.

– Nossa, está querendo dizer que eu não calo a boca?

Ele sorriu.

– Jamais. Aliás, esse lugar foi uma excelente escolha. Normalmente não sou fã de pizza, mas posso abrir uma exceção para a Péssima Pizza.

– É uma ótima ideia – concordou ela. – Quando eu era pequena, minha irmã e eu não podíamos comer pizza gordurosa. Era sempre sem glúten, polvilhada com caviar ou... sabe, *cara*. – Ela inclinou a cabeça, lembrando-se de quando encontrou esse lugar. Foi depois de uma das brigas de seus pais. Ela tinha treze anos, talvez catorze. Saiu escondida do apartamento. Desceu pelo elevador de serviço para que o porteiro não a visse saindo pela porta lateral. Lembrava-se de andar por horas e de encontrar aquele lugar, o seu estômago parecia estar se devorando de tanta fome que ela estava sentindo.

Lembrava-se daquela garota com os dedos enfaixados por causa das bolhas por praticar tiro com arco, que sonhava com o dia em que seria tão boa quanto o Gavião Arqueiro – quando *ela* seria capaz de salvar pessoas, em vez do contrário.

– O seu também? Meu pai odiava pizza, mas, sempre que ele viajava a negócios, minha mãe comprava aquelas congeladas e colocava no forno. Ela colocava queijo extra nelas, tudo o que tínhamos na geladeira no dia. Queijos caros numa pizza de cinco dólares, era o tipo de pessoa que ela era. Na verdade, foi a última coisa que comemos juntos. Então ambos fazemos parte do clube dos pais mortos – comentou ele.

Ela mordeu a bochecha por dentro, porque seus pais eram um caso especial.

Milo pegou dois guardanapos do recipiente em cima da mesa e limpou as luvas. Ela achou estranho que ele não as tivesse tirado, nem mesmo para comer pizza, mas não perguntou nada. Afinal, estava sentada em uma pizzaria barata em seu uniforme de super-heroína, então não tinha muita moral para falar.

— Meus pais morreram quando eu tinha treze anos — continuou ele. — Foi… um momento difícil para meu avô e para mim. Não nos entendemos por muito tempo depois disso. Não até recentemente.

Eles ficaram sentados em silêncio por um longo momento.

— Entendo, provavelmente mais do que você pensa. Minha mãe morreu quando eu era pequena — disse ela finalmente. Atrás do balcão, o caixa que trabalhava no turno da noite estava com os fones de ouvido enquanto dançava pela cozinha, limpando o chão. Ele estava atualmente ouvindo ABBA, a música tão alta que ela conseguia ouvi-la do outro lado do restaurante. — Sempre culpei meu pai pela morte dela. E a mim mesma. Ela veio ao meu acampamento de verão um dia antes de morrer, querendo que eu fosse embora com ela e… eu não fui. Eu deveria ter ido. Não sei se minha irmã me culpa ou algo assim, mas… eu me culpo o suficiente por nós duas. Então, eu… eu entendo, se importa alguma coisa. — Ela se abaixou e afagou Lucky atrás das orelhas buscando um pouco de conforto. — Sinto falta dela.

— Também sinto falta dos meus pais — concordou Milo baixinho. Ele fechou o livro, com as sobrancelhas franzidas em reflexão. — Não consigo me lembrar da última coisa que falei para eles, sabe? Eu estava fazendo malcriação? Eu falei para eles que os amava? Não sei. Eles morreram em um incêndio. Não me lembro como começou; a noite inteira é um borrão. Meu avô se salvou, no entanto. Claro que salvou. Ele só pensava em si mesmo.

— Eu adorava a série *Castelo inabalável* quando era criança — revelou ela. — Eu costumava imaginar como seria conhecer E. L. Albright, mas acho que não devemos conhecer nossos heróis.

— Eles nem sempre são super — concordou ele.

A boca dela se retorceu em um meio sorriso.

— Não, eles não são.

Ela estendeu a mão por cima da mesa e colocou-a em cima da dele.

– Sinto muito. Por tudo… seus pais, seu avô… ter que lidar com o resto dessa bagunça agora. É uma merda.

Ele olhou para a mão dela sobre a dele.

– Você já perdoou seu pai?

– Não – respondeu ela sem hesitar. Ela retirou a mão. – Acho que nunca vou perdoar.

– Sinto o mesmo em relação ao meu avô – admitiu ele. E lançou um olhar crítico para *O castelo inabalável e suas provações*. – E agora *nós* temos que lidar com seu erro estúpido.

Kate suspirou.

– Por que eles estão vindo à tona *agora*, afinal?

– Não faço ideia. – Ele abriu a capa dura e apontou para as palavras em inglês escritas no topo de cada página, que, nas edições normais, estariam em Despalavra. Portanto, a edição de colecionador era exatamente o oposto. – Mas pelo menos é um consolo saber que quem procura os livros precisa de todos. Para decodificar a pesquisa do meu avô, é preciso ter *tanto* os livros infantis quanto estes livros para saber como são os símbolos e quais deles são traduzíveis… e quais são sigilos. Eles estão escondidos na linguagem Despalavra nestas páginas. Então, sabe, é bem infalível.

– Parece muito trabalhoso. Por que ele simplesmente, sei lá, não a *destruiu*?

– Ele não poderia destruir algo em que passou a vida inteira trabalhando.

– Também parece ter destruído a família dele.

– Exatamente, portanto, se ele destruísse esta pesquisa, teria sido tudo em vão. – Havia um tênue tom de raiva na voz dele. – A *morte* dos meus pais teria sido em vão, ou pelo menos foi esse o raciocínio dele.

Um carro da polícia uivou rua abaixo, as luzes vermelhas e azuis se refletindo nas janelas de vidro, indo em direção ao arranha-céu. Os dois ficaram paralisados ao ouvir o som, mas os carros passaram por eles em direção à Park Avenue.

Em direção à casa de Gregory Maxwell?

Não, não enviariam tantos policiais para um roubo que tinha já acontecido, pensou ela.

Não, a polícia estava apenas indo naquela direção. Poderia ser por uma razão completamente diferente. Kate estava apenas sendo paranoica, porque o plano deles havia funcionado melhor do que ela esperava. Agora tinham conseguido dois livros e faltavam quatro. Pelo menos sabiam onde dois deles estavam – e ela não estava ansiosa para descobrir como roubá-los de volta do Rei do Crime.

Outros dois carros da polícia iluminaram a noite enquanto viravam a 57th Street em direção à Park Avenue. Kate e Milo trocaram um olhar.

– Hora de partir? – perguntou ele.

– Hora de partir – concordou ela. Em seguida deu a borda de sua pizza para Lucky, e os dois jogaram os pratos na lata de lixo na saída.

– Vê se não some, hein! – gritou o caixa da Péssima Pizza com um aceno, e Kate retribuiu antes de saírem do restaurante e virarem à esquerda em direção à Broadway.

Milo enfiou as mãos no bolso, acompanhando Kate de um lado e Lucky do outro.

– Então, você comete crimes frequentemente em nome do bem?

– Prefiro não comentar – respondeu ela, lembrando-se das muitas vezes em que ela, bem, meio que fez exatamente isso. Em geral, funcionava a seu favor. Além disso, ela nem sempre era *legitimamente* boa – era mais caótica e neutra, inclinando-se mais para a caridade.

O olho nas costas de sua mão se virou para olhar para ela, e ela pressionou o polegar contra ele – com força. Só para ter certeza de que a pele ainda era dela e o olho era apenas uma alucinação. Seu uniforme cobria a maior parte de seu corpo, então, ainda não tivera a chance de ver se havia mais – embora ela tivesse certeza de que eles estavam se espalhando.

– Algum problema? – questionou Milo, notando a expressão dela. Devia estar tensa ou pelo menos aflita. – Foi a pizza?

– Estou bem – respondeu ela, depressa, soltando a mão. – Só pensando.

– Isso não pode ser bom.

Ela riu.

– Cala a boca.

A noite estava úmida, o cheiro de lixo se misturava ao cheiro inconfundível das paradas de comida noturna e de escapamento de carros. A luz de janelas abertas e de lojas fechadas refletia no vidro para reciclagem no cimento da calçada, fazendo-o brilhar como estrelas caídas. Ao longe, elevando-se acima deles como um governante benevolente, estava a Torre Stark, seu letreiro neon refletindo um vermelho ameaçador nas poças da rua.

– É bom – comentou ele depois de algum tempo – conversar com alguém que entende sobre toda – acenou com a mão em um movimento abrangente – a coisa dos pais mortos. A maioria das pessoas apenas olha para nós como se estivéssemos quebrados.

– Ou como se fôssemos o que elas vão se tornar em algum momento quando os pais *delas* morrerem, e elas estão felizes por ainda não serem você – acrescentou ela.

– Exato.

Lucky trotava entre eles, farejando o chão enquanto andava.

– Minha mãe costumava usar um perfume muito forte – continuou Milo. – Depois que ela morreu, às vezes eu sentia o cheiro, como se ela tivesse acabado de passar.

– Não é estranho como algumas coisas perduram?

– Às vezes eu achava que talvez ela fosse um fantasma voltando para me assombrar.

– A sua é um fantasma, a minha, uma vampira – respondeu ela ironicamente, e ele riu, sem perceber o quanto ela estava sendo bizarramente honesta. – Mas, quando estava viva, ela era uma filantropa. Seu trabalho a levava a todos os lugares, então ela saía muito, mas, quando estava em casa, lia para mim e para minha irmã, Susan. – Ela se via pensando cada vez mais naqueles momentos nesses últimos dias. – Ela lia um capítulo por noite para nós. Eu sempre *implorava* para que ela lesse mais. Ela morreu antes de terminarmos o último livro de *Castelo inabalável*. Nunca mais o peguei depois disso.

Ele a olhou com uma expressão perturbada.

– Então você não sabe como a história termina?

Ela encolheu os ombros.

– Apenas… nunca mais foi a mesma coisa depois. Eu não conseguiria terminar sem ela, e ela havia… bem, sabe… partido. Acaba bem, pelo menos?

– Depende. Como você acha que histórias deveriam terminar?

– Com finais felizes – respondeu ela sem pensar duas vezes. – Sou um pouco romântica nesse sentido. Eu meio que preciso ser, acreditar no bem das pessoas dia após dia.

– Para não se tornar uma vilã como o Rei do Crime – completou ele, enigmático. Ele chutou um pedaço de lixo na calçada que foi em direção a uma pilha de sacos de lixo amontoados na esquina. – Como acha que vamos recuperar os livros do Rei do Crime, afinal?

Ela deu de ombros.

– Eu não faço ideia. Sabe onde os outros dois podem estar?

– Gostaria de saber – respondeu ele, e, em seguida, algo lhe ocorreu. – Como você descobriu o leilão?

– É uma história engraçada, pra falar a verdade… – Ela contou a ele sobre as crianças do acampamento de verão e como elas tinham um *vasto* conhecimento sobre Albright, desde os fóruns que acessavam até sua própria biografia privada, semelhante à Wikipédia, em um aplicativo de anotações compartilhado. Milo ficou encantado.

Como já passava da meia-noite, não havia tantas pessoas nas ruas, mas ainda havia o suficiente em Midtown para que eles se misturassem discretamente à multidão enquanto voltavam para a 42nd Street, e depois pegaram o metrô até Washington Heights. E para a cama, Kate supôs, embora não tivesse muita certeza de como iria lidar com isso.

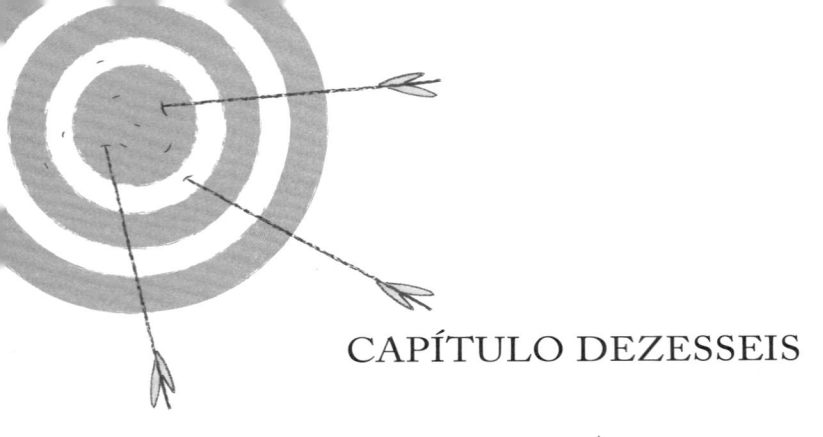

CAPÍTULO DEZESSEIS

O SHOW DA MADRUGADA

America estava esperando por eles, relaxada no sofá surrado, com os pés apoiados na mesinha de centro, assistindo a algum programa noturno na TV a cabo. Estavam recebendo Jennifer Walters, que falava sobre um caso muito raro de violação de direitos autorais. No segundo em que Lucky entrou pela porta, America se levantou e desligou a TV.

– Já estava na hora! O que aconteceu?

Kate lançou-lhe um olhar longo e cansado enquanto segurava a porta aberta para Milo, que entrou no apartamento atrás dela e se sentou no sofá. Ele tirou o livro da mochila e ergueu-o em triunfo.

– Conseguimos o livro.

America arrancou-o da mão dele e assobiou enquanto olhava para a lombada.

– Ele pintou tudo de branco mesmo?

– O apartamento *inteiro*. Era a coisa mais bizarra – respondeu Kate, recostando-se no sofá. – Mas, fora isso, correu tudo muito bem. Você acabou passando os direitos dos livros do seu avô? – perguntou a Milo.

Ele revirou os olhos.

– Até *parece*. Rasguei aquele contrato no segundo em que saí. – Em seguida, ele franziu a testa, um pensamento perturbador lhe ocorrendo. – Mas, falando do meu avô, acho que eu deveria… cuidar dos preparativos para o funeral pela manhã. Nem sei como fazer isso. Quando meus pais morreram, foi ele quem fez tudo.

Kate e America trocaram um olhar, e então America cedeu e disse:

– Posso ajudá-lo com isso. Kate também pode. Funerais não nos são muito estranhos.

– Já estivemos em tantos, que não dá para contar – concordou Kate.

– E ainda trabalham nesse ramo? – Milo perguntou, perplexo.

Kate deu de ombros.

– É como dizem, fazer a mesma coisa repetidamente buscando resultados diferentes.

– Tendo a *esperança* de ter resultados diferentes – corrigiu America. Então levantou-se da sua ponta do sofá. Ela afagou Lucky atrás das orelhas e se espreguiçou demoradamente. – Certo, bem, agora que vocês dois estão em casa, *eu vou* dormir. Tenho um encontro pela manhã, porque *alguém* interrompeu o meu desta noite – acrescentou ela com um olhar penetrante para Kate.

– Eu realmente lhe devo uma – respondeu Kate.

– Você me deve mil. Boa noite – America acrescentou e foi para seu quarto.

Lucky pulou no lugar quente que America deixou para trás, girou três vezes nas almofadas e depois se sentou com um grunhido cansado. Kate deu um tapinha nas costas dele. Ele era um bom cachorro.

Milo bocejou, o que fez com *ela* bocejasse.

– Ah, não faz isso – reclamou.

– Provavelmente devemos dormir também. Foi… um dia e tanto.

Mas Kate realmente não queria enfrentar seus sonhos ainda. Principalmente quando estava com medo de não acordar deles. E ainda estava a dois livros de qualquer tipo de cura. Não apenas tinham que *encontrar* os romances restantes, mas também pegar dois livros que o Rei do Crime roubou, e ela não tinha ideia de como fariam isso. Mal sobrevivera a Montana.

Mas, em vez de dizer qualquer uma dessas coisas, levantou um dos cachos de Milo para olhar o corte na testa causado por seu encontro com o Rei do Crime.

– Acho que deveríamos trocar seu curativo.

– Você faria isso, por gentileza?

– Claro. – Ela se levantou e foi pegar o kit de primeiros socorros no banheiro, depois voltou a se sentar. – Incline sua cabeça em minha direção. – Ele o fez, e ela abriu um pacote de antisséptico. – Sabe, quanto mais penso nisso, menos consigo me imaginar herdando algo como você. O que seu avô ia fazer, afinal, quando alguém reunisse todos os livros?

– Ele estava bastante seguro de que ninguém o faria.

– Por quê?

– Porque ele tinha certeza de que ninguém jamais encontraria o último. Ele afirmava que tinha escondido muito bem.

– Ah. Bem, você sabe onde está? Desculpe – acrescentou ela quando aplicou o antisséptico, e ele estremeceu com um silvo.

– Tudo bem, tudo bem. E não. Eu não sei. A única pista que tenho é que está em algum lugar onde todos podem vê-lo e ninguém sabe que está lá.

– Bem, isso não ajuda em nada. – Ela colocou o curativo e recostou-se, pensando.

O ventilador de teto girava em arcos lentos. Embora fosse noite, a cidade ainda estava abafada, e os aparelhos de ar condicionado do apartamento mal ajudavam a afastar o calor, mesmo à noite.

– Então, o Rei do Crime encontrou um e depois pegou o seu – repassou ela, contando nos dedos. – Temos o do leilão e o de Maxwell… um está em algum lugar "onde todos podem ver e ninguém sabe que está lá", e o último…

Ele encolheu os ombros.

– Foi o que ele vendeu em um sebo, é tudo que sei.

Portanto, o livro poderia facilmente estar em qualquer lugar do mundo agora ou até mesmo destruído. Mas, caso estivesse, precisavam confirmar, porque seria *muito* ruim para ela.

Eles voltaram a ficar em silêncio. Kate repassou todos os detalhes em sua mente uma, duas, três vezes – os livros, quem ela viu no leilão, quem *poderia* estar com eles e aquele último enigma de um livro em algum lugar onde todos pudessem ver, mas ninguém sabia que estava lá. Parecia que a resposta estava *bem ali*, mas sua mente estava tão nebulosa, que ela mal conseguia manter mais de um pensamento ao mesmo tempo. Ela só queria dormir. Suas pálpebras estavam tão, *tão* pesadas. Mas sabia que, caso o fizesse...

— Esta deve ser uma das coisas mais absurdas com as quais você teve que lidar nos últimos tempos, não é? – perguntou Milo ironicamente. – Uma série de livros infantis que esconde uma mensagem hipnótica secreta que pode matar você em seus pesadelos.

Kate deu de ombros.

— Não é *tão* absurda assim. Certa vez, lutei contra *integrantes de fraternidade universitária que tinham sofrido lavagem cerebral* e gostavam de socar coisas. Depois, houve a vez em que um grupo de vampiros pensou que America era uma deusa. E também, em outra vez, fui transportada para uma ilha fora do tempo, onde tive que enfrentar todos os melhores arqueiros do mundo, incluindo Clint. Ah! E uma vez Madame Máscara usou *o meu próprio rosto* para...

Ele ergueu as mãos.

— Ok! Ok. Entendi seu ponto. Não é completamente absurdo. E obrigado – acrescentou, entrelaçando os dedos e apoiando os cotovelos nos joelhos –, significa muito que você esteja me ajudando.

Ela encolheu um ombro só.

— É o que eu faço. Quero dizer, se o Rei do Crime conseguir esses livros e *conseguir* decifrar o código, quem sabe o que ele vai fazer... – Ela parou, um pensamento lhe ocorrera. Se as pessoas da investigação inicial de Misty tinham morrido pela hipnose, significava que outra pessoa tinha que saber sobre a pesquisa para poder matá-las com ela. Queria dizer que já sabiam o que estava escondido nos livros; portanto, também era de se esperar que já tivessem trabalhado com Albright em algum momento, já que sabiam como usar a pesquisa. Mas, então, por que estavam indo atrás dos livros?

Algo não estava batendo.

Milo inclinou a cabeça.

— Alguma coisa errada?

Ela o encarou, o corte recém-limpo em sua cabeça, seus cachos macios e escuros, o modo como seus olhos eram de um tipo de verde-esmeralda que a deixava um pouco desorientada, e ela achou melhor não expressar sua opinião. Não queria assustá-lo, não naquela noite, sabendo que alguém com quem o avô dele trabalhara provavelmente estava envolvido nisso; não apenas isso, mas que provavelmente também era um assassino.

Amanhã, prometeu a si mesma. Ela contaria para ele sua nova teoria e que estava sob a mesma hipnose que matou o avô dele. Ele ia surtar, e America também, e era por isso que ela não tinha contado nada ainda. Em sua experiência, as emoções turvavam o raciocínio, e ela não precisava que ninguém fosse imprudente.

Ela já era imprudente o suficiente por ambos.

– Já passa da meia-noite – disse em vez disso. – Você deve estar cansado.

– Aposto que você também está – respondeu ele.

– Podemos tirar algumas horas para descansar. Não vamos servir para nada em privação de sono.

– Não, suponho que não – admitiu ele, tirando os sapatos. Eram mocassins lindos, desgastados por andar por aí a noite toda. A camisa branca de botões tinha sangue na gola.

Ela perguntou:

– Quer umas roupas para dormir?

Ele fingiu choque.

– Você está me dizendo que eu estou *fedendo*?

– Não, estou lhe dizendo que você não deve se sentir confortável usando roupas de sair – respondeu ela. Então foi até o armário do corredor para pegar uma camisa e um pijama que servissem em Milo na caixa de doações que America guardava de todos os seus ex-namorados (e, convenhamos, pessoas que apenas passavam a noite ali, como Kate). Ela voltou quando ele estava tirando o terno de três peças, tendo alguns problemas com os botões do colete.

Ela acenou para ele enquanto dizia:

– Quer que eu…?

Seus ombros caíram.

— Temo que minhas mãos ainda estejam tremendo muito por causa de... bem, *de tudo.*

— Isso costuma acontecer — comentou ela. *Tinha* sido um longo dia. Ser atirada e espancada era apenas parte de um dia de trabalho para ela, mas para um rato de biblioteca? Duvidava que ele tivesse visto tanta ação desde as aulas de educação física. Aproximou-se dele e desabotoou o colete como ele havia pedido, depois se adiantou e o ajudou a tirá-lo. Ele se mexia como se já estivesse dolorido e estremeceu quando se virou para um lado específico.

— Provavelmente você contundiu algum músculo. Ervilhas congeladas são a melhor coisa para isso — aconselhou.

— Essa, por incrível que pareça, não é a primeira vez — respondeu ele com naturalidade.

Isso a surpreendeu.

— Você já esteve em situações piores?

Ele começou a desabotoar a camisa branca.

— Eu sou o que você chamaria de "do contra" na maioria das vezes, então eu costumava ser um ímã de socos no colégio particular no qual eu estudava.

— Ah, um *colégio particular.* Passei por isso, tenho o uniforme escolar.

Ele bufou.

— Meu avô me mandou depois que meus pais morreram. Eu era um pouco indisciplinado demais para ele, aparentemente. Você faz isso todos os dias? Invadir leilões e roubar propriedades privadas?

— Na maioria dos dias, não estou sendo ativamente afogada, então é mais fácil. — Ela observou enquanto ele tirava a camisa e vestia uma blusa. Ela não notou que estava escrito "Beije-me, sou super" no peito até que fosse tarde demais e reprimiu uma risada enquanto ele mesmo lia.

— Ah, bem, acho que não precisamos nos preocupar com isso — disse ele ironizando.

Ela bufou.

– Duvido que você tenha problemas para ser beijado.

– Você ficaria surpresa.

– É mesmo? Você *exala* uma aura de destruidor de corações – determinou ela, recolhendo a jaqueta e o colete dele.

Ele inclinou a cabeça, pensativo.

– Vou entender isso como um elogio.

– Ótimo. – Então ela apontou para as luvas dele. – Você dorme com elas?

Como se tivesse esquecido que as estava usando, ele olhou para as mãos, depois fechou os punhos e olhou para ela com um sorriso envergonhado.

– Ah. Esqueço que as estou usando na maior parte do tempo. – Ele não fez nenhuma menção de removê-las, no entanto.

– Sabe, há uma brincadeira sobre apenas vilões usarem luvas... algo sobre um sinal em filmes da Disney.

Havia uma faísca nos olhos verdes dele, como um tesouro brilhando no fundo de um poço. Ele deu um passo mais perto dela. Perto o bastante para ela sentir o calor irradiando de seu corpo. Um nó se formou na garganta dela quando ele murmurou:

– Acha que sou um vilão, Kate Bishop? Depois de tudo que passamos?

– Seria um pouco óbvio – comentou ela. Ele levantou a mão e deslizou os dedos enluvados delicadamente por baixo da barra da blusa na altura do quadril dela. O coração dela saltou contra suas costelas. – Eu acho...

– Sim? – A voz dele ficou um pouco mais grave.

– Você talvez seja um pouco vilão se tentar. – Ele se inclinou para perto dela, mas não o suficiente para acabar com a distância entre os dois enquanto estudava seus lábios, tentando decidir se queria ou não, se podia. Sendo assim, ela decidiu por ele. Não era a hora nem o lugar, e Kate nunca foi muito boa em beijar as pessoas nos momentos apropriados. Então, segurou o rosto dele entre as mãos e diminuiu a distância por ele. Os lábios dele eram macios e secos, e ele ficou tenso no momento em que se tocaram, um som de surpresa em sua garganta como se não pensasse que ela o faria. Claro que ela o faria. Havia poucas coisas que a afastavam das próprias preocupações além a sensação de outra pessoa, de corpos pressionados um contra o outro. E ela realmente *precisava* relaxar.

E, como se revelou, ele também.

Ele levou a mão ao rosto dela e beijou-a profundamente, saboreando, como se ela fosse uma sobremesa delicada. E ele podia não ser um super-herói, mas, minha nossa, ele *sabia* beijar.

Ele a beijou como se soubesse exatamente o tipo de beijo de que ela gostava, o tipo de beijo que ela sentia da cabeça aos pés. A língua dele deslizou suavemente pelos lábios dela, provocando-a, enganando-a para que se pressionasse mais contra ele, porque ela queria explorar um pouco mais...

Transcrição (continuação)

[Testemunho de Katherine Elizabeth Bishop sobre os eventos ocorridos no Edifício Stephen A. Schwarzman da Biblioteca Pública de Nova York em 2 de agosto]
Colhido por Misty Knight

KNIGHT: [PIGARREIA LIMPANDO A GARGANTA]
BISHOP: Tudo bem, tudo bem. Lucky não nos deixou fazer nada, de qualquer forma.

CAPÍTULO DEZESSETE

QUE SURPRESA BEIJAR VOCÊ AQUI

Muito vagamente, Kate percebeu que algo estava rosnando. Não, espere – não era algo. *Lucky*?

A compreensão a trouxe de volta à realidade, e ela se afastou de Milo.

– Ai, caramba, ai, meu Deus, sinto muito. – Seus lábios estavam ligeiramente inchados, o gosto dele ainda em sua língua. – Uau, eu não… Vamos esquecer isso, ok?

Milo estava confuso.

– Esquecer? Por quê?

– Porque não aconteceu nada – interrompeu ela rapidamente, girando nos calcanhares e fugindo para o banheiro o mais rápido que pôde. – Lucky, vem!

O cachorro deixou de lado o olhar mortal que estava lançando para Milo, trotou até o banheiro atrás dela e deitou-se no tapete enquanto ela tomava banho. Ela queria se dar um soco, porque estava ficando muito mais envolvida do que gostaria nessa aventura complicada. Se é que podia descrevê-la assim.

Mais do que uma aventura… parecia ser…

Ela limpou o vapor do espelho e congelou diante do próprio reflexo.

– Um pesadelo – murmurou.

O hematoma no braço do dia anterior tinha desaparecido, tendo sido substituído por olhos. Dezenas e dezenas de olhos que se estendiam por seu braço dominante, subindo pelo ombro até a lateral do pescoço, espalhando-se por metade de seu torso. Eles piscavam e olhavam para ela, todas as íris de cores e tamanhos diferentes, quase como se tivessem sido pintadas com um pincel largo. E, o pior, agora que ela havia visto todos eles, conseguia *senti-los* olhando, voltando o olhar para o seu reflexo também.

Um grito borbulhou por sua garganta, mas ela fechou a boca e o engoliu.

Você sabia disso, disse a si mesma. Primeiro, pesadelos, em seguida, alucinações.

Se fossem alguma indicação de quanto tempo ela ainda tinha, não era muito. Talvez dois dias, considerando o quanto os olhos estavam se espalhando.

Ainda assim, mais do que as outras pessoas, sobre as quais Misty contou, que morreram, pensou, então começou a se perguntar o porquê disso. Ela não era mutante nem tinha superpoderes, então, por que os olhos estavam demorando mais para infectá-la *especificamente*? Os outros livreiros também. Talvez fosse porque ela não tinha dormido tanto, então a hipnose ainda não tivera tempo de matá-la. Era a única coisa que fazia sentido.

Ela esfregou o rosto, exausta.

Mas por quanto tempo mais conseguiria ficar acordada?

Sabia que podia durar até três dias antes que seu cérebro começasse a se desligar sozinho, entrando em breves períodos de microssono – e tinha certeza de que, quando isso acontecesse, apenas aceleraria a hipnose, mesmo *enquanto* permanecesse acordada. Portanto, tinha...

Tinha metade de um dia, talvez um dia inteiro se tivesse sorte.

Um último dia.

Depois de desligar o chuveiro e vestir mais roupas que encontrou na caixa de doações do armário, espiou para fora do banheiro para se certificar de que Milo estava dormindo no sofá, prendeu o cabelo com uma toalha e, cansada, foi até a cadeira onde adormeceu na noite anterior. A janela na parede oposta dava para uma escada de incêndio, para os ruídos de Washington Heights e para a extensa cidade de Manhattan, que se espalhava como um campo de luzes.

Ela se sentou com cuidado e se enrodilhou. Lucky apoiou a cabeça na beirada da almofada e a observou, como se pudesse sentir que algo estava errado.

De manhã, ela enfrentaria isso com otimismo renovado, mas naquela noite se permitiu afundar um pouco no que agora sabia que era pavor crescente. E se essa hipnose afetasse permanentemente sua habilidade? E se ela desaparecesse... para sempre?

Tinha sido alvo de tiros, quase foi afogada, foi jogada com tanta violência, que cada osso de seu corpo doía...

Não, *não*. Kate Bishop não desistia.

Resignada a manter-se acordada, ela apoiou as mãos na lateral da cadeira e se forçou a ficar de pé.

Ela também tinha passado tempo *demais* em campos de tiro com arco *demais* para simplesmente desistir. Pegando seu arco e flecha onde os havia deixado perto da porta, ela os colocou sobre o ombro enquanto saía do apartamento e se dirigia para o telhado, com Lucky ao seu lado.

A noite estava quente, o fulgor de Manhattan brilhava a distância. Em algum lugar, uma sirene da polícia soava. A cidade continuava berrando.

Ela fechou os olhos e respirou fundo.

– Muito bem, Katie – disse a si mesma, pegando uma lata de refrigerante e colocando-a na borda do telhado. Em seguida, caminhou até o outro lado do prédio – a cerca de dez metros – e se virou para encarar seu alvo. Inspirou suavemente, calma.

Tirou uma flecha da aljava. Encaixou. Puxou-a para trás, rente à bochecha. Sua mira estava certa – sua mira sempre estava certa –, e então...

A dor de um picador de gelo apunhalou sua têmpora.

Isso a fez afrouxar o aperto na flecha. Ela girou pelo ar e ricocheteou na borda do telhado, a centímetros da lata.

Kate xingou e preparou outra.

– Está tudo na sua mente – murmurou para si mesma. E puxou a corda para trás. A dor explodiu em sua cabeça mais uma vez, mas ela apertou os olhos, que lacrimejavam, apontando para a lata de refrigerante...

Ela disparou a flecha.

Passou longe.

Ela estremeceu. Sua visão se dobrou. Ela tentou sacudir a cabeça para fazer passar, mas não conseguiu. Doía. Doía tanto que ela teve que se lembrar de respirar. Enquanto isso, sua visão foi se estreitando.

E se estreitando.

– Ah, droga – murmurou, seus olhos revirando para trás, e ela caiu como um pedaço de chumbo no chão e desmaiou.

CAPÍTULO DEZOITO

O PESADELO FANTÁSTICO

Árvores altas e escuras erguiam-se ao seu redor. Tão altas, que ela mal conseguia ver a lua por entre as copas. O caminho no parque estava pouco iluminado, as sombras mais longas do que ela se lembrava. Uma suave brisa de verão soprava entre as folhas acima dela, sussurrando baixinho. Era o final do verão, início do outono, quando tudo começava a ficar laranja e vibrante.

Não demorou muito para Kate perceber exatamente onde estava. *Quando* estava.

Um poste de luz solitário tremeluzia um pouco mais adiante no caminho, com um único banco sob sua luz. Sua garganta se contraiu.

Aqui não, pensou. Aqui não.

Deu um passo hesitante para trás, depois outro, procurando seu arco...

Mas não estava lá. Nem seus bastões. Ou a adaga que mantinha enfiada na bota. Ela olhou para si mesma – e nem estava de uniforme, mas de pijama. É *claro* que sonharia que estava nesta noite de pijama. Esperou que a noite entrasse em foco como acontecia em suas memórias: o grito agudo por *socorro*.

Aquele que não seria respondido.

Não pelo grupo de adolescentes que caminhavam do outro lado do gramado. Não pelo sem-teto que dormia no banco a cerca de quinze metros de distância. Não pelos policiais que patrulhavam o Central Park à noite.

Por ninguém.

Exceto, é claro, pela garota de catorze anos usando uniforme de escola particular, o cabelo escuro preso em um rabo de cavalo, desarmada e indefesa, correndo *em direção* à voz.

Mesmo que todos lhe dissessem que ela não poderia fazer nada. Ela era apenas uma garota.

Ela nem tinha superpoderes.

Havia uma teoria da psicologia social chamada Efeito do Espectador. Afirmava que as pessoas eram menos propensas a oferecer ajuda a uma vítima quando havia outras pessoas presentes, mas é claro que a história que motivou a criação do termo era mais complexa. A teoria surgiu quando uma jovem foi assassinada em um beco e ninguém foi salvá-la – mas havia camadas. A mídia fez sensacionalismo com a história de uma mulher solitária em perigo, quando, na verdade, pouquíssimas pessoas viram todo o ataque ocorrer. Pessoas *tentaram* ajudá-la, mas a vítima e seus amigos eram LGBT, então havia muitos motivos para duvidar da polícia e de seus relatos sobre o incidente.

Mesmo que a teoria *fosse* válida, se, em circunstâncias terríveis, toda a humanidade virasse as costas para alguém necessitado, Kate seria a personificação de sua antítese.

Sempre tinha sido, sempre seria. Se havia alguém gritando "*Socorro!*", ela corria em direção à voz e acreditava que não seria a única. Sempre estaria cercada por um grupo desorganizado de esquisitos que defenderiam uns aos outros e pelas pessoas que não conseguiam defender a si mesmas.

O curioso era que ela não sonhava com aquela noite havia anos. Não que não estivesse grudada como chiclete em suas memórias – aquela noite era uma das razões pelas quais começou a praticar artes marciais, por que abandonou a maior parte de suas atividades extracurriculares do ensino médio para se concentrar no tiro com arco, por que queria tanto ajudar as pessoas.

Porque ela acreditava, no fundo do seu coração, que sempre haveria mais pessoas correndo em direção ao som de um grito do que para longe.

— *Você parece perturbada, Kate Bishop.*

Assustada, ela se virou. Não tinha certeza de quem esperava ver, mas com certeza não esperava por ela própria. E, em especial, não ela mesma daquela noite de tantos anos atrás. Ela parecia delicada e inocente, alguém que *correria* em direção a alguém gritando por ajuda e que acharia que seria capaz de ajudar. Porque a vida nunca lhe dera uma razão para pensar o contrário.

Mas nesse momento a garota que definitivamente não era Kate inclinou a cabeça para o lado como se estivesse fazendo uma pergunta, e uma linha fina se formou em sua bochecha. Ela se abriu em um olho. E surgiu outro logo abaixo, mais dois no pescoço, meia dúzia se abriu nos braços, nas mãos e no peito, todos olhando para Kate em expectativa.

— Você não é real — murmurou ela, dando um passo para trás.

— *Eu sou um pesadelo, Kate. Eu sou exatamente o que deixa você com medo. Mas então... o que isso diz sobre você?* — a *garota que não era Kate perguntou, sorrindo demais e encantada.* — *Se eu sou o que você teme?*

Kate fechou os olhos.

— Isso não é real. Isso não é real. Isso não é real...

— *Você não pode me ignorar, Kate.*

— Eu posso — respondeu depressa, antes de um grito cruzar o parque. Alto, estridente, cheio de medo.

Seu coração subiu até sua garganta.

— Socorro! — gritou a voz. — *SOCORRO!*

E, mesmo que não fosse real — sabia que não era real —, Kate Bishop fez o que Kate Bishop fazia de melhor: correu em direção à confusão.

Por entre os arbustos e moitas, como fez todos aqueles anos antes, os galhos arranhando suas pernas, prendendo-se em seus cabelos. Ela correu, correu e correu, pensando que talvez, se corresse o bastante, poderia de alguma forma encontrar a pessoa que pedia socorro em seus sonhos e finalmente seria capaz de salvá-la.

O que aconteceria se morresse nesse pesadelo? Não morreria na vida real, *morreria?*

Essa hipnose era totalmente péssima.

Zero de dez estrelas.

Precisava de uma amígdala nova. Uma que não usaria seu eu mais jovem para perturbá-la.

Abrindo caminho por entre as árvores, pensou que já deveria ter encontrado uma estrada. Uma calçada. *Alguma coisa.*

Ouviu um som à sua esquerda. Girou em direção a ele. Empurrou os galhos escuros para o lado, sabendo exatamente o que encontraria…

Em vez disso, o pé dela afundou em algo macio. E ficou preso. Ela girou os braços para não cair e observou a substância pegajosa, parecida com alcatrão, na qual seu pé estava enterrado até o tornozelo agora. Xingando, tentou puxar as pernas, no entanto, quanto mais se movia, mais rápido afundava. Seu coração martelava em seus ouvidos, alto e ansioso.

– *Você sempre corre em direção ao que não deveria, Kate* – Falsaela disse, empoleirada em um galho de árvore acima, balançando as pernas para a frente e para trás alegremente. – *Eu sei bem.*

– Você não tem *outro* rosto para usar? – retrucou Kate. – Não é muito imaginativo da sua parte usar o meu.

Falsa-ela piscou, surpresa. Depois sorriu, e o rosto que usava mudou para o de um jovem alto e de ombros largos, com pele morena e calorosos olhos de arenito. O rosto de Elijah Bradley, o Patriota, um dos Jovens Vingadores de anos atrás, companheiro de equipe e um homem que ela amou.

– Que tal agora? – perguntou o pesadelo no barítono caloroso dele.

Kate desviou o olhar.

– Estudou o arquivo sobre meus ex-namorados? Que original.

O rosto mudou novamente – desta vez para um homem de cabelos brancos e olhos verdes. Noh-Varr. Garoto Maravilha. Excelente nos beijos, ainda melhor na luta. *Muito* mais disponível emocionalmente do que Kate jamais foi, e outro relacionamento que foi conquistado com dificuldade e perdido rapidamente. Porque Kate era boa em muitas coisas, mas não no amor? Relacionamentos? Em depender dos outros?

Nem tanto.

Era difícil salvar pessoas, ser uma heroína, quando seu ponto fraco eram todos que você amava.

– Com certeza, faz com que eu queira socar você mais – respondeu Kate, irritada. Agora estava com lama até a cintura, e não havia nada que ajudasse a tirá-la de sua situação difícil. Isso a fez se lembrar de novo das flechas de betume que usava, e porque era isso *mesmo*. – E me poupe de seus esforços para Fusão; ele começou a namorar Noh-Varr, de qualquer modo.

Falso-Noh-Varr sorriu.

– *Todos deixaram você por pastagens mais verdejantes.*

– Na verdade, acredito que fui eu que os deixei.

Nesse momento, o rosto da criatura se transformou de novo no de um jovem alto e ligeiramente desengonçado, com cabelos escuros e bagunçados e olhos de um verde-elétrico.

– *E quanto a ele? Quanto você realmente sabe sobre ele?* – sibilou Falso-Milo, o sorriso cortando seu rosto. – *Quanto você quer que eu lhe conte?*

– Duvido que você saiba alguma coisa que eu ainda não saiba – respondeu ela, decidindo trancar a memória *daquele* beijo em uma caixa sob a poeira de sua mente para nunca mais ser trazida à tona ou examinada de novo.

– *Você suspeita dele. Não quer admitir.*

Ela olhou para a criatura.

– Não suspeito.

– *Suspeita, sim. Você é mais esperta que isso. Onde está o próximo livro? Você se pergunta. Por que se pergunta quando já sabe?*

Ela sabe?

– *E você continua afastando as pessoas que poderiam de fato ajudá--la* – continuou, com a voz de Milo. – *Talvez saiba que você é inútil. Talvez saiba que todos que se aproximam de você estão um passo mais perto de se machucarem. Igual a sua mãe...*

Kate cerrou os dentes.

– Cale-se.

– *Você é inútil!* – cantarolou Falso-Milo do galho da árvore em que estava pousado. – *É melhor parar agora, antes que faça mais alguém se ferir. Você é apenas uma garota com um arco, mas... Ah! Nem isso você tem agora.*

– Eu tenho...

– *Não tem e você sabe que não. Está com medo demais para provar a si mesma.* – A criatura se inclinou para mais perto do poço de miasma que a estava engolindo por inteiro, o pescoço se esticando absurdamente para encará-la. – *Você vai provocar a morte de alguém, Kate.*

– Não vou, não...

– *Vai, sim.*

Do miasma ao seu redor, coisas começaram a flutuar para a superfície. Não, não *coisas* – pessoas. Seus amigos, pálidos e com olhos mortos, encarando o céu. Amigos que ainda estavam lá, amigos que ela já tinha perdido, rostos que ela conhecia como a palma de sua mão. Clint, com os olhos arregalados e desfocados, olhando além dela. America, tão próxima, que poderia tocá-la se ao menos conseguisse soltar a mão, se ao menos pudesse estender a mão, se ao menos...

Ela lutou. Cerrou os dentes e se contorceu.

E, por pura força de vontade, libertou a mão e agarrou a sua melhor amiga pelo braço quando o poço começou a puxá-la para baixo de novo, mas Kate se recusou a soltá-la. *Isso é um pesadelo,* disse para si mesma. Repetiu as palavras como um mantra. *Isso é um pesadelo.* E mesmo assim não desistiu. Segurou com força, enquanto o poço arrastava as duas para baixo, para o fundo da lama. A substância fluía, entrando em seu nariz e orelhas, e encheu sua boca, até que ela não conseguia mais respirar, não conseguia ouvir nem conseguia ver nada. Ela não sabia se ainda estava agarrada a America, mas não desistiria. Por nada.

Nunca.

Seus pulmões pareciam estar em chamas. Seu coração batia tão forte no peito, que ela teve medo de fraturar o esterno. Queria respirar. Precisava respirar. Mas não conseguia.

Ela não podia fazer nada.
Ela não conseguia nem se mover.
E doía...
Tudo doía.

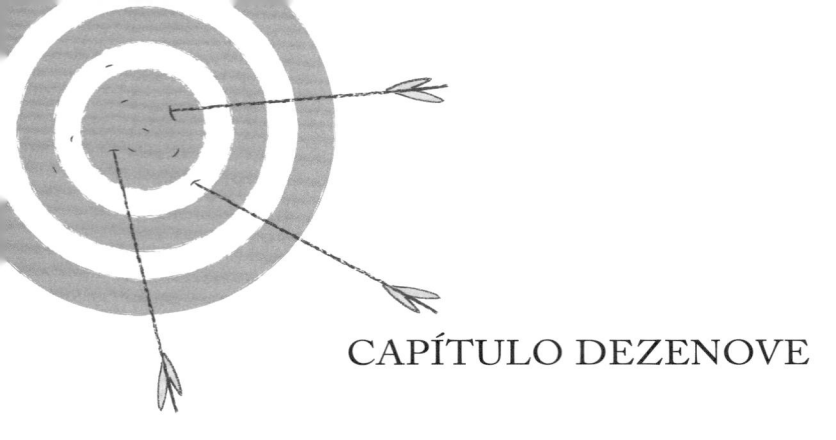

CAPÍTULO DEZENOVE

QUARTA PAREDE

Kate inspirou fundo quando acordou. Seu cabelo estava grudado no pescoço pelo suor. Ela expirou e depois inspirou mais
uma vez, enchendo os pulmões, e sua cabeça girou com o ar fresco.
Ela… ela *realmente* parou de respirar? Seus dedos das mãos e dos
pés estavam dormentes.

Ela *parou.*

Lucky choramingava ao lado dela e deu uma patada em seu
ombro. Havia uma marca de mordida babada em seu braço, que
rapidamente estava formando um hematoma. Kate afagou Lucky
atrás das orelhas, aliviada.

— Você me acordou? Obrigada. Você é um bom garoto.

Em resposta, Lucky lambeu sua bochecha, abanando o rabo.

À medida que seu coração começava a se acalmar, aos poucos
ela foi se lembrando de onde estava: o telhado do prédio do apartamento de America. A última coisa de que se lembrava era que
estava tentando acertar uma lata na beirada do telhado, e, quando
olhou, ela ainda estava lá, refletindo o brilho do luar. Reluzindo
diante de seu fracasso.

— Perfeito — murmurou e consultou o relógio. Dormira por
apenas *trinta minutos?* Não era de admirar que, mesmo com toda a
adrenalina, ainda se sentisse cansada. Seus olhos ardiam de sono, e
havia um ponto dolorido em sua cabeça onde sabia que tinha batido
com força no chão. Pressionou a palma da mão contra um dos olhos
e o esfregou, sonolenta.

Aquele pesadelo quase a matou. Se ela estava tão mal, como os livreiros estavam? Essa situação tinha que ser resolvida, e seria *hoje*.

E talvez ela conseguisse resolvê-la, porque, caso seu palpite estivesse certo, seu pesadelo também lhe dera uma pista. Seu subconsciente estava tentando lhe dizer tudo o que ela precisava...

Ela já sabia onde estava o quinto livro.

E, na verdade, isso significava apenas uma coisa: ela sabia onde estava o tempo todo.

– Muito bem – sussurrou para o cachorro, quase resignada. – Vamos fazer uma visita à minha irmã.

Assim, ela se levantou e foi até o apartamento de America, onde passou uma água no rosto, recolou o uniforme e pegou as chaves extras da amiga no vaso Talavera no balcão da cozinha. Milo ainda estava no sofá, murmurando enquanto dormia, e a porta do quarto de America ainda estava fechada. O apartamento estava silencioso, e, enquanto ela andava na ponta dos pés, tentava pular todas as tábuas do piso que sabia que rangiam mais alto. Kate rabiscou um bilhete e o deixou ao lado do vaso antes de sair.

O céu ainda estava escuro, as ruas, quase vazias, exceto pelos poucos curiosos que rondavam a cidade à noite. Seus ossos estavam nervosos, sua pele coçava em todos os lugares onde os olhos piscavam. Ainda não tinha conseguido se livrar do pesadelo, mesmo enquanto se concentrava em inspirar e expirar. O ar da noite não estava ajudando em nada – e, de repente, tudo o que mais queria, parada em uma esquina escura no meio de Washington Heights, era ouvir a voz de um amigo. Não conseguia tirar os rostos deles da mente toda vez que fechava os olhos – afogando-se, os olhos vagos, o pesadelo berrando o quanto ela era inútil, como não podia ajudar ninguém...

E embora ela *soubesse* que não era verdade, isso não a fazia se sentir menos sozinha.

Por isso, pegou o telefone e, com a coleira de Lucky enrolada em seu pulso enquanto ele farejava um hidrante, ligou para um amigo.

Tocou uma, duas, três vezes – e, justamente quando estava pensando em desligar e tentar de novo de manhã, a voz grogue de Clint atendeu:

– Se você estiver na prisão, não vou pagar sua fiança.

Ela bufou, rindo. Apenas ouvir a voz dele já a fez se sentir aterrada quase imediatamente.

– Bem, você está com sorte, não estou na prisão. – Ela se sentou na calçada. Um táxi solitário passou.

– Bom. De qualquer forma, não tenho dinheiro para fiança. Deus, que horas são? – E ela o ouviu rolar. Ele gemeu. – Katie, são quase três da manhã.

– Estou surpresa que você não esteja em uma balada.

– A balada foi ontem à noite. Esta noite foi de antiácido e *Bridgerton*.

– Tem certeza de que não é uma solteirona de 70 anos?

– A última temporada foi fantástica, obrigado por perguntar – acrescentou ele, irônico. – O que foi, Katie-Kat?

Ela franziu os lábios e puxou uma linha solta na perna esquerda de seu uniforme.

– Eu ouvi uma piada ótima. Achei que você gostaria de ouvir.

Houve um instante de silêncio. Clint sabia que ela não tinha ligado para contar uma piada, mas também não pressionou para saber o verdadeiro motivo.

– Tudo bem, manda.

– Por que um garoto foi praticar tiro com arco perto do lixão?

– Hummm…

– Porque ele queria acertar na mosca.

Clint deu uma risada sonolenta.

– Essa foi *péssima*, Katie.

– Não tão ruim como quando Órion perdeu uma disputa de tiro com arco. Sabe o que aconteceu?

– O quê?

Ela mordeu a bochecha por dentro, porque esta era pior.

– Ele recebeu um prêmio de constelação.

Ele gemeu.

– Ah, chega! Vou voltar a dormir. Está tudo bem?

– Sim – respondeu ela, sentindo-se um pouco mais ela mesma. – Obrigada, Clint.

— Estou sempre aqui para ouvir suas piadas ruins.

— São piadas *ótimas*!

— Aham. Boa noite, Katie-Kat.

— Boa noite — respondeu ela. E ficou ali sentada por mais algum tempo depois que ele desligou, inclinou a cabeça para trás e olhou para as estrelas por entre os prédios. — Tudo bem, Kate, você consegue — disse a si mesma, repousou as mãos nos joelhos e depois se levantou do meio-fio.

A estação de metrô estava vazia, com exceção de uma mulher mais velha, encolhida em um dos bancos, dormindo. Kate tirou uma nota de vinte e enfiou-a no casaco da mulher quando o trem para o centro da cidade chegava à estação e subiu a bordo com seu cachorro. Foi demorado; o meio da noite sempre parecia durar uma vida.

No momento em que ela e Lucky saíram do subsolo, os tons laranja-rosados da luz do dia tinham começado a se espalhar nos limites a leste da cidade.

Ela se viu mais uma vez na Park Avenue, em um momento de *déjà vu*, até chegar a um prédio onde provavelmente poderia andar enquanto dormia. Quando o sono não estivesse tentando matá-la. O porteiro sonolento do prédio em questão a reconheceu com um susto.

— Senhorita Bishop! Quanto tempo — disse ele em saudação. Ele era um senhor mais velho que trabalhava como porteiro do prédio há mais tempo do que Kate estava viva.

— Bom dia para você também — respondeu calorosamente. — É um pouco cedo, não?

— Nunca é cedo demais para seu lindo rosto.

— Galanteador. — Ela riu.

— Quer que eu ligue para sua irmã?

— Ah, não. — Ela colocou um dedo nos lábios e piscou para ele. — Quero fazer uma surpresa para ela. — Em seguida, entrou no elevador e pressionou o botão para a cobertura dos Bishop. O elevador rangeu enquanto subia, e Lucky ficou sentado, impaciente, observando os números. Ele farejou a mão dela, e ela o acariciou. — Eu sei, também não quero vê-la.

Não que importasse o que ela queria. Se seu palpite estivesse correto...

As portas do elevador se abriram, e ela saiu, passando para a entrada imaculada do apartamento da irmã. Colocou a mochila na mesa redonda no meio do saguão de entrada.

– Suze, não chame a polícia, sou só eu – declarou.

Com isso sua irmã apareceu na porta que dava para o restante do apartamento, com uma expressão tensa no rosto, o cabelo ainda preso em rolos, apertando com firmeza um roupão de seda rosa sobre o peito.

– Lennard me ligou. Ele disse que você queria me *fazer uma surpresa*? Às... que horas são... seis da manhã?

– Provavelmente está mais perto de cinco e meia – respondeu.

Susan torceu o nariz e baixou o olhar de desaprovação para o cachorro. Ela e Kate eram muito parecidas, desde os cabelos pretos até os olhos azuis, mas todo o resto nelas não poderia ser mais oposto. Enquanto Susan tinha sido a criança boa, a criança perfeita, Kate tinha sido... um pouco mais difícil de lidar. Elas não gostavam das mesmas comidas, das mesmas músicas, dos mesmos *livros* – com exceção de um em particular. Um livro que a mãe delas costumava ler para as duas à noite.

– Pensei ter dito para você *nada de animais de estimação*, Kate.

Ela ofegou, batendo a mão contra o peito.

– Lucky não é um animal de estimação! Lucky é meu melhor amigo! E parceiro no combate ao crime. – Ela fingiu dar um tiro com o dedo no cachorro, que caiu no chão de mármore para se fingir de morto. – Está vendo? Somos perfeitos juntos.

A irmã revirou os olhos em desgosto, virou as costas e foi para a cozinha. O que significava que não ia expulsar Kate. Isso era um começo, pelo menos.

Kate murmurou para Lucky:

– Fique aqui, ok? Eu já volto.

Lucky choramingou, mas não saiu do chão.

– Bom menino – elogiou ela, prometendo-lhe um lanche mais tarde, e seguiu a irmã até a cozinha. O apartamento de Susan lembrava um pouco o de Gregory Maxwell, mas sem todo o branco. Era imaculado e minimalista. Não havia muito o que ver, fora as paredes cinzentas e as peças de arte caras. Não havia manchas no carpete, nem louça na pia, nem roupas espalhadas pelos móveis – era uma casa-modelo, não um lar. Feita para alguém que encarava a vida como uma mera passagem. Desde a morte da mãe, Susan não se apegava a nada, e, depois de seu péssimo divórcio… bem, Kate não podia culpá-la. A irmã já tinha sofrido mais do que o suficiente, mas ela também sabia que Susan guardava as coisas que tinham mais significado para ela. Ela era sentimental nesse aspecto, mas só admitia isso em particular.

Sua irmã adorava a perfeição. Ela adorava ordem. Ela adorava planilhas do Excel e listas. Por isso, ela ter um apartamento tão impessoal fazia muito sentido. Susan não era do tipo que fazia ninhos nos lugares; ela gostava de poder pegar suas coisas e partir, sem quaisquer amarras.

Os saleiros e pimenteiros em formato de bispos de xadrez, porém, eram um pouco demais, até mesmo para Kate.

Susan perguntou:

– Café? Chá? Por que está acordada tão cedo? – Então, dando-lhe uma olhada, comentou: – Você está com uma aparência horrível.

– Ah, obrigada. Café, por favor. E, na verdade, estou trabalhando em uma…

– Não fale coisa de combate ao crime.

– Um caso. Para um cara que conheci. Na verdade, ele é neto de E. L. Albright.

Susan ligou a máquina de café de aparência cara e voltou toda a sua atenção para Kate.

– O escritor?

– Sim. Aquele que escreveu a série *Castelo inabalável*. Ele está procurando uma edição rara dos livros do avô, e eu estive pensando… Posso estar errada, mas mamãe não colecionava edições dessa série para nós? Não me lembro muito bem, porque era pequena demais, mas… você tem a coleção dela, não é?

Susan suspirou.

– Eu *mandei uma mensagem* para você sobre isso. Já doei quase tudo – acrescentou ela, tirando um recibo de doação de uma das gavetas da cozinha. Ela mostrou o papel amarelo para Kate.

Uma sensação de frio se espalhou por suas entranhas.

– *Todos* eles?

– Você não me disse para não fazer isso.

– Mas esse é diferente. Não é como os outros livros; tem capa de couro. Uma escrita estranha.

Susan entregou uma xícara de café a Kate e pensou por um momento.

– Não consigo me lembrar...

– *Suze*.

Ela revirou os olhos.

– Eu *ia* guardá-lo para o Natal, mas quem se importa, não é? – Ela ergueu os braços e saiu da cozinha, indo até o escritório. – E não toque em nada! – acrescentou.

Um alívio brotou no peito de Kate.

– Será o melhor presente de Natal antecipado de todos os tempos!

– Pare de *mentir*.

Kate revirou os olhos.

Depois de alguns minutos, enquanto Kate tomava um gole de café, sua irmã voltou com um livro de aparência familiar. Tanto o alívio quanto o pavor lutaram em seu peito quando ela o pegou e abriu na primeira página.

E lá estava, o terceiro livro da série. *O castelo inabalável por si só.*

– Contudo – disse Susan, encostando-se no balcão –, esse não era o livro que nossa mãe lia. Se você olhar, todas as páginas estão cheias dessas marcas estranhas.

E estavam mesmo, Kate viu quando abriu e folheou. Iguais às das outras edições exclusivas.

– Sabe onde mamãe o conseguiu? – perguntou Kate.

A irmã deu de ombros.

– Acho que ela encontrou em um sebo. Lembra daquele que tinha na West 69th Street? Pena que fechou há alguns anos. Não conseguiu competir com algumas das cadeias de lojas maiores.

Kate folheou o livro. Havia alguns sigilos que eram diferentes dos demais – em negrito e invertidos. Ela o achou muito peculiar, agora que olhava com mais atenção. Milo tinha dito a verdade; outras edições tinham sigilos diferentes.

– Sabe – continuou Susan –, só vi um livro igual uma vez. Gregory Maxwell tinha um. A esposa dele deu uma festa de Ano-Novo há alguns anos, embora eu nunca o tenha conhecido pessoalmente. É uma pena o que aconteceu com ele.

Isso tirou a atenção de Kate do livro. Ela o fechou.

– O que quer dizer? – perguntou, tentando manter a calma. A notícia de que alguém o havia roubado já havia se espalhado?

– Passou em todos os noticiários desde ontem à noite – respondeu Susan, pegando o celular que estava carregando no balcão. Desconectou-o e abriu um artigo de jornal para mostrar a ela. Kate inclinou-se e leu o artigo com horror crescente. – Ele pulou da varanda da cobertura. *Trinta e três* andares de altura. Estou muito triste por ele.

Kate rapidamente pegou o telefone da irmã e leu o artigo de novo, e de novo, uma parte dela esperando que o nome e o artigo mudassem. Mas não mudaram. No entanto, foi o subtítulo que realmente chamou sua atenção.

– A esposa dele também foi encontrada?

– Sim, na cama dela… estrangulada.

Seus olhos se arregalaram. Lucky… Lucky estivera agindo de forma estranha naquele apartamento o tempo todo, e foi porque farejou *um cadáver*. Kate pressionou a mão sobre a boca, tentando evitar que seu estômago se revirasse. Se estivesse um pouco mais atenta, se não estivesse tão privada de sono, talvez tivesse percebido. Talvez tivesse feito uma busca pelo apartamento. Talvez a esposa de Gregory ainda pudesse estar *viva* quando Kate e Milo fizeram aquela visita domiciliar…

– É bastante trágico, é o que é. As autoridades dizem que ele matou a esposa e depois saltou. Ela parecia uma mulher tão adorável. Porém eu detestava o que ele fazia com seus livros… – ponderou ela. Pegou o telefone e o colocou de volta no carregador. – Agora, eu adoraria companhia, mas ainda são quase seis da manhã e… Kate? Kate, aonde você está indo? – perguntou ela, enquanto Kate descia da banqueta com o livro e, pensando bem, pegava o recibo também.

– Desculpe, acabei de ter uma ideia – explicou Kate distraidamente. Então voltou para o saguão, onde Lucky não tinha movido um músculo. Ela puxou a bolsa por cima do ombro, colocando o livro dentro, e apertou o botão de descer para chamar o elevador de novo. – Obrigada pelo café.

– Ora, se não é típico de você entrar, conseguir o que quer e ir embora! – acusou Susan.

As portas do elevador se abriram, e Lucky se pôs de pé, escorregando no mármore liso, e correu para dentro. Kate entrou atrás dele e disse à irmã:

– Não ache que não vou voltar. Lembre-se, sua festa é neste fim de semana, Suze.

Susan fez uma careta.

– *Por favor*, não me diga que você vem.

– Quem mais vai entregar seu presente de aniversário?

– Um mensageiro se você me ama de verdade.

– Ha. Vejo você no sábado.

Kate acenou ao entrar no elevador, e a irmã gritou atrás dela:

– Pelo menos deixe esse vira-lata em casa quando vier!

As portas do elevador se fecharam, e Lucky encarou Kate com olhos grandes e chorosos. Ela fez um carinho no focinho dele.

– Não dê ouvidos a ela, você é um cão pizza sangue puro.

Isso pareceu animá-lo um pouco. Ela desejou que funcionasse com *ela*, mas sua mente estava fervilhando com o que Susan lhe contara: Gregory Maxwell estava *morto*. Tinha saltado da própria varanda.

Ela pensou em como Gregory parecera cansado e pálido; e nas mortes da investigação original de Misty, mortes de pessoas que *também* tinham um livro de Albright.

Ao sair, ela acenou para o porteiro e pegou o telefone, digitando o número mais recente. Tocou duas vezes antes de alguém atender.

– Olá, senhorita Knight? – Já eram seis da manhã, e a cidade estava repleta dos ruídos matinais, então, esperava que não fosse cedo demais para ligar.

– Senhorita Bishop – respondeu a detetive, parecendo um pouco grogue. – A que devo o prazer?

– Gregory Maxwell e sua esposa morreram ontem à noite.

– Fiquei sabendo. Foi declarado como suicídio e homicídio.

– Vão fazer autópsia?

Isso surpreendeu a detetive.

– Creio que sim. É o procedimento padrão.

– Então, será que você poderia usar aquele seu distintivo do FBI para acelerar isso? – Atravessou rapidamente a rua antes que o sinal mudasse e se virou para entrar no metrô.

Misty deduziu:

– Você acha que isso está relacionado ao caso Albright?

Ao que Kate respondeu:

– Espero que não, mas tenho um mau pressentimento. Ele tinha um dos livros de Albright.

– Anotado. E… Kate?

– Sim?

– Eu sei que não posso *dissuadi-la* de se envolver neste caso, mas… tenha cuidado. Faz muito tempo que não vejo nada parecido com essa confusão.

– Eu vou ficar bem – respondeu, um pouco irônica, porque era tarde demais, e ficou sem sinal enquanto avançava para as entranhas do sistema de metrô, com destino a um dos últimos refúgios da humanidade: a Biblioteca Pública de Nova York.

Não aquela chique com os leões, mas a mais próxima: a da 58th Street. Não ia andar todo o caminho até a chique. De qualquer forma, aquela provavelmente não tinha o que precisava, era mais uma armadilha para turistas do que qualquer outra coisa.

Não, o que ela precisava era de um computador com um endereço IP que não apontasse diretamente para ela e um pouco de sorte. Porque, se o seu subconsciente estava certo sobre uma coisa, talvez estivesse certo sobre outra também.

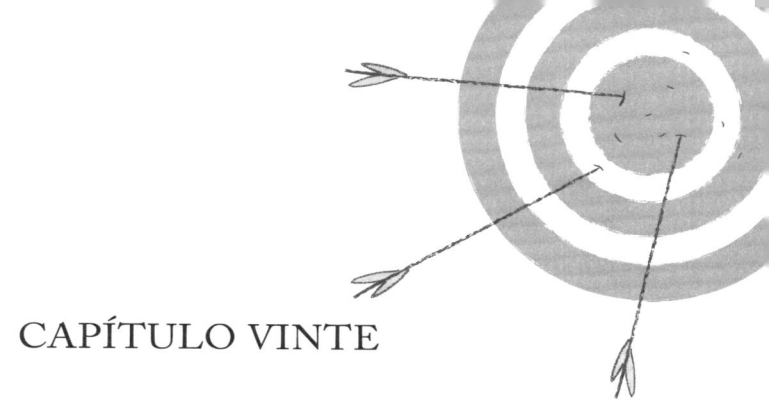

CAPÍTULO VINTE

CAPÍTULO A CAPÍTULO

Acabou que E. L. Albright era o tipo de pessoa que deixava um rastro de papel onde quer que fosse.

Kate descobriu isso bem no início de sua pesquisa. Também descobriu que a Biblioteca Pública da Cidade de Nova York tinha um verdadeiro *tesouro* de livros de Albright, principalmente porque ele havia doado sua coleção inteira para eles alguns anos antes. A coleção tinha sido exibida em uma ala do edifício Stephen A. Schwarzman por um período, mas havia sido removida havia bastante tempo, embalada em caixas e armazenada.

Ela se sentou ao computador do canto mais distante da biblioteca, com Lucky cochilando embaixo da mesa. Foi bastante fácil entrar escondida na biblioteca – ela já tinha feito isso uma centena de vezes antes, pois os bibliotecários *nunca* fechavam a saída do telhado, e o sistema de segurança era tão antigo, que, desde que ela não saísse pela porta da frente, estava perfeitamente indetectável lá dentro. Tinha comprado um energético e um pacote de alcaçuz na loja de conveniência a alguns quarteirões de distância e os comia enquanto passava páginas e mais páginas de informações.

Milo tinha contado que Albright mudara de nome depois de deixar a s.h.i.e.l.d., então ela nem tentou descobrir quem ele era antes; tinha certeza de que a informação havia sido eliminada da web. Ela suspeitava , inclusive, de que o sobrenome de Milo também não fosse *Albright* (ou Smith, mas ela já sabia disso). Contudo, usando o que sabia da história dele – onde Albright morava, entre outras coisas –, finalmente localizou jornais digitalizados suficientes até encontrar um artigo sobre as mortes misteriosas de marido e mulher em um trágico incêndio no Vale do Hudson.

– Penderghast-Chant? – murmurou, mordendo um pedaço de alcaçuz vermelho.

O artigo afirmava que Savannah e Edward Penderghast-Chant morreram no incêndio e que deixaram um filho (não nomeado, mas Kate sabia que tinha que ser Milo), porém não havia nenhuma menção a Albright. Mas o mais peculiar era a causa do incêndio:

Os próprios Penderghast-Chants.

Algumas teorias presumiam que eles estavam com algum tipo de droga no organismo quando provocaram o incêndio, porque os vizinhos notaram que estavam agindo de forma estranha havia alguns dias: frenéticos, nervosos. Um dos vizinhos foi até citado como tendo dito: "[Sra. Penderghast-Chant] normalmente era tão gentil e agradável, mas ela parecia tão exausta, como se não dormisse havia uma semana".

E aquilo, de fato, era tudo de que Kate precisava para saber exatamente o que havia acontecido. Ou pelo menos para chegar perto da verdade.

De alguma forma, tinha certeza de que os pais de Milo haviam sido submetidos a hipnose e de que isso causara a insanidade deles. Será que estavam sonâmbulos quando começaram o fogo? Ou será que tinham ficado acordados por tanto tempo, que enlouqueceram pelo medo de dormir? De qualquer forma, não podia ter sido uma coincidência.

Assim como Gregory assassinar a esposa e saltar da varanda não foi uma coincidência.

Seus sentidos de detetive particular estavam formigando, então, ela pegou o telefone e ligou rapidamente para Clint Barton.

Depois de quatro toques, sua voz mal-humorada respondeu:

– Katie, se você está prestes a me contar outra piada...

– Você pode pedir um favor por mim?

Houve uma pausa.

– Para quê?

– Preciso de algumas informações sobre uma coisa.

– Que *tipo* de informação?

– Do tipo que talvez rime com Y.I.E.L.D.?

Clint bocejou.

– Esse é um pedido complicado, você sabe.

– Por isso que estou ligando para você.

– Obviamente. – Ele suspirou. – Deixe-me fazer umas perguntas. Quem você precisa investigar?

Ela examinou o artigo novamente.

– Não é *quem*, é *o quê*. A história é a seguinte: um pesquisador da… Y.I.E.L.D. desertou nos anos 1980, levou sua pesquisa consigo e foi embora. Chamava-se Projeto Tremor.

Ela o ouviu anotando, provavelmente em um bloquinho ao lado da cama.

– Certo. Mais alguma coisa para ajudar?

– Não sei – acrescentou ela, apertando os olhos para o artigo digitalizado que relatava a tragédia. – Algo simplesmente não está batendo.

– Ok, vou ver o que posso fazer.

– Obrigada, Clint…

– E, Katie?

– Sim?

– Como melhorar seu tiro com o arco?

Ela congelou. Ele sabia sobre sua degeneração? Alguém contou para ele?

– Eu… hum… bem…

– Com melhor *arrow* dinâmica.

– Ai, meu Deus, Clint. – Ela queria se fundir com o tapete e morrer.

– Entendeu? Porque se usa uma flecha! Uma *arrow*! Aero? Hein, *hein*?

– Tchau, Clint – ela respondeu e desligou. Lucky soltou um ganido, ela olhou para ele e disse: – Não diga uma *palavra*.

O cachorro desviou o olhar, não tendo testemunhado absolutamente nada.

Ela excluiu seu histórico de navegação e persuadiu Lucky a sair de baixo da mesa. Ele não queria se mover, mas, depois que ela o cutucou um pouco mais, finalmente se levantou, e saíram juntos da biblioteca antes que ela abrisse e qualquer um pudesse dizer a ela que cães não eram permitidos; não que isso a tivesse impedido antes.

Eram oito da manhã quando Kate voltou ao apartamento, levando o terceiro livro. Colocou-o sobre a mesinha de centro, junto com as chaves do apartamento de America, e decidiu ir tomar banho. Milo ainda estava dormindo no sofá, com o cabelo desgrenhado por ter se remexido e virado nas almofadas irregulares a noite toda, mas a porta de America estava entreaberta.

Lucky trotou até o quarto e pulou na cama, rodou três vezes e adormeceu bem aos pés dela. Kate apostava que ele estava cansado – deus sabia que *ela* ainda estava, embora esperasse que um bule enorme de café a acordasse.

Ao voltar para a cozinha, ouviu America murmurar:

– Não fique aí parada e depois *vá embora*, sua esquisita.

A boca de Kate se contorceu em um sorriso, e ela se virou e entrou no quarto da melhor amiga. America rolou na cama, abraçando o travesseiro contra o peito. Seu cabelo estava preso em um coque encaracolado, e o rímel, borrado ao redor dos olhos.

– Desculpe – disse Kate. – Eu não pensei que você estivesse acordada.

– Claro que estou. – America suspirou e se sentou, esfregando os olhos. – Obrigada pelo bilhete, a propósito. Encontrou o que procurava?

– Susan estava com um dos livros – respondeu Kate, sentando-se na beira da cama. O quarto de America era iluminado e aconchegante, nada parecido com a vida estéril de Susan. A maioria das paredes estava coberta de fotografias, ou pôsteres, ou algum tipo de memória que America queria guardar. Havia algumas fotos dela com as mães, sorrindo abertamente, e algumas com a família adotiva, os Santana, também. Parecia que todos os amigos de Kate eram atraídos por outros rejeitados, pessoas perdidas na correnteza, unindo-se, os iguais se atraindo.

Nem sempre se nascia em uma família, às vezes, encontrava-se uma. Às vezes, no caso de Kate, ela tinha a sorte de ter *sido encontrada*.

America lançou-lhe um olhar crítico.

– Você dormiu?

– Eu não consegui – admitiu Kate, desviando os olhos de uma das fotos de quando elas eram mais jovens, com alguns dos outros Jovens Vingadores da época. Parecia que tinha acontecido havia séculos, embora tivessem se passado apenas alguns anos. Alguns desses rostos ainda estavam por aí, alguns, não, e outros nunca mais voltariam. – Pareço tão mal quanto me sinto?

– Pior – respondeu sua melhor amiga. – Sabe, se quiser minha ajuda, tudo o que precisa fazer é pedir.

– Você já me ajudou bastante.

– Eu sei. – America puxou o travesseiro para mais perto do peito, estudando o rosto de Kate. – Mas tenho a sensação de que você está escondendo algo de mim.

– Seus sentidos superpoderosos interdimensionais estão formigando? – brincou Kate.

– Não, apenas os de melhor amiga.

Kate abriu a boca, mas depois pensou melhor na resposta e voltou a fechá-la. Desviou o olhar, sentindo-se mais do que um pouco culpada por não ter contado a America que também estava hipnotizada. Não queria preocupá-la ainda; pior: e se America também fosse enfeitiçada, de alguma forma, quanto mais perto chegassem de uma resposta? Ainda havia pontas soltas demais: o assassino de Albright livre, o último livro faltando, *Milo...*

Em vez de forçar a barra, America saiu da cama, agarrou a mão de Kate e arrastou-a para fora do quarto até a cozinha.

– Vamos, vamos fazer um café para você.

– Você *pode* voltar a dormir.

– Na verdade, não posso. Tenho um encontro para tomar um café em uma hora.

Os olhos de Kate se arregalaram.

– Com a garota de ontem? – Então remexeu a sobrancelha, e America revirou os olhos e a empurrou para longe, depois pegou um saco de café.

– *Pare*.

– É emocionante!

Elas falavam aos sussurros para não acordarem Milo, que havia pegado o cobertor do encosto do sofá e se enrolado nele como se fosse um burrito. America ligou a cafeteira e procurou na geladeira por alguns restos de comida tailandesa da noite anterior.

– O seu ainda está aí também – acrescentou ela, e Kate, agradecida, pegou seu *pad thai* frio e um garfo na gaveta de talheres. Elas se encostaram no balcão e comeram macarrão frio enquanto o café fervia. America disse, pegando um broto de feijão: – Isso me lembra do nosso tempo nos Jovens Vingadores. Manhãs após noites sem dormir comendo comida fria.

Kate enrolou o macarrão no garfo.

– Tudo parecia mais simples naquela época.

– Se eu vir Loki de novo – brincou America –, ainda vou atacá-lo à primeira vista. – Ela pegou duas xícaras de café do armário e as colocou sobre o balcão. – Preciso me arrumar – acrescentou. – O leite está na geladeira. – Ela fechou seu pote de comida, serviu-se de uma xícara e lambeu os dedos enquanto voltava para o quarto.

Kate comeu mais algumas garfadas de *pad thai* antes de colocar a comida de volta na geladeira e se servir de uma xícara de café.

No sofá, Milo se virou, resmungando durante o sono.

Com o que ele estava sonhando? Ela esperava que fosse legal. Sentia falta de bons sonhos. Sentia falta de *sonhar*. Ela daria seu rim esquerdo por um sonho.

Enquanto pensava em sonhar, encheu demais a xícara de café e xingou no instante em que o líquido quente escorreu pelo balcão.

– Ai, café, não – murmurou, lambeu o café derramado da mão e limpou o restante com uma toalha de papel. Depois, ela pegou sua caneca e voltou para o quarto de America.

– Então, onde vai ser o seu encontro gostoso? – perguntou.

America colocou a jaqueta jeans, costurada com remendos caseiros, e deu uma última olhada no espelho.

– Uma cafeteria nova fofa com gatos, ela gosta de gatos, aparentemente.

– Ah, que *ron*-romântico. – Kate recostou-se na cama. – Qual é o nome dela? Número da identidade? Ela tem um plano de previdência? – Ela fingiu se engasgar, sentando-se novamente. – *Plano de saúde?*

– Pare com isso, é apenas um encontro.

– Temos que pensar no futuro!

– Mas não tanto. Mas ela é legal. – Então, America lançou-lhe um olhar incisivo. – Como você e Milo estão?

Ela fingiu inocência e tomou um gole de café.

– Não sei do que você está falando.

– Cale a boca, eu vi vocês enrolando as línguas ontem à noite na minha *sala de estar*.

– Argh, eu fiz isso, não é? – Ela torceu o nariz. – Eu tomo decisões erradas na vida.

– Não estou dizendo *isso* – respondeu America, prendendo o cabelo em um coque alto. – Ele beija bem, pelo menos?

– Infelizmente, sim.

– *Infelizmente?*

Kate suspirou.

– Sim.

– Por quê?

Ela se afundou na beirada da cama e tomou outro gole de café. Como a cafeína ainda não estava nem fazendo efeito em seu cansaço? Parecia errado.

– Eu nunca mais vou beijá-lo. Romances de trabalho nunca dão certo. – Depois, um pouco mais baixo: – Acho que ele está mentindo para mim, America.

Isso chamou toda a atenção de sua melhor amiga. Ela se afastou do espelho, estreitando os olhos para Kate.

– *Mentindo?*

Kate considerou o quanto deveria dizer, porque a maior parte eram apenas suspeitas, e não gostava de acusar as pessoas antes de saber os fatos; podia-se chamar isso de seus sentidos de detetive particular.

– Omitindo algumas verdades, eu acho. Nada nefasto, pelo menos não ainda.

– Acha que ele tem segundas intenções para colecionar esses livros, além das que nos contou?

– Isso *passou* pela minha cabeça…

– Hm-humm, e aqui está minha pergunta, depois tenho que ir – acrescentou ela, olhando para o relógio. Tinha o formato de uma estrela, muito parecido com as marcas na parte externa de seus pulsos. – Por que o avô dele teria todo esse trabalho se a melhor pessoa a quem confiar seu segredo seria o neto? Por que esconder isso até dele?

E America a deixou com esse questionamento, quando bateu o pé no chão, pulou nele e partiu.

– Que dramática! – murmurou Kate, levantando-se. Esvaziou o resto da xícara e foi pegar mais, decidiu tomar a jarra toda e levou-a para sua cadeira na sala para esperar Milo acordar.

Quando ela terminou o café e vestiu as roupas de dois dias atrás – o vestido roxo e o short de ciclismo –, Milo finalmente tinha acordado. A primeira coisa que ele notou foi o livro de Susan no balcão. Ele o pegou e sentou-se no sofá, folheando as páginas. Seu cabelo estava em pé para todos os lados, os cachos emaranhados de tanto se mexer e se virar a noite toda.

– Não sabe que não deve mexer nas coisas de outra pessoa? – perguntou ela.

Ele lançou um olhar de descrença para ela.

– Como você encontrou isso?

– Minha mãe colecionava edições de livros infantis de que minha irmã e eu gostávamos. Eu não sabia que ela também tinha colecionado isso até ontem à noite – explicou ela, apontando para o livro. – É o que o seu avô vendeu. Minha mãe encontrou em um sebo. Então, agora que temos três e sabemos que o Rei do Crime tem dois... só nos resta encontrar um.

– O último livro, ironicamente.

– Certo, e como não temos absolutamente nenhuma ideia de onde procurar por ele, vamos nos concentrar nos outros dois. – Então, ela inspirou fundo e encarou Milo. – Tenho uma ideia de como podemos conseguir os livros do Rei do Crime.

Ele parecia não acreditar nela.

– Como...?

Ela mexeu os dedos no ar.

– Um pouco da magia de Gaviões Arqueiros. Há dois de nós, mas qual é o verdadeiro?

– Vocês dois não são verdadeiros Gaviões Arqueiros?

Ela sorriu.

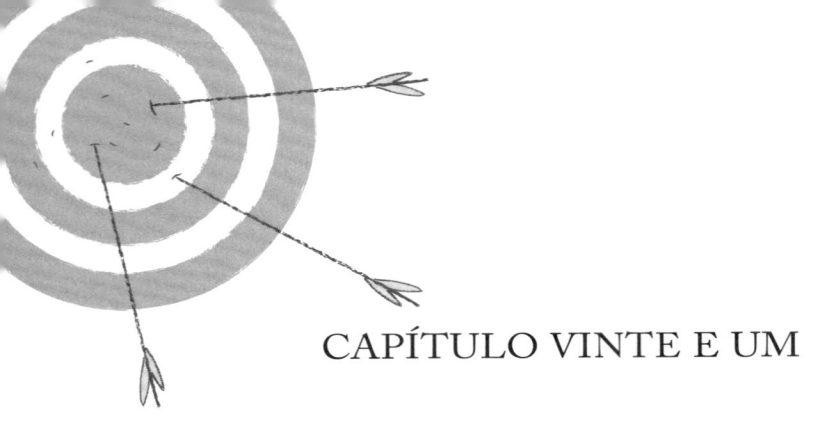

CAPÍTULO VINTE E UM

O CARA MAIS INTELIGENTE DO LUGAR

Kate entrou marchando nas Torres Fisk naquela tarde e largou uma bolsa de academia no balcão de segurança. Abaixou os óculos escuros e declarou:

– Diga ao Rei do Crime que tenho uma oferta que ele não pode recusar.

A mulher atrás da mesa não parecia ter achado muita graça de sua imitação do Poderoso Chefão. Hunf, *ela* achava que estava boa.

– E quem é você?

– É… – Ela vacilou. *Sério?* – Eu sou Kate. Kate Bishop?

A mulher não parecia nem um pouco impressionada. Ela piscou.

– Você tem uma reunião com o senhor Fisk?

Kate abriu a boca. Fechou novamente. Franziu a testa.

– Eu… eu *preciso* de uma? Eu sou Kate Bishop – repetiu. E depois, mais calma: – Sabe… *Gaviã Arqueira?* A melhor?

A mulher a encarou com um olhar de desaprovação antes de se afastar do computador principal e pegar um telefone com fio no outro extremo da mesa. Alguns momentos depois, empurrou a cadeira de rodinhas para trás e apertou um botão embaixo da mesa.

– O senhor Fisk verá você no 13º andar. Pegue o elevador de serviço – acrescentou, apontando para a direita, em direção a uma área nos fundos do prédio, em vez dos elevadores cromados dourados à esquerda.

Kate colocou a bolsa no ombro e seguiu o caminho que lhe foi indicado.

— Lembre-me de agendar uma *reunião* da próxima vez – murmurou para si mesma, mas seu fone de ouvido respondeu.

Milo disse:

— Faz sentido. Chefes da máfia têm muito o que fazer em um dia.

— Anotado para quando eu for derrotar o Duende Macabro – respondeu ela. – Como você está?

— Bem? Ok? Estou me sentindo um impostor nesse uniforme de segurança – acrescentou, mal-humorado. – Tem certeza de que esse plano vai funcionar?

— Não, mas vale a pena tentar.

O plano em si era relativamente simples: ir até o Rei do Crime e fingir que queria entregar os livros em troca do presente de aniversário de Susan. Que, *só para constar*, Kate não encontrou em sua bolsa, então sua única teoria era a de que o Rei do Crime ainda estava com ele. Agora queria *mesmo* aquele presente de aniversário, em especial porque devia à irmã pela edição de colecionador do livro de Albright e preferia não deteriorar ainda mais o relacionamento delas.

Além disso, ela passou *meses* tentando encontrar o presente perfeito. Não ia deixar um chefe da máfia estragar tudo.

Enquanto isso, Milo se infiltraria no prédio como um dos seguranças do Rei do Crime – o que era embaraçosamente fácil de fazer (bastava nocautear um dos caras na hora do almoço; ninguém saberia a diferença) –, e, quando ela entregasse os livros verdadeiros, ele seguiria até onde o Rei do Crime mantinha sua coleção e os trocaria por alguns falsos que eles fizeram com papel de artesanato e cola na mesa da cozinha de America – que pareciam bastante convincentes a distância – e voltariam para casa a salvo.

O elevador de serviço demorou a descer. Ela balançou para frente e para trás sobre os calcanhares. No pior dos casos, poderia escapar de um prédio de treze andares e *provavelmente* acertar uma flecha de garra no telhado do outro lado da rua. Havia uma chance de 50% naquele momento.

De repente, algo na bolsa dela começou a vibrar. Seu celular? Quem poderia estar ligando para ela *agora*? Tirou-o quando o elevador de serviço chegou e entrou nele. Era Clint.

– Conseguiu as informações? – respondeu, como forma de cumprimento, retirando o fone de ouvido para que Milo não pudesse ouvir.

– Sim, esse tal Albright? Seu nome verdadeiro era Albert Savant e... Katie? – A voz de Clint estava alta e tensa, e isso a deixou imediatamente nervosa. – O cara era um *biruta*, achava que podia controlar as pessoas com sua linguagem inventada. Riram dele na s.h.i.e.l.d. Cerca de quinze anos depois, ele ligou para eles dizendo que era melhor que viessem ver sua obra-prima. Acontece que ele usou a tal linguagem dele no próprio...

– Filho e esposa do filho – adivinhou Kate, lembrando-se do artigo que leu na biblioteca. O elevador subiu lentamente até o 13º andar.

Mas, para sua surpresa, Clint disse:

– Não, Katie. É pior. Ele a usou no próprio *neto*.

Ela pensou ter ouvido errado.

– Como?

– Milo alguma coisa-Chant. Tenho anotado aqui em algum lugar...

– Penderghast-Chant.

– Isso mesmo! Deveria ter matado o garoto, mas *não matou*. A s.h.i.e.l.d. soube que ele começou a fazer experiências com esse garoto, ensinando-lhe tudo sobre as diferentes pesquisas do Projeto Tremor, então, tentaram planejar um resgate, mas deu *terrivelmente* errado. A maior parte dessas coisas está censurada. Não consigo acessar, mas está bem documentado que os próprios pais incendiaram a casa de propósito. Os agentes da s.h.i.e.l.d. chegaram a tempo de salvar o neto, mas não os pais. Pelos depoimentos dos agentes, eles tiveram que... tiveram que *cortar o filho* dos braços deles; todos eles estavam amarrados com uma corda. Foi horrível, segundo todo relato que pude encontrar, *horrível*.

O elevador apitou no 13º andar.

Ah, ela tinha feito tudo errado. Ela tinha feito *tudo* errado.

— No dia seguinte, o garoto foi enviado para uma escola no Maine para ser monitorado e nunca mais teve contato com o avô… Kate? Acho que você deveria deixar isso para outra pessoa. Estou com um péssimo pressentimento. Pelo menos espere até eu voltar à cidade amanhã…

— Desculpe, preciso ir — disse ela, desligando rapidamente.

As portas se abriram quando ela enfiou o telefone em seu uniforme. Tentou engolir seu pânico crescente enquanto saía do elevador em um corredor familiar.

Um caubói alto estava lá para recebê-la. Ele parecia um pouco maltratado, com o braço direito engessado e o olho esquerdo roxo.

Ela estremeceu quando o viu.

— Nossa, Monty, meu amigo, presumo que você caiu de mau jeito no Hudson?

Ele definitivamente não achou graça.

— Bishop — rosnou ele. Em seguida, girou nos calcanhares e a levou até a mesma sala onde ela encontrou Milo pela primeira vez.

Ela estava começando a sentir que tinha sido enganada.

Porque, ao lado direito do Rei do Crime, estava ninguém menos que Milo Penderghast-Chant, parecendo tão confortável quanto qualquer outro capanga naquele lugar. Ele lhe lançou um olhar indecifrável quando ela entrou.

O Rei do Crime usava um terno branco-creme diferente hoje e um lenço vermelho no bolso. O jogo de xadrez tinha sido movido um pouco, um dos bispos tinha dado xeque no rei. Mas era um movimento do qual o rei podia facilmente escapar.

O Rei do Crime sorriu, apoiando os cotovelos na mesa de mogno, entrelaçando os dedos.

— Então, Katie. É bom vê-la de novo. Milo me contou que vocês dois têm estado bastante ocupados.

Ela olhou para Milo.

— Ele contou, foi?

Montana agarrou Kate pelo ombro e a forçou a sentar-se em uma cadeira. Será que Milo estava com eles desde o começo?

A coisa toda foi um estratagema? Não, Milo deve ter ido procurá-lo de novo antes do leilão e feito um acordo ou, talvez, enquanto ela estava na biblioteca naquela manhã. Foram as únicas vezes em que estiveram separados por algum tempo nos últimos dias.

– Ah, você parece positivamente *traída*. Acha mesmo que eu não teria o neto de Albright na minha folha de pagamento? – O Rei do Crime fez uma careta. – Crianças. Sempre pensando um passo atrás.

– Só estou aqui pelo presente da minha irmã – forçou-se a dizer, porque não sabia mais o que fazer além de seguir seu plano. O que agora, na verdade, não era tanto um plano, mas um último desejo. Talvez pudesse ficar acordada por tempo o bastante para dar o presente a Susan antes que seus pesadelos a matassem.

– Ah, isso? – Rei do Crime abriu uma gaveta de sua mesa e tirou uma pequena caixa. Ele colocou entre eles na mesa. – Achei que era peculiar, então guardei.

– É rude da sua parte ficar com o presente de outra pessoa.

– Para sua irmã? Susan? Está escrito no cartão – acrescentou ele quando ela franziu os lábios. – Eu me pergunto se seu pai estará lá…

– Duvido. Se tiver problemas com ele, vá para a Costa Oeste e resolva você mesmo.

Fisk jogou a cabeça para trás e riu. Ele estava com um humor irritantemente bom – ela imaginou que qualquer um estaria quando soubesse que seu plano havia dado certo.

– Todos vocês, Bishop, são farpas pontiagudas. É divertido. Montana, pode aliviar a senhorita Bishop do peso de sua bolsa? – acrescentou, acenando para seu capanga.

Montana fez isso a contragosto com a mão boa e levou-a para seu chefe, que a pegou com dedos gananciosos e abriu o zíper.

Ele retirou os três livros. Um deles tinha a lombada pintada de branco.

– Gregory Maxwell – disse ele, carrancudo. – Aquele idiota já foi tarde.

Kate mordeu o interior da bochecha, impedindo-se de falar qualquer coisa de que se arrependesse – o que seria coisa para caramba. Ela observou o Rei do Crime inspecionar cada livro, como se pensasse que Kate ia de alguma forma ludibriá-lo. Não, não era ela a traidora. Depois de folhear o último livro, ele empurrou o presente de aniversário de Kate para ela.

— Aí está, Katie. Um trabalho bem-feito.

Ela esticou a mão e pegou o presente.

— Presumo que isso não correu como você planejou, certo? — perguntou Fisk.

— Não, na verdade, não correu. Milo deveria trair *você*, não eu. Acontece que eu estava sendo feita de boba. Não é mesmo, senhor Penderghast-Chant?

Quando Milo ouviu seu nome verdadeiro, um lampejo de alarme cruzou seu rosto antes que ele rapidamente o abafasse.

— Foram apenas negócios, Kate.

— Sempre é. — Então, ela se levantou.

Montana fez um movimento para empurrá-la de volta, mas o Rei do Crime o impediu.

— Deixe-a ir. O orgulho dela já está bastante ferido.

— Além disso — acrescentou Kate —, tenho certeza de que o seu homem que está vigiando meu apartamento vai ficar de olho em mim de qualquer forma.

Diante disso, o Rei do Crime sorriu.

Ao pegar o presente da irmã e sair, pensando em como podia ter sido tão burra, de canto de olho viu Milo se virar para o Rei do Crime, tirar a luva direita e estender a mão para ele apertar.

— Obrigado por sua cooperação — disse Milo para ele. Foi exatamente a mesma coisa que ela o viu fazer com Gregory Maxwell.

Nesse momento ela viu: as marcas estranhas na palma da mão cheia de cicatrizes. Algumas que lhe pareciam um pouco familiares, duplicadas quase exatamente no final da carta que foi encontrada com Albright na livraria.

O Rei do Crime olhou para a mão um instante antes de apertá-la...

Era *assim* que Milo fazia.

Montana agarrou-a pelo braço e puxou-a para fora do escritório e pelo corredor. Em seu fone de ouvido, ela ouviu Milo uma última vez:

– Não pense tão mal de mim, Kate. Eu ainda estou do seu lado.

Sim, bem, com certeza não era o que parecia.

O caubói a empurrou para dentro do elevador de serviço, apertou o botão do primeiro andar e tirou o chapéu para ela enquanto as portas se fechavam. Ela desceu sozinha.

Transcrição (continuação)

[Testemunho de Katherine Elizabeth Bishop sobre os eventos ocorridos no Edifício Stephen A. Schwarzman da Biblioteca Pública de Nova York em 2 de agosto]
Colhido por Misty Knight

KNIGHT: Você só pode estar brincando. Você apenas deu os livros para ele e foi embora? Mas, então, como é que…?

BISHOP: Confie um pouco mais em mim, sim? Enquanto Milo estava supostamente se infiltrando nas Torres Fisk – onde, agora, eu acho que ele e Rei do Crime estavam apenas sentados rindo… seja como for, fui eu quem riu por último –, eu estava na papelaria fazendo amizade com os funcionários que me ajudaram a digitalizar todos os livros.

KNIGHT: Você fez cópias de peças inestimáveis de guerra psicológica?

BISHOP: Eu não ia *usar*, quem acha que eu sou? Estão todos destruídos agora de qualquer maneira. Atirados em alguma dimensão de fogo e enxofre. Eu não sou *tão* imprudente.

KNIGHT: É? Quase me enganou.

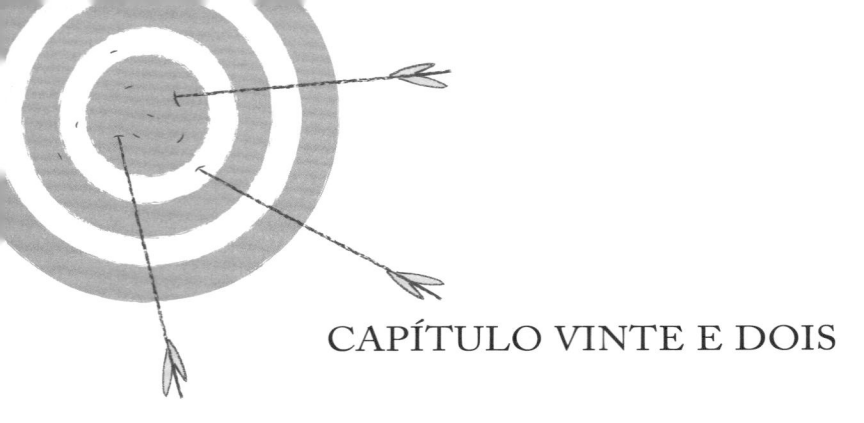

CAPÍTULO VINTE E DOIS

A MELHOR DAS AMIGAS

America massageou o topo do nariz.

– Eu disse para você não confiar nele.

Kate suspirou.

– Eu sei. Eu só quero esperar o melhor das pessoas.

– O que é uma das coisas que mais amo em você – respondeu sua melhor amiga. Elas estavam sentadas de frente uma para a outra em uma cafeteria lotada em Midtown, bem longe das Torres Fisk. Kate já havia sido humilhada muitas vezes antes, mas nenhuma daquelas experiências a irritou tanto quanto esta.

– Ele me fez de boba o tempo todo – ela suspirou.

Os turistas se demoravam no café, usando shorts e blusas com estampas I ♥ NY, comentando as celebridades que tinham visto e a estreia mais recente na Broadway, um musical sobre a vida proibida para menores do Deadpool contada sob uma ótica shakespeariana. Aparentemente, era um dos favoritos para vencer o prêmio Tony neste ano. A cafeteria era um lugar tão bom quanto qualquer outro para se esconder depois que ela deixou as Torres Fisk. Sua primeira ideia foi voltar para seu apartamento para decidir qual seria seu próximo passo, mas, então, ela fez a única coisa que deveria ter feito desde o começo: ligou para America, que apareceu no café menos de cinco minutos depois, e Kate a atualizou sobre tudo o que tinha acontecido, incluindo o motivo pelo qual Clint havia ligado para ela.

– Ele provavelmente estava trabalhando para o Rei do Crime quando o encontrei no leilão também. – Kate suspirou. – Eu juro, um dia terei um instinto "esse cara é ruim para mim" melhor, mas esse dia *não* é hoje.

Ao menos com isso America concordava. Ela mexia no *tablet*, olhando as imagens digitalizadas dos livros.

– Pelo menos você foi esperta o bastante para digitalizar isso. Pode deixar Misty cuidar a partir de agora, certo? E dormir um pouco. Você ao menos *dormiu* ontem à noite?

Kate se mexeu desconfortavelmente.

– Por cerca de trinta minutos. No telhado. Por acidente.

– *Kate...*

– Não posso dormir.

– Você precisa tentar.

Ela respirou fundo.

– Não, quero dizer... *não posso*.

E, então, porque não tinha escolha e estava ficando realmente assustada, contou a America sobre a carta perto do corpo de Albright e como havia sido infectada pelo feitiço na ocasião. A cada nova revelação, sua melhor amiga ficava cada vez mais furiosa – até que o copo de cerâmica que ela segurava rachou em suas mãos.

– Então você está me dizendo que esteve *hipnotizada* esse tempo todo? E que isso causou o pesadelo? E que se você dormir de novo pode *morrer*?

Kate assentiu.

– Resumindo, sim.

Parecia que America estava prestes a gritar com ela, mas, então, ela apenas se levantou, levou sua caneca quebrada até o balcão para pagar e trouxe uma segunda caneca de café com ela. – Pedi a eles que colocassem tantas doses de café expresso quanto fosse humanamente possível. Se sentir o cheiro das cores, significa que está funcionando. Vamos mantê-la acordada até encontrarmos uma cura. Não vou permitir que morra hoje.

Kate quase chorou.

– Sinto muito por não ter contado antes.

America voltou a se sentar.

– Por que você *não contou*?

– Porque… não percebi o quanto era ruim no começo, eu acho. E depois eu só não queria que você se envolvesse demais, porque não queria que a mesma coisa acontecesse com você. – Ela mordeu os lábios, formando uma linha fina. – Não são apenas os pesadelos. Eu estou vendo esses… esses *olhos* na minha pele. Estão se multiplicando. Acho que é algum tipo de cronômetro subconsciente de quanto tempo tenho.

– E quanto tempo você *tem*?

– O equivalente a uma perna de tempo restante? – deduziu.

– É sério, Kat…

– Eu sei, mas essa não é a pior parte.

– Tem *mais alguma coisa*? – perguntou America mais alto, e outras pessoas na cafeteria se viraram para olhar. Ela respirou fundo e disse um pouco mais baixo e controlada: – O que é?

– Enquanto estou lutando, eu fico… eu fico *com medo*. E parece que minha cabeça está prestes a explodir. Meu coração bate forte no peito, e é tão, tão difícil me concentrar.

– E você foi àquele leilão *sozinha*? – As mãos de America se fecharam em punhos. – Eu *sabia* que deveria ter contestado você antes.

– Eu não sabia que seria tão ruim – respondeu Kate com sinceridade. – Por isso, acho que lutar está fora de questão para mim até que, sabe, possamos descobrir uma cura.

– Ou então você vai…

Elas ficaram caladas por um longo momento.

Em seguida, Kate sorriu daquele seu jeito *despreocupado* e dispensou a própria aflição interna com um aceno de mão.

– Morrer enquanto durmo? *Por favor*. Eu já me livrei de coisas piores.

Sua amiga não parecia tão confiante enquanto voltava a olhar para as páginas no *tablet* e passava mais algumas.

– Gostaria que você tivesse me contado antes. Eu me sinto péssima por ter ido a encontros enquanto você... estava *morrendo*?

– Eu não estava *morrendo*...

– Você sabe o que eu quero dizer.

Kate estremeceu.

– Quero dizer... você sabe agora, pelo menos.

Sua amiga lançou-lhe um olhar exausto.

– Certo. Bem, temos que descobrir como salvá-la. Sabemos onde estão todos os livros físicos, exceto um, e, com as cópias que você fez, tudo o que precisamos é desse último, certo?

– Sim.

– E ninguém sabe onde está?

Ela balançou a cabeça.

– Não, nem mesmo Milo.

– Isso nos dará algum tempo, pelo menos. – America torceu o nariz. Por fim ela desligou o *tablet* e o devolveu a Kate. – Se ao menos conhecêssemos alguém que *realmente* gostasse dessa série do *Castelo inabalável*...

– É... – Kate afundou na cadeira. No canto mais afastado do café, uma família de cinco pessoas discutia alto demais sobre ir ou não ao Central Park ou pagar por um passeio pelo Empire State Building. Afinal, um era *gratuito*, mas o outro tinha ar-condicionado. E, de repente, isso deu uma ideia a Kate. Ela se endireitou no assento. – Que horas são?

Assustada, America consultou o relógio.

– Duas e meia...?

– Ótimo! Eles ainda estão no parque, até as três – declarou, engolindo o café enquanto se levantava. – Mas temos que correr.

– Eu conheço esse olhar. Você tem uma ideia.

– E estou seguindo seu conselho: vamos pedir ajuda a algumas pessoas.

A ajuda em questão estava jogando o último nível de *Homem-Aranha: virada sombria*, e Kate não sabia que tinha um número *musical* nele. Caramba, tinha tudo nos videogames hoje em dia. Perguntou-se, por um momento, como seria o seu videogame. Ficar sentada em sofás, olhando para o teto, enfrentando o terror existencial enquanto esperava alguém aparecer em seu escritório de investigação particular?

Na maior parte do tempo.

Ms. Marvel ficou surpresa ao ver Kate e completamente *encantada* ao ver America.

– Ai, meu Deus! America Chavez! É *tão* bom ver você.

Embora o acampamento de verão tecnicamente durasse até as três, estava bem claro que Ms. Marvel tinha cedido às crianças, e todos estavam sentados à sombra de algumas árvores nas margens do campo usado para o acampamento, curvados sobre um console de jogo portátil. O pingue-pongue tinha sido oficialmente abandonado na quadra de tênis.

America cumprimentou Ms. Marvel.

– É bom ver você também. Trabalhando duro, pelo visto.

Ms. Marvel acenou com a mão para as crianças.

– O dia está acabando, e Martin acertou a testa de Evelyn com uma bola de pingue-pongue por acidente, então decidimos parar por hoje.

Ao ouvir seu nome, Evelyn ergueu os olhos do grupo de crianças ao redor da tela do jogo. Tinha um vergão vermelho intenso bem no meio da testa. Ela arquejou quando viu America.

– *Ah!* Outra super-heroína!

Ao que todos os outros rapidamente ergueram os olhos da tela, e Rajiv pausou o jogo. Kate apresentou todos eles e depois disse às crianças:

– Na verdade, estou aqui porque acho que preciso da ajuda de vocês de novo.

Murella já estava em seu terceiro livro de Percy Jackson e o marcou rapidamente.

– Você encontrou o leilão?

– Encontrei, e foi uma grande ajuda. Estávamos nos perguntando se vocês conseguiriam nos ajudar de novo – disse Kate, tirando o *tablet* da bolsa. – Para encurtar a história, consegui *três* dos livros, mas, então, um mafioso os roubou, embora eu tenha conseguido digitalizar todas as páginas antes que ele os pegasse.

Martin perguntou, franzindo a testa:

– Isso não é ilegal?

– Não quando alguém está tentando destruir o mundo – respondeu ela, gravemente. – Agora, vou mostrar isso com uma condição: vocês vão me contar tudo o que virem e souberem sobre isso, está bem? Coisas fora do comum, coisas que não fazem sentido, tudo.

Todas as crianças trocaram o mesmo olhar hesitante.

Ms. Marvel estava saltitando sobre os calcanhares.

– Isso não é perigoso, é? – murmurou, de modo que apenas ela e America pudessem ouvir.

– Sim – acrescentou America. – E se o que aconteceu com você…

Kate balançou a cabeça.

– Não acho que seja tão simples. Se fosse, então Albright teria se hipnotizado criando o livro. E, além disso, nenhuma dessas Despalavras se parece exatamente com os sigilos que vi na carta.

Ms. Marvel franziu a testa.

– Sigilos…?

America passou o braço em volta do ombro de Ms. Marvel e a levou embora para explicar, enquanto Kate oferecia o *tablet* para as crianças.

– Sei que parece assustador, mas eu preciso mesmo da ajuda de vocês. Por que estão me olhando assim? – acrescentou, porque as crianças pareciam… *entusiasmadas*? Não, isso não podia estar certo. Isso era perigoso. Assustador até.

Murella pegou o *tablet* de Kate rapidamente e passou as imagens.

– As mensagens secretas estavam *certas* – declarou para os amigos. Depois virou as costas para Kate.

Kate não entendeu direito.

– Mensagens secretas…?

Rajiv disse:

– No topo de cada página dos livros, há uma mensagem escrita em Despalavra. Mas a única maneira de traduzi-las são pistas contextuais nos próprios livros, porque o senhor Albright nunca nos deu uma *chave*. – Não, porque a chave estava nos livros raros e únicos, supôs Kate. – Então, tivemos que adivinhar muita coisa, mas, se esses livros são únicos, deve ser simples! Com exceção do último livro – acrescentou, com um brilho nos olhos.

Irving assentiu, apoiando-se nas costas da cadeira de Rajiv.

– O último livro era diferente. Não tem texto escrito em Despalavra no topo, apenas um texto repetido ao contrário que diz: "Coloque um sonho diante de um espelho para virá-lo do avesso e tenha cuidado com os pesadelos que encontrar". Sempre supusemos que falava sobre a Praga e os olhos.

Evelyn concordou com a cabeça.

– O Mago conseguiu curar a Praga confrontando seu eu do espelho, a pessoa que sempre quis ser.

– Mas Maisey o ajudou a perceber que ele era perfeito do jeito que era – destacou Rajiv.

Murella se virou com o *tablet*, as sobrancelhas franzidas de irritação. Ela chamou todos de volta para o seu redor.

– Rajiv está certo, *é* quase uma réplica perfeita, exceto por esses símbolos. – Ela apontou para os que Kate havia notado antes, os sigilos que pareciam um pouco errados, que não pareciam ser exatamente da mesma família da linguagem ao redor deles. – Parecem diferentes. – Murella continuou apontando-os, enquanto folheava as páginas digitalizadas. Estavam espalhados pelo manuscrito quase aleatoriamente...

Kate estendeu a mão de repente, impedindo a garota de deslizar mais uma vez. Seus dedos começaram a tremer.

Ela reconheceu um dos símbolos, mas, olhando para ele, não passava a mesma *sensação* de antes. O símbolo também estava na posição errada – invertido.

Espelhado.

Ela perguntou a Irving:

– O que dizia a mensagem secreta do sexto livro mesmo?

Todas as crianças responderam automaticamente:

– "Coloque um sonho diante de um espelho para virá-lo do avesso e tenha cuidado com os pesadelos que encontrar".

– É isso – murmurou Kate, pegando o *tablet* de volta. Rapidamente passou as outras páginas, procurando por outro símbolo familiar. Havia muitos que eram estranhos, esporadicamente colocados entre as Despalavras, então, se ela não soubesse *o que* procurar, todas as páginas pareceriam linhas e mais linhas de rabiscos e símbolos esquisitos. Albright colocou todo o alfabeto de hipnose nesses livros, e ela não conseguia imaginar que tipo de desastre o Projeto Tremor teria sido se a s.h.i.e.l.d. não o tivesse encerrado quando o fez. Um alfabeto inteiro para hipnotizar as pessoas para que fizessem qualquer coisa que o usuário quisesse – era absolutamente aterrorizante.

Na penúltima página, ela encontrou o segundo sigilo que procurava.

Mas não o terceiro.

Havia três na carta junto ao corpo de Albright. Três símbolos que a hipnotizaram. O terceiro deveria estar no primeiro volume ou no sexto – dois dos livros que ela *não* tinha. Se o encontrasse e depois anotasse e invertesse no espelho... isso ia curá-la?

Por curiosidade, perguntou:

– Como funcionam os feitiços na série *Castelo inabalável?*

Ms. Marvel respondeu a essa pergunta, juntando-se ao grupo de novo depois que America a atualizara sobre o assunto. Parecia preocupada com Kate agora, suas mãos se retorciam.

– São feitiços escritos, então, se você os escreve, fazem uma coisa... e, se os escreve de trás para a frente, fazem outra.

De trás para a frente.

– Então, se eu os segurasse diante de um espelho...

Ms. Marvel inclinou a cabeça.

– Sim, acho que isso acontece no terceiro livro e funciona.

A esperança floresceu em seu peito. *Sem chance*. Ela sabia como se salvar agora, estava à beira das lágrimas. Na verdade, estava tão cansada, que poderia chorar de qualquer maneira.

– Vocês são os melhores! – exclamou e reuniu em um abraço apertado todas as crianças que deixaram (e até mesmo aquelas que não deixaram). – Vou fazer algo legal para todos vocês, eu prometo! – acrescentou, abraçando Ms. Marvel também. – É sério, *minha heroína*.

Ms. Marvel hesitou.

– Hum, de nada…?

– Minha heroína… minha *heroína*!

Elas se despediram, e Kate partiu apressada em direção ao Upper East Side, com America correndo para acompanhá-la. O sol estava quente durante a tarde, atingindo-as como raios da morte, e isso fez com que as olheiras de Kate ficassem ainda mais destacadas em seu caminho em direção à Fifth Avenue.

America parecia estar preocupada com Kate.

– Quer me atualizar sobre o plano ou…?

– Sei um lugar onde ainda não procuramos.

Isso era novidade para America.

– Onde?

– A casa de E. L. Albright. E, graças a uma pequena pesquisa matinal, sei exatamente onde fica.

America acertou o passo com o dela.

– Muito bem. Vou com você.

Kate sorriu para ela. Sob seu uniforme, podia sentir os olhos vibrando de excitação.

– Duvido que você me deixaria ir sozinha.

– Você é minha melhor amiga – declarou America, passando o braço sobre os ombros de Kate. – Vamos juntas até o fim.

– Mesmo depois de eu ter mentido para você?

– Vai demorar um pouco para reconquistar essa confiança – admitiu America –, mas não acho que *esta* seja a hora de termos essa conversa. Neste momento? Vamos chutar alguns traseiros e voltar para casa antes que Lucky faça xixi no meu apartamento inteiro.

– Tenho certeza de que ele nem saiu da sua cama – respondeu Kate, confiante, apertando o botão do sinal de pedestres para atravessar a Fifth Avenue. – Duvido até que ele saiba que saímos.

Enquanto isso, no apartamento de America em Washington Heights, Lucky, o Cachorro Pizza Caolho, o melhor cachorro do mundo, estava deitado sob um raio de sol na sala de estar, com as patas para cima e a língua de fora, depois de ter devorado pelo menos três pacotes de salgadinhos que tinham sido deixados no balcão e um sapato.

Ele estava aproveitando seu merecido descanso exatamente como o melhor cachorro do mundo deveria: fazendo bagunça.

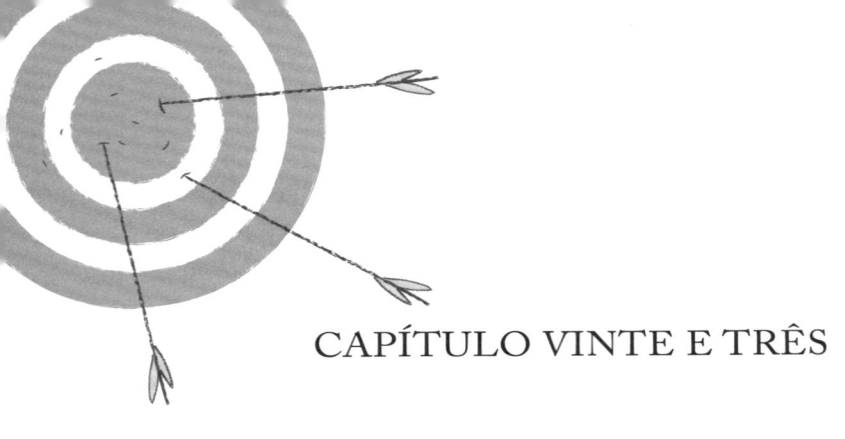

CAPÍTULO VINTE E TRÊS

A CASA DAS MUITAS MANEIRAS

A casa de Albright erguia-se como um imponente castelo de tijolos na esquina da 87th Street com a East End Avenue. Ficava em um pequeno aglomerado de residências de aparência igualmente grandiosa, cercadas por muros de tijolos encimados por estacas de ferro fundido, com árvores exuberantemente antigas crescendo nos jardins. A casa de Albright, no entanto, era fácil de identificar por causa de todas as flores, cartas de fãs, ursinhos de pelúcia e artes baseadas em seus livros deixadas nos degraus da entrada. Era um pouco comovente, como sempre era quando uma pessoa que foi uma parte tão importante da infância de alguém morria.

Era também um pouco desolador quando aquela pessoa na verdade era a escória da terra e seu neto se revelava um vilão aliado ao Rei do Crime, que beijava muito melhor do que deveria, por questões de enredo.

– Você parece amargurada – comentou America, enquanto contornavam o lado de fora da casa. Kate estava reclamando desde que saíram do metrô, desabafando suas frustrações, enquanto esfregava os braços. Os olhos estavam se movendo, se contorcendo e andando, e ela *odiava* tanto a sensação que queria arrancar a pele.

A casa de Albright era uma linda construção de tijolos vermelhos com treliças nos beirais e lindas janelas salientes com detalhes pretos e venezianas. Parecia quase um lugar que se encontraria na série *Castelo inabalável*.

– Não estou amargurada – respondeu Kate, com muita amargura, resistindo à vontade de coçar os braços.

America deu-lhe uma olhada.

Ela revirou os olhos.

– Está bem, talvez eu esteja um *pouco* amargurada.

– Eu vivo dizendo para você manter a sua vida profissional e a romântica separadas – falou America, recebendo um empurrão brincalhão de Kate.

– Shh, não me julgue por beijar um cara.

– Vou julgar você o quanto quiser se esse tal de Milo acabar se dando um nome de vilão. Como Doutor Penderghast ou Garoto Tremor, algo do tipo.

Kate abriu a boca. Fechou-a. Franziu a testa. Disse:

– Tudo bem, talvez eu mereça se ele fizer isso. – Ela olhou para as bordas do telhado do edifício enquanto avançavam pela lateral. – Tenho certeza de que há câmeras de segurança.

America murmurou:

– Já posso até ver a chamada: "Duas ex-Jovens Vingadoras invadem propriedade privada. Veja no noticiário das onze".

– Pelo menos você não tem olheiras do tamanho do Texas para a foto policial – respondeu Kate, massageando as ditas olheiras.

– E você continua linda mesmo com elas.

– Obrigada por mentir para mim.

– Para que servem as amigas?

Ao lado, havia mais duas câmeras apontadas para o jardim murado. Kate pensou antes de tirar o arco do ombro e sacar uma flecha – não, era melhor pegar duas – da aljava em suas costas. Ela apontou com o queixo a parede de tijolos. – Pode me ajudar a saltar por cima?

Como resposta, America entrelaçou as mãos, virou as costas para a parede e se agachou.

– Pronta quando você estiver preparada, Gaviã Arqueira.

– Obrigada, America. – Kate recuou até o meio-fio e tomou impulso, plantando o pé na mão da amiga. America a içou por cima do muro, e ela girou para trás, encaixando suas flechas. Uma pontada de dor atravessou seu crânio – ela havia esquecido isso por um segundo – antes de disparar as duas flechas. Elas voaram em direção às câmeras de segurança nos beirais. Previra que sua mira estaria errada, mas não tão errada, que as flechas se cravariam no telhado e enviariam 21 mil volts pelo telhado até as câmeras. Elas entraram em curto, e, em seguida, toda a rede elétrica da casa desligou.

Kate caiu tropeçando e se apoiou na lateral de uma árvore de corniso-florido.

– Uau, sua mira está *realmente* ruim – comentou America atrás dela.

Kate se assustou e se virou, confusa.

– Como você chegou aqui tão depressa?

America se virou para o portal em forma de estrela que estava se fechando rapidamente atrás dela.

Kate franziu a testa.

– Hum.

– Eu posso simplesmente nos transportar para dentro da casa.

– Pode – respondeu Kate –, mas não sei o que nos espera lá dentro. Prefiro me aproximar com cautela do que apenas, sabe, me atirar.

– Tem razão.

– Às vezes. Talvez tenhamos vinte minutos – acrescentou Kate, olhando para o relógio.

– Se o sistema de segurança for falho, com certeza. Mas provavelmente vão verificar primeiro com a companhia elétrica. Serão *pelo menos* dez minutos na fila de espera.

– Justo. Vamos agir rápido de qualquer maneira?

– Parece bom.

O jardim estava muito verdejante, tomado por flores e pelo zumbido dos insetos. Uma fonte com um homem de aparência abatida no alto jorrava água sobre seu corpo nu e na bacia cheia de moedas no fundo. Kate reparou em tudo no jardim: no cheiro, em como parecia silencioso demais, mesmo enquanto a cidade rugia com carros, pessoas e vida; era um pequeno mundo em si mesmo.

– Só para constar – murmurou America perto de seu ouvido –, *não* gosto disso.

– Só para constar, eu também não – respondeu Kate. Elas se aproximaram da porta da casa. O cascalho foi esmagado sob seus pés. Ela ajustou nervosamente a corda do arco que atravessava seu peito.

– Tem certeza de que vamos encontrá-lo aqui? – perguntou America, seguindo-a.

– Quase. E, se não estiver aqui, provavelmente há uma pista de onde está.

– Acha que Milo também pensou nisso?

Kate fez um gesto trágico.

– Com certeza.

Mesmo à luz do entardecer, o jardim estava bem iluminado por lanternas posicionadas a intervalos, iluminando os tons pastel suaves das flores, os arbustos aparados em quadrados majestosos. A trilha de cascalho levava à entrada dos fundos da casa e a um par de portas de carvalho primorosamente esculpidas. Era difícil imaginar o tipo de riqueza que Albright possuía – a série de livros era *popular*, mas não *tão* popular. Ela se perguntou o que ele fazia em paralelo ou se parte dessa riqueza vinha do seguro de vida de seu falecido filho e nora. Não, isso cheirava a dinheiro sujo. Do tipo que era velho e pingava sangue.

Kate estendeu a mão, segurou a maçaneta e rezou para que estivesse trancada, pois, nesse caso, Milo provavelmente não estaria ali. Mas, se não estivesse trancada…

Havia um olho nas costas da mão dela. Ele girou sua pupila vermelha na direção dela e sorriu – ela conseguia *senti-lo* sorrir pela forma como o canto do olho se enrugava.

Ela gritou e soltou a maçaneta.

America rapidamente deu um passo à frente.

– O que foi? O que foi?

– Olho – respondeu Kate, tensa. Ela puxou a manga da jaqueta para baixo, cobrindo a mão até os nós dos dedos. – Um novo olho. Está tudo bem, só… Ele me assustou. – Ela não tinha muito tempo mais, portanto, agarrou a maçaneta mais uma vez e a girou.

A porta se abriu facilmente.

Ela e America trocaram o mesmo olhar de entendimento, e America arregaçou as mangas da jaqueta até os cotovelos.

Elas entraram.

Cada centímetro da mansão era decorado com intrincadas esculturas de madeira, acabamentos de madeira, estátuas de madeira espiando pelos cantos das paredes. Era como se Kate tivesse entrado em um livro e as palavras tivessem sido gravadas com uma hábil faca de entalhe, traduzidas em vinhas, heras rastejantes, ondas e estrelas cadentes, tudo imóvel na madeira de carvalho escura. Ela girou, olhando ao redor com um assobio.

– Sou só eu ou parece que tudo está olhando para nós? – murmurou America.

– É uma ilusão – respondeu Kate, embora ela mesma não tivesse muita certeza. As criaturas esculpidas na madeira *estavam* paradas? Ou tinha acabado de ver aquela fada em outro painel de madeira do outro lado do saguão de entrada? E parecia que o dragão empoleirado acima da porta as observava. Kate esfregou distraidamente os braços, os olhos se contorcendo como se também não quisessem ser percebidos naquele momento.

Era como se, para onde quer que ela e America se movessem no saguão de entrada, as criaturas as acompanhassem, como uma intrincada ilusão de Roy Lichtenstein.

Do outro lado do saguão, America encontrou o painel do sistema de segurança e fez sinal de positivo para Kate, indicando que ainda estava desligado.

Elas decidiram se separar silenciosamente e começar a revistar a casa. America seguiu pela porta mais à esquerda, que dava para uma cozinha vermelha e branca brilhante que não se parecia em *nada* com o cômodo anterior, e Kate seguiu pelo saguão de entrada, passando pelo arco sob as escadas em direção à área de convivência. Seus passos ecoaram alto demais pela casa. Sua respiração rugia em seus ouvidos. O arco levava aos cômodos da frente. À esquerda havia uma sala cheia de… cubos. Não eram nada além de cubos. Um sofá em cubo, luzes cúbicas, uma TV cúbica. Tudo era formado por ângulos retos e quadrados perfeitos, com algumas linhas misturando-se com as outras tão bem, que, quando Kate entrou na sala, não notou a mesa de centro à sua frente até bater com a canela nela.

Ela sibilou e pulou para trás, onde colidiu com uma luminária de chão. Ela a endireitou, evitando que caísse, e rapidamente decidiu sair daquela sala antes que esbarrasse em qualquer outra coisa. Chegou a uma sala que tinha apenas um piano branco, e todas as paredes eram espelhos. Seus passos soavam estranhos naquela sala, até que ela olhou para baixo e se viu encarando-se de volta – mil faces de si mesma. O chão também era um espelho, assim como o teto. Ela saltava de cada espelho, um número impossível de vezes olhando para si mesma, até que seu estômago se embrulhou, e ela saiu depressa, indo até o último cômodo na frente...

Uma biblioteca.

CAPÍTULO VINTE E QUATRO

A SETE CHAVES

Em silêncio, entrou no último cômodo. Tinha… uma aparência estranhamente normal, diferente dos outros. Era como uma biblioteca normal, ocupada do chão ao teto com livros e mais livros. Ao contrário da biblioteca de Gregory Maxwell, porém, esses livros não eram pintados de branco. Havia muitos livros, com as lombadas à mostra, coloridas todas em tons diferentes, os títulos gravados em folhas de ouro, acompanhados por nomes de autores falecidos há muito tempo. O teto tinha pelo menos quatro metros e meio de altura, e as estantes iam até ele, de onde um mural olhava para ela. Um mural que a fez congelar em seus passos e encará-lo com um pavor crescente.

Era um olho, arregalado e imóvel, olhando para ela. E ela podia jurar que ele a via também.

– Nossa, eu odeio *isso* – murmurou America, entrando pela outra porta. Ela encarou o olho, boquiaberta. – Os seus se parecem com esse?

Kate assentiu.

– Mas bem menores.

Depois de um momento, ela finalmente desviou o olhar para o pedestal no meio da sala. Nele havia uma caixa de vidro. Aproximou-se, com esperança crescendo em seu peito, e olhou lá dentro. Essa esperança, então, explodiu como um balão d'água.

Não havia um livro lá dentro. É claro que não havia – não podia ser *tão* fácil.

America se aproximou da caixa de vidro com ela. Ela inclinou a cabeça e perguntou:

– Isso é um recibo de doação?

Kate apertou os olhos para ver mais de perto.

– Eu acho que é…

– Não consigo ler para quem. Talvez Albright tenha doado o livro? – sugeriu America.

Isso despertou uma memória.

– Ah! Milo mencionou algo sobre seu avô ter dito que o livro estava em algum lugar que todos podiam ver e ninguém saberia que estava lá. Então ele doou para lá?

Ambas olharam mais uma vez para o recibo. America disse, brincando:

– Sabe para onde eu doaria alguma coisa? Os Centros da Boa Vontade. Tudo desaparece nos Centros da Boa Vontade.

– Ha, sim, mas eles usam recibos de cor diferente… Espere um minuto. Parece muito o recibo que encontrei… – Kate parou de falar enquanto puxava a bolsa por cima do ombro, vasculhava-a, passava pelo presente de aniversário da irmã e tirava um pedaço de papel amarelo. Ela o achatou contra o topo do vidro. Estava um pouco desbotado, mas era mais ou menos da mesma cor do recibo do expositor.

– Esses são parecidos – murmurou America. – De onde é isso?

– Da Biblioteca Pública de Nova York. E onde você acha que haveria algo que poderia ser encontrado por todos, mas não era visto?

– Um livro perdido nas estantes, com certeza.

– Claro que sim.

No reflexo do vidro, uma terceira figura surgiu atrás delas.

– Você chegou mais cedo do que o esperado, Kate.

Elas se viraram em direção à voz.

Milo encostou-se na porta, com os braços cruzados sobre o peito. Ele parecia diferente, porém, vestido de preto profundo. As roupas que usava poderiam ser consideradas um uniforme, para o absoluto horror de Kate, e seu rosto era a única parte de pele à mostra. Sua jaqueta de mangas compridas tinha gola alta e se mesclava quase perfeitamente a suas luvas de couro, calças pretas e botas de couro engraxadas. Havia um caderno preso ao cinto em seu quadril como uma arma, escondido por uma capa pendurada em seu ombro, com o forro inferior brilhando como um céu noturno.

America olhou para Kate como quem dizia *"eu falei para você"*, e Kate sabia que ela *nunca* a deixaria esquecer isso.

— Belo traje, Milo. O Rei do Crime pagou por ele?

— Eu falei que estava do seu lado — lembrou ele em resposta. — Eu não estava mentindo.

— Não, você apenas entregou os livros para o *Rei do Crime*. O cara que bateu em você, devo acrescentar.

Ele suspirou.

— Ele me descobriu. Ele ia matar você se eu não...

— *Sem essa* — retrucou ela.

— Está bem, está bem — disse Milo, cedendo com um encolher de ombros. — Não acredite em mim.

Kate e America o observaram caminhar até uma poltrona aninhada em um dos cantos do cômodo e afundar-se nela. America ficou parada em um lado do recinto, Kate do outro, então, ele não teria como escapar.

— Sabe, estamos *todos* do mesmo lado aqui. Você, eu, o Rei do Crime, todos nós só queremos que os livros sejam reunidos.

— Mas nós — Kate apontou para si mesma e para America — não queremos usar a arma psicológica que há neles para matar pessoas.

Ele lançou um olhar perturbado para ela.

— E você acha que *eu quero*?

Ao que ela respondeu, com muita certeza:

— Você já não o fez, Milo?

Ele começou a dizer alguma coisa, mas depois desistiu e esfregou a boca.

— Você matou Gregory Maxwell.

As sobrancelhas dele se ergueram.

— Acha mesmo que funciona *tão* rápido? Não. Não, ouso dizer que não o matei. Eu gostaria que ele tivesse pulado daquela varanda, mas ele foi empurrado por um dos homens do Rei do Crime. E o Rei do Crime estava *bem* na nossa cola, Kate. Ele *não* vai parar até conseguir esses livros.

– E a esposa de Maxwell? – perguntou ela. – Ela foi apenas *um dano colateral?*

O rosto de Milo se contraiu de raiva.

– Você realmente acha que sou um monstro, não é? Por causa... do que... do que meu avô fez comigo?

– Eu não ficaria surpresa se você o *tivesse* matado também...

– Eu estava dando uma última chance a ele! – retrucou Milo, apontando o dedo para o chão. – Fui àquela livraria com meu exemplar porque ele disse... – Ele balançou a cabeça. – Não importa. Mesmo se eu tivesse matado, não acha que ele teve o que merecia?

Ela tensionou a mandíbula.

– E os seus pais?

A postura dele ficou tensa. Um olhar conflituoso e dolorido cruzou seus olhos antes que ele os voltasse, afiados e frios, para Kate.

– Então, você sabe, afinal. E me *condenaria* se eu tivesse assassinado meu avô? O homem que me torturou, que me fez viver meus pesadelos para depois descobrir que eles não podiam me matar?

– Deve ter sido terrível.

– Terrível – repetiu ele e balançou a cabeça. – Você sabe o que *é* terrível? Eu fui passar o verão com meu avô no ano em que fiz 13 anos. E estava *tão animado*. Quando meus pais vieram me buscar no final daquele verão, mostrei-lhes com alegria a linguagem que meu avô tinha gravado cuidadosamente na minha mão – acrescentou, pressionando o polegar no centro da palma da outra mão, massageando-a como se estivesse subitamente sentindo uma dor fantasma. – Eu não entendi o que tinha feito. É claro que não... eu pensei... – Ele hesitou. – Você já viu alguém sonâmbulo, Kate?

Ela balançou a cabeça.

– Na verdade, não.

– Eles nem sabem que estão sonambulando na maior parte do tempo – explicou Milo. – Meus pais estavam sonâmbulos em um pesadelo. Eles me arrastaram da cama e nos amarraram. Um deles começou o incêndio, mas nunca saberei quem. Eles ficavam me dizendo que não me abandonariam, que me amavam. Eles me amavam tanto! – As pálpebras dele estremeceram, tirando-o de seu devaneio, e ele a encarou e deu um pequeno sorriso. – Eles me amavam tanto, que tive que ser cortado de seus braços quando o socorro chegou. Estava tudo queimado. Eu também estava queimado. Meu avô estava fora de si. Uma *tragédia*, dizia ele. Não, a tragédia é que não consigo decidir se aqueles agentes da s.h.i.e.l.d. me encontraram trinta minutos tarde demais ou dois minutos cedo demais.

Era uma história horrorosa, e Kate não pôde deixar de sentir pena dele. A coisa toda era realmente uma tragédia, desde a arrogância do avô de Milo até seus pais e tudo que o trouxera até aqui. Mas ainda assim… Ele tinha escolhido seu caminho. Ela sacudiu a cabeça:

– Sinto muito, Milo, que isso tenha acontecido com você, mas o que quer que queira fazer com a pesquisa do seu avô…

Milo soltou uma risada e se forçou a ficar de pé.

– *Fazer*? Kate, eu *sou* a pesquisa do meu avô. Conheço a língua, conheço os feitiços. Não estou colecionando esses livros para *salvar* ninguém. – Seus olhos escureceram. – Eu disse que estou do seu lado. Estou juntando esses livros para que ninguém possa me impedir quando eu os queimar até virarem cinzas. E farei o que for necessário para conseguir isso. O que são algumas pessoas mortas – continuou ele – quando o mundo está em jogo?

America ajeitou a postura.

– Não é assim que se faz, Milo.

– Então como *se faz*? – retrucou ele.

Kate tentou alcançar America.

– Espere…

Duas coisas aconteceram naquele momento. Primeiro, America se atirou sobre Milo, mas ele já havia antecipado o movimento dela e jogou-se para o lado. A segunda coisa que aconteceu foi igualmente rápida. Ele abriu o caderno – as páginas em branco, todas elas – e rabiscou algo nele com a ponta do dedo enluvado. A tinta formou um símbolo que Kate não conseguia ver, mas tinha a sensação de que era ruim.

– America! Feche os olhos! – gritou Kate.

America girou nos calcanhares, tentando alcançá-lo novamente. Ele mostrou a página para ela. Ela tropeçou, enquanto ele desviava dela novamente. Ela caiu de joelhos e logo abraçou a si mesma. Sua respiração vacilou.

Milo olhou para ela quase com pena.

– Duvido que você possa me impedir.

Kate correu até America e se ajoelhou, mas, no segundo em que a tocou, America começou a gritar. Gritos altos e lancinantes. Ela se contorcia, como se estivesse tentando se agarrar a alguma coisa, esperneando. Kate disse a Milo:

– Pare com isso! Cure-a!

– Ai, acalme-se – respondeu ele, arrancando a página do caderno e dobrando-a. – Ela não vai morrer. Ela só está sentindo que está caindo. Aparentemente, esse é o seu maior medo. Cair e cair, e nunca chegar ao chão.

Kate congelou.

– Você... você conhece outros sigilos.

Ele parecia entediado.

– Claro que eu conheço. Afinal, sou o protegido do meu avô.

– Então, *cure-a*.

America fechou os olhos, cerrando os dentes.

– Não é real, não é real, não é...

Milo rasgou a página com o feitiço do seu livro e jogou-a no chão.

– Sinto muito, Kate, mas, a propósito, obrigado por me dizer onde está o último livro. Você foi de grande ajuda. – Em seguida, ele seguiu para o corredor, seus passos leves contra a madeira. Ela ouviu a porta da frente se abrir enquanto corria para segui-lo, saindo para o corredor. Ele passou por cima das flores ao descer os degraus, fechou a porta e saiu noite adentro.

Kate cerrou os dentes, dividida entre ir atrás dele ou… America gritou de novo, deitada de costas, tentando agarrar o teto. Suas mãos tremiam, havia lágrimas em seus olhos.

– Kate! – chamava ela. – Kate, me ajuda!

Kate não poderia simplesmente abandonar sua melhor amiga. Xingando, voltou para a biblioteca, olhando ao redor da sala. *Pense.* O que poderia fazer? Onde poderia…

Seu olhar capturou o pedaço de papel dobrado no chão. Se olhasse para ele, também sucumbiria ao feitiço. *Pense, pense* – o que as crianças disseram sobre o idioma? Poderia ser revertido com um espelho?

A sala de espelhos!

Ela pegou o pedaço de papel, segurou-o entre os dentes e agarrou a melhor amiga pelos braços. Puxou-a, enquanto America esperneava e gritava – cada grito partia um pouco mais o coração de Kate –, até a sala de espelhos, onde milhares de Americas se contorciam de dor e milhares de Kates olhavam com preocupação.

– America… America, preciso que você abra os olhos – disse gentilmente, segurando a bochecha de sua melhor amiga. – Vamos, amiga. Vamos. Você não está caindo de verdade. Eu prometo.

– *Parece* que estou. – America, respirando por entre os dentes, abriu os olhos. – Eu vou matar aquele cara – grunhiu.

– Eu deixo – prometeu Kate. Então, ergueu o pedaço de papel. – Preciso que você olhe para o teto, está bem?

America assentiu. Suas sobrancelhas se uniram, lágrimas escorriam por seu rosto. Ela chutou, abrindo as pernas e depois fechando de novo, tentando controlar seu corpo, enquanto a vertigem a fazia cair de novo e de novo. Seus olhos não focavam de fato.

Kate se deitou ao lado dela na sala cheia de espelhos e segurou sua mão com força. Pressionou-a contra o peito.

Com a mão livre, abriu a página trêmula e virou-a para que fosse refletida no teto.

– Olhe para o sigilo – orientou, apertando a mão de America com força, esperando que funcionasse, rezando para que funcionasse.

America apertou de volta.

No teto acima delas, o símbolo na página parecia estranho. Então, aos poucos, o rosto de America relaxou, e sua respiração se acalmou. Ela piscou e olhou em volta, depois fechou os olhos de novo.

– Funcionou.

– Graças a Deus – murmurou Kate.

Elas ficaram ali por mais um momento, com as mãos entrelaçadas com força.

Então, America disse, sem nenhum pingo de sarcasmo na voz:

– É oficial. Você tem o *pior* gosto para homens.

– Sim – concordou Kate, engolindo o gosto de vômito.

Sentiu tanto medo de não ser capaz de curar America... Não sabia o que teria feito se não conseguisse. Mas conseguiu. E isso significava também que, uma vez que encontrasse o último sigilo, também poderia se curar.

CAPÍTULO VINTE E CINCO

COMO DISSERAM UMA VEZ: ESFORÇO MÁXIMO

A principal filial da Biblioteca Pública de Nova York, o edifício Stephen A. Schwarzman, era uma instituição de ensino que oferecia acesso gratuito a todos. Exceto, é claro, após o horário de fechamento. Era por isso que Kate e America estavam no telhado do referido prédio às nove da noite, tentando abrir uma das janelas. Estava uma noite agradável, pelo menos. A umidade finalmente tinha se transformado em uma brisa suave, e o horizonte de Midtown realmente parecia *suave* pela primeira vez contra o pano de fundo do céu escuro e aveludado. Talvez fosse a poluição atmosférica, ou talvez tenham sido as incríveis três horas de sono que tivera nos últimos dias, mas Kate gostou bastante da vista.

– Sabe, eu imaginei que um dia invadiria uma instituição pública com você – comentou America, enquanto abria a janela e espiava lá dentro.

– É mesmo?

– Bem – retirou a cabeça e olhou para seu acompanhante –, o cachorro é uma surpresa.

Kate deu um tapinha na cabeça de Lucky.

– Ele precisava dar um passeio; passou o dia todo preso naquele apartamentozinho!

– A propósito, *vamos* tratar de repor meus tênis de corrida – lembrou America com um olhar penetrante para o cachorro.

Lucky colocou as orelhas para trás e soltou um pequeno ganido. Ele não estava enganando ninguém.

America examinou o telhado novamente.

– Acha que Milo já está aqui? – Ela ainda estava com o equilíbrio bem instável, mas tentava esconder isso de Kate. Não estava funcionando.

– Sem dúvidas, e provavelmente contou ao Rei do Crime também. – Já vinha pensando nisso havia algum tempo, mas agora tinha certeza. – Se as coisas piorarem rápido demais, preciso que me deixe e vá buscar ajuda.

America franziu as sobrancelhas em confusão.

– O quê? Kate, não vou deixar você fazer isso *sozinha*...

– Mas, America...

– Se está preocupada comigo, eu me recupero como espuma de memória. Você sabe.

Kate lançou-lhe um olhar impassível.

– Eu amo você e eu sei, mas, por favor, faça isso por *mim*. Eu vou morrer, de qualquer jeito, se não encontrar uma cura esta noite... e não sabemos do que Milo é capaz. Ele podia ter usado o sigilo do pesadelo em você e não ter deixado o papel para trás, mas não o fez.

– Então, tenho que bater nele até ele entender que *deveria* ter...

Kate segurou o braço de America com mais força e olhou nos olhos dela.

– Você é minha melhor amiga.

– É por isso que não posso abandonar você...

– Por favor. Não estou dizendo que nada de ruim *vai* acontecer, mas, se acontecer... eu realmente preciso saber que ainda tenho minha melhor amiga com um plano de emergência.

O rosto de America se contraiu, porque a verdade era que Kate estava certa. Elas não tinham uma maneira clara de impedir Milo, e a pior coisa que ele poderia fazer com elas já havia feito com Kate, mesmo que tangencialmente. E, caso o Rei do Crime se envolvesse...

– Isso é uma sentença de morte, Kate.

– Vamos, você me conhece – zombou Kate, puxando o arco mais alto por cima do ombro. – Sou como uma barata, difícil de matar. Por isso, sou a melhor Gaviã Arqueira.

Esperava parecer confiante e não tão assustada quanto estava por dentro. Não desejaria a ninguém os olhos em sua pele – nem para o Rei do Crime, nem para o próprio pai. Ninguém. Sentiu-os encarando-a, vendo através de suas mentiras, porque eles podiam *sentir* que ela estava mentindo, que estava com medo. Encarar isso sozinha provavelmente seria uma das piores coisas que teria que fazer, mas precisava acreditar em si mesma e precisava que America acreditasse *nela*.

E ela acreditava. Incondicionalmente.

Kate ergueu o dedo mindinho.

– Jura? Ao primeiro sinal de problema, você dá o fora?

America passou o dedo mindinho ao redor do de Kate e elas beijaram os polegares.

– Quem devo chamar?

– Aposte nos pesos pesados. Quero que todos vejam como Kate Bishop é legal – respondeu Kate com uma piscadela brincalhona. Em seguida, agarrou Lucky, entrou pela janela e desceu para a rotunda no terceiro andar. America rastejou pela janela atrás dela e desceu atrás deles.

A rotunda era luxuosa: pisos de mármore, paredes de madeira esculpida e arcos de pedra decorados com belos murais de pessoas do passado lendo, o teto acima delas salpicado de querubins enganosamente felizes em um céu azul. Havia candelabros altos de quase dois metros de altura de cada lado das entradas da rotunda. O lugar era opulento como apenas um lugar tomado pelo cheiro do *tweed* e por vírgulas seriais poderia ser.

E isso de repente tornou tudo muito, *muito* assustador. Especialmente à noite. As únicas luzes vinham das placas de saída vermelho-sangue, brilhando em cada extremidade do corredor. Kate correu até o balcão de informações e pegou um folheto do estande. Ela o desdobrou para estudá-lo.

– Certo, estamos aqui na Rotunda McGraw. Agora, se eu fosse uma arma biológica de valor inestimável, onde estaria? – murmurou, folheando o restante do folheto, sem saber por onde começar, quando avistou um anúncio de uma das coleções no porão.

America apontou para ele por cima do ombro.

– "Uma história de amor por livros: coleções de fantasia infantil". Começamos por aqui?

Kate olhou para o cachorro, como se ele tivesse uma opinião. Ele cheirou o próprio traseiro.

Ela olhou de volta para America.

– Certo, vale a pena tentar.

A última vez que Kate tinha estado *dentro* daquele prédio foi com uma excursão da escola, então, lembrava-se de muito pouco, embora à noite tudo parecesse diferente de qualquer maneira. As sombras eram mais longas, os passos, mais ruidosos. O som neste lugar parecia ecoar sem parar, como se ela tivesse entrado em um espaço infinito.

Decidiram que a maneira mais fácil de chegar ao térreo, com base no mapa, era descer a escada à esquerda. Ela ia até lá embaixo. Então foi essa escada que elas pegaram. Kate também jurou que, quando toda essa bagunça terminasse, e *se* sobrevivesse, visitaria este lugar durante o dia, em vez de apenas se sentar nos degraus da entrada, observando as crianças caírem dos leões de pedra. Até prometeu finalmente se lembrar qual dos leões era Patience e qual era Fortitude.

– E eu vou vir aqui e ler ou algo assim – continuou, e America revirou os olhos.

– Não sei se eles vendem romances obscenos no estimado edifício Schwarzman, Kate.

– Que pena. Eles têm algumas das melhores cenas de luta que já li.

Lucky estava logo atrás delas quando chegaram ao final, então ele parou de repente e afastou os lábios em um rosnado.

Kate congelou – e agarrou o braço de America para detê-la também.

De repente, ouviu-se um grito de irritação e alguém derrubou algo alto e grande no que o mapa lhe dizia que era o centro infantil.

Onde elas precisavam estar.

Ela xingou, porque só poderia ser Milo.

Tirando o arco do ombro, preparou uma flecha e seguiu na ponta dos pés pelo corredor até o centro infantil, com America e Lucky logo atrás. Lá dentro, um jovem vestido de preto destruía por completo um balcão de cartões de biblioteca e tinha puxado de sua caixa nas coleções um bichinho de pelúcia que lembrava, tragicamente, o Ursinho Pooh e o sacudia de frustração.

Como provavelmente não conseguiria atirar direito, ela afrouxou a corda do arco e parou na porta, para grande confusão de America.

– E o que esse pobre ursinho fez contra você? – perguntou a Milo no momento em que ele moveu o punho para dar um soco no rosto do boneco de novo.

Ele se virou para ela, incrédulo. Seus olhos estavam arregalados e selvagens, como alguém no limite. Curioso, pois, para alguém cuja vida não dependia de encontrar o último livro, ele sem dúvidas estava vivenciando todas as emoções como se dependesse.

– *Você?* Como chegou aqui tão rápido? – rosnou, assim que se recuperou. Sua mão buscava o caderno em seu quadril. – Você *e* sua amiga?

– Ora, vamos, cara, você sabe meu nome. Você dormiu no meu sofá! – respondeu America, gesticulando com os braços.

O rosto dele se contorceu.

– Estou surpreso que consiga andar.

– Melhor do que cair – respondeu America. – A propósito, foi uma verdadeira jogada de mestre, Milo.

Milo a encarou. Em vez disso, Kate disse, enquanto os dedos dele folheavam o caderno em seu quadril:

– Eu reverti seu feitiço, então não tente outro em nós. Conhecemos o truque.

– *Bem*, é uma surpresa que tenha descoberto tão rapidamente – respondeu ele, abaixando a mão. Ele deixou cair o ursinho de pelúcia atrás de si e se virou para encará-las. – Eu não estava tentando matar você.

America bufou.

– E aqui estava eu esperando um pedido de desculpas.

– Eu precisava atrasá-las. E foi melhor do que lhe causar um pesadelo, não foi? É o que meu avô teria feito. Sabe o quanto é cansativo, todas as noites, durante *anos*, viver fugindo do pesadelo que vai matar você durante o sono?

– Sei um pouco, na verdade – respondeu Kate categoricamente. Aproximou-se de Milo, irritada e cansada. – E, francamente, não vejo diferença entre você e seu avô agora.

Um músculo na mandíbula dele se contraiu.

– Retire isso.

– Acertei em um ponto sensível?

– Não sou nada parecido com aquele *monstro*.

– Não, você é apenas de uma fonte diferente.

America interveio entre os dois, seu tom urgente:

– Gente, acho que alguém está vindo.

Nem Kate, nem Milo a escutaram. Kate deu mais um passo em direção a ele. Estavam tão próximos agora, que ela teve vontade de agarrá-lo pelo estúpido colarinho desalinhado e sacudi-lo.

– Eu não sou *nada* parecido com ele! – argumentou Milo. Ele se afastou dela e começou a andar pela coleção em ruínas, mais rápido desta vez. – Ele tentou me *matar*!

Atrás de Kate, Lucky rosnou, como se quisesse que ela prestasse atenção, e America tentou intervir de novo:

– Ei, pessoal...

Kate retrucou:

– E, então, você o matou?

– *Não!* Mas gostaria de ter feito.

Ela fez uma careta.

– Não acredito que beijei você.

– E você *gostou* – retrucou ele, apontando um dedo para ela.

America limpou a garganta mais uma vez.

– Alguém? Oi?

Kate zombou.

– Já beijei melhores.

– Você fica bonitinha quando mente.

– *Como é?* – Ela arregaçou as mangas da jaqueta, e Milo deu um passo para trás, um pouco alarmado. Os olhos se contorceram, mas ela estava com raiva demais para realmente se importar com eles a esta altura. Declarou: – É melhor você começar a correr, porque estou prestes a lhe dar uma sur...

Uma voz profunda e astuta a interrompeu às suas costas:

– Ora, ora, parece que você trouxe alguns amigos, Milo.

CAPÍTULO VINTE E SEIS

XEQUE-MATE

Ah, estava ficando cada vez pior.

Fisk inclinou a cabeça, apoiando-se na bengala como se estivesse aproveitando a mais tranquila das tardes. Ele ocupava a maior parte da porta e, mesmo assim, parecia maior do que era por causa da maneira como se portava. Como se fosse dono do ar que respirava. Atrás dele havia uma dúzia de seus capangas, rifles de assalto apontados para os três, como se ele estivesse ali para lutar contra alguém como o Homem-Aranha ou o Demolidor.

E não Kate Bishop.

Ele acenou com a mão para seus homens, e eles baixaram as armas.

— Sério, você não consegue ficar longe, não é?

— Eu poderia dizer o mesmo de você — respondeu ela, rezando para que Lucky não decidisse tentar algo mordente. Ela fez sinal para o cachorro ficar parado, e, embora Lucky estivesse com as orelhas para trás e os dentes à mostra, ele não se mexeu.

Porque ele era o melhor cachorro do mundo.

Que, provavelmente, tentou avisá-la sobre o visitante.

E, pelo olhar irritado que estava lançando para Kate, America provavelmente também tentou avisá-la.

O Rei do Crime suspirou e olhou para Milo.

— Você já encontrou o livro?

Milo estreitou os olhos.

— Não. Não está aqui. Deve estar em outra sala.

— Inútil, como imaginei. — O Rei do Crime fez um movimento para que seus homens se espalhassem e o procurassem. — Encontrem-no custe o que custar. Quero que este edifício seja revistado de cima a baixo. Qual é o título?

Kate olhou para Milo, implorando-lhe que tivesse ao menos *uma atitude nobre* na vida. Mas, aparentemente, isso não estava nos planos. Ele respondeu, sem encontrar o olhar dela:

— *O castelo inabalável sonha com a morte.*

— Que título macabro! E pais deixam seus filhos lerem um livro desses? Péssima educação — murmurou o Rei do Crime. Depois deu uma ordem aos seus homens. Eles subiram as escadas de volta, e, a distância, sons de destruição (livros derrubados, papel rasgado e caos) inundaram os andares superiores. Era terrível fazer isso em uma biblioteca.

— Eu deveria ajudar a procurar também — murmurou Milo, dirigindo-se para a saída do centro infantil. Manteve distância do Rei do Crime, sua mão esquerda buscando o caderno em seu quadril lentamente.

O Rei do Crime ergueu a bengala e bloqueou o restante da porta, impedindo Milo de sair.

— Só um momento, meu garoto.

Os ombros de Milo ficaram rígidos. Seus dedos tocaram o canto do caderno, abrindo-o devagar, devagar, quase…

— Sim?

— Achei que tínhamos concordado, quando você se tornou um de meus homens, que minhas regras eram claras: você só faz o que eu digo quando eu digo.

— Eu… quis me adiantar. — Milo abriu o caderno, o dedo indicador começando a deslizar em uma espiral na página em branco. — Eu sabia que Kate Bishop tentaria me impedir…

De repente, o Rei do Crime acertou com a bengala na lateral do joelho esquerdo de Milo. Milo gritou quando sua perna foi esmagada para dentro e ele caiu no chão.

— Milo! — gritou Kate. Ela tentou ir ajudá-lo, mas America a agarrou rapidamente pelo braço. America balançou a cabeça. Não. Era melhor ficarem paradas.

– Hum. Você não mente muito bem, não é, rapaz? – observou Fisk, agarrando o caderno que estava na cintura de Milo e arrancando-o do cinto. Milo se contorceu no chão, segurando o joelho. O Rei do Crime guardou o caderno no bolso, pressionou a ponta da bengala contra a testa de Milo e prendeu-o contra o chão. – Acha que eu não li nada sobre você? Acha que não sei com quem trabalho? Eu não sou *tolo*, garoto. Se a tivesse matado como deveria, ela não estaria aqui.

Milo disse:

– Eu não mato pessoas.

– Esse é o seu primeiro erro. Que esta seja uma oportunidade de aprendizado. Para jogar xadrez, é preciso remover as peças estrategicamente. – Ele colocou mais peso na bengala, a ponta pressionou com mais força a testa de Milo, que se contorceu de dor, com lágrimas nos olhos.

Kate não conseguia mais só assistir. Livrou-se das mãos de America.

– Rei do Crime, pare com isso! – ordenou.

O chefe da máfia lançou um olhar preguiçoso para ela.

– Ora, fique quieta, Kate, minha querida. O que eu falei para você sobre interferir nos meus negócios? Sou um homem muito tolerante. – Ele girou a bengala, e Milo choramingou. America mudou de posição, como se estivesse prestes a se mover. Ele estalou. – Eu não faria isso, senhorita America Chavez. Você é rápida, mas estou mais perto.

America cerrou os dentes e ficou onde estava.

O Rei do Crime tirou um lenço do bolso do terno com a mão livre e enxugou a testa. Havia um leve brilho de suor em sua testa, sua pele estava mais pálida do que Kate se lembrava da última vez que o vira, e, quanto mais observava o chefe da máfia, mais ela notava pequenos detalhes – as olheiras, a respiração pesada, a leve contração do braço dele (como se houvesse algo nele, algo rastejando), e um pensamento lhe ocorreu:

Milo tinha hipnotizado o Rei do Crime!

Ele estava muito parecido com Gregory Maxwell antes de morrer. Um cochilo, uma soneca, e, Kate suspeitava, estaria tudo acabado para o chefão da máfia.

Afinal, já estava ficando desleixado.

Porque, enquanto tinha Milo sob sua bengala, Kate e America em sua mira, ele tinha se esquecido de uma peça muito importante nesse jogo:

– Você parece cansado, Fisk – comentou ela.

O mafioso encolheu os lábios em um esgar.

– Como *ousa*...

Durante o confronto, Lucky se esgueirou contra a parede, perto o bastante do Rei do Crime para causar um bom estrago. Kate assobiou, e Lucky atacou o mafioso. Ele cravou os dentes na clavícula de Fisk, exatamente como fora ensinado a fazer. O Rei do Crime gritou, deixando cair a bengala, e, com Milo fora de perigo, Kate avançou e agarrou o rapaz pelo braço.

Ela gritou para America:

– *VAI!*

Sua melhor amiga a encarou, incrédula.

– Kate...

– *VAI!* – Então, mais baixo: – Você prometeu.

America não teve tempo para hesitar, o caos se acalmou quando o Rei do Crime empurrou Lucky para longe dele e o jogou em uma pilha de livros. O cachorro soltou um ganido, mas logo se levantou e atacou o mafioso de novo.

– Por favor – murmurou Kate.

America deu um passo para trás, depois outro e chutou o ar atrás dela, abrindo um buraco em forma de estrela na realidade, e assobiou para que Lucky a seguisse. Ele hesitou, mas decidiu ir, saltando nos braços dela, enquanto ela deslizava pelo buraco em forma de estrela como se nunca tivesse estado lá.

Kate colocou Milo de pé, passando o braço dele sobre seus ombros.

– *Droga* – resmungou o Rei do Crime, pressionando a mão em seu ombro para estancar o sangue que escorria em sua camisa branca impecável. – Vai pagar por isso, Katie.

Ela segurou o braço de Milo com força, arrastando-o para fora do centro infantil. Enquanto avançava, agarrava tudo o que podia derrubar atrás deles para dar-lhes mais tempo para escapar.

– Temos que ir, temos que ir!

– Não consigo correr – sibilou ele, estremecendo toda vez que colocava peso sobre a perna esquerda. – Acho que está quebrada.

Isso significa que ela teve que trabalhar dobrado quando começaram a subir as escadas. O Rei do Crime gritou para que parassem, derrubando estante após estante em seu avanço atrás deles. Milo cambaleou ao lado dela, enquanto ela o puxava escada acima, pedindo o tempo todo que ela o soltasse.

– Deixe-me, você não vai conseguir passar pelos homens dele – disse ele por entre os dentes cerrados. – Vou apenas atrapalhar você…

– Sinto muito, cara – respondeu ela, ajeitando-o em seu ombro de novo. O suor pinicou em sua testa. – Mas, na minha área de trabalho, não deixamos ninguém para trás.

– Eu teria deixado você.

– E é por isso que *eu* sou a heroína. – Ela estava ouvindo os homens do Rei do Crime se reunindo no primeiro andar. Milo estava certo, ela não ia conseguir escapar enquanto o arrastava consigo, mas, se escapasse agora, o Rei do Crime ia pegar o livro. Onde quer que estivesse. Ela apertou ainda mais a mão de Milo. – Você consegue ser sincero pelo menos uma vez? – perguntou com urgência.

– Não sei o que…

– Você consegue? Rápido!

Ele a encarou com um olhar indecifrável. Então, assentiu. Uma vez.

– Sabe onde o livro pode estar escondido, se não está no centro infantil?

Ele balançou a cabeça.

– Certo, bom. E essa é a grande pergunta: você hipnotizou o Rei do Crime? Como fez com Gregory? Tem algo na sua mão, certo? Algo escrito nela que causa isso?

Ele pareceu surpreso por ela saber disso, é *claro* que ela sabia. Ela não era chamada de Gaviã Arqueira à toa.

– Tecnicamente, sim.

– *Excelente.*

Um plano estava se formando rapidamente na cabeça dela. Era ruim, mas a maioria dos seus planos nos últimos tempos não eram dignos de um Prêmio Nobel. Não precisavam ser. Só precisavam ganhar tempo suficiente para America (e Lucky) executarem o plano Buscar Ajuda.

Kate e Milo chegaram ao topo da escada apenas para serem recebidos pelo próprio Montana. Ele puxou o laço e, antes que um dos dois pudesse se esquivar, amarrou-os e apertou com força, prendendo Kate e Milo juntos. Ele balançou a cabeça enquanto enrolava o restante da corda. Puxou-os para o meio do estimado Astor Hall, no primeiro andar, um lugar construído para banquetes e festas opulentas, cada som ecoando no chão de mármore e nos arcos de pedra como seixos em uma caverna. Havia mais homens do Rei do Crime, com as armas em punho, na varanda que dava para o segundo andar. Se havia uma forma de escapar disso, Kate não sabia.

O pânico cresceu em seu peito. *Já era.*

O Rei do Crime finalmente subiu as escadas, devagar e, para falar a verdade, com muita raiva. Ele pegou um lenço e secou a testa, e ela teve que se perguntar, brevemente, que monstros ele temia.

Ele levantou a mão para sinalizar sua morte.

– Você não quer nos matar ainda, Fisk – afirmou ela com o máximo de confiança que pôde. O que... honestamente? Naquele momento, ela não se sentia muito confiante. *Finja até se sentir, Bishop*, disse a si mesma.

Ele rosnou:

– Ah, Katie, acho que quero...

– Então, tenho certeza de que você tem alguém que sabe ler Despalavra, certo? – respondeu ela, e suas palavras detiveram a mão dele. Por enquanto. As mãos dela tremiam, por isso, cerrou-as em punhos, as unhas deixando marcas nas palmas. – Tem alguém na sua folha de pagamento que é tão *nerd* quanto este cara aqui?

Milo murmurou:

– Isso parece um insulto…

O Rei do Crime estreitou os olhos.

– Ah, foi o que pensei – continuou ela. – Você ao menos sabe que tipo de livro mandou seus idiotas procurarem? Aposto que nem sabe onde está. Este lugar é enorme, Rei do Crime. Procurar esse livro é como procurar uma agulha num palheiro. Levará mais de uma noite para revistá-lo, e pela manhã todos saberão que algo está acontecendo. E *você* estará sem tempo.

O Rei do Crime tirou um lenço do bolso do terno e enxugou a testa novamente.

– Tenho muito tempo.

– Tem certeza?

Fisk inclinou a cabeça, o rosto propositalmente inexpressivo.

– Tenho certeza de que você já percebeu – disse ela, inclinando-se em direção a ele, sua voz alta o bastante para que ele pudesse ouvir, mas para que os homens ao seu redor não conseguissem – o quanto tem se sentido cansado, não é? Como os olhos continuam subindo pela sua pele, mas ninguém mais consegue vê-los, certo?

Foi uma fração de segundo, mas ela viu no rosto dele: reconhecimento.

– É hipnose – continuou Kate. – Vai matar você assim que adormecer. E, se você nos matar, estará apenas assinando a própria certidão de óbito.

Ele não parecia tão convencido.

– Talvez, se não tivesse matado Albright – refletiu ela –, você estaria em melhor posição para negociar.

Embora o Rei do Crime não tivesse ficado chocado ao descobrir que ela tinha entendido, Milo com certeza pareceu surpreso por ela finalmente acreditar nele. Claro que acreditava; no fim das contas, Kate gostava de ver o melhor em cada pessoa, não importava o quanto estragassem tudo. Deus sabe que ela também não era perfeita.

– Tenho certeza de que você não teve a intenção – continuou ela, dando de ombros. –Perdeu a paciência quando ele não revelou as informações que você desejava sobre os livros ou, talvez, tenha pensado que Milo seria mais fácil de controlar. O que é engraçado agora, considerando tudo. Você pode testar nosso blefe, mas está a apenas uma soneca do apagamento completo, senhor Fisk. Você quer arriscar?

– Mas isso levanta um questionamento, Katie: como eu fui… como é? *Hipnotizado?*

Milo, pelo que ele valia, ergueu a mão e acenou.

– Quando você apertou minha mão. Eu precisava de uma garantia de que você não ia me matar. Ou a Kate, a esta altura.

– Ah, não precisava.

A mandíbula do Rei do Crime se cerrou. Ele não gostava de ser superado.

E com certeza não por jovens com metade da sua idade.

– Além disso – continuou Kate, porque tinha um péssimo histórico de ser incapaz de manter a boca fechava quando de fato deveria ter se calado –, você não quer obtê-lo mais cedo do que mais tarde? Você não é o único que está à procura dele, sabe? Quando Osborn ou o Doutor Destino vierem atrás…

Milo cantarolou.

– Qual deles era o homem de verde no leilão?

– Os dois estavam lá – mentiu Kate, porque não se lembrava de uma única pessoa presente no leilão. – E acredito que, se você *me matar*, terá que dar as más notícias à Madame Máscara. Receio que ela tenha reservado minha cabeça para ela *anos* atrás…

Milo lançou-lhe um olhar preocupado.

– Tem alguém que *não* está tentando matar você?

– No momento? – Ela pensou brevemente e, então, respondeu: – Acho…

– Já chega! – bradou Wilson Fisk, que claramente já havia tido tempo para refletir sobre suas opções. Suas narinas dilataram--se, enquanto ele olhava de Kate para Milo, que estava deslizando devagar para o chão por causa do ferimento, e depois de volta para ela. Provavelmente não se passaram mais de alguns segundos, mas pareceu uma eternidade, que se estendeu tanto, que Kate começou a se perguntar se já estava morta e se aquilo era o inferno.

Mas, então, o Rei do Crime disse:

– Protejam as portas e guardem as janelas. Ficaremos por algum tempo; a amiga deles, senhorita Chavez, fugiu. Vamos ver se ela volta antes que Katie encontre o livro. Se ela retornar antes de você encontrar o livro, mataremos vocês dois – disse ele para Kate e Milo. – Quanto tempo você tem agora? – Ele consultou o relógio. – Uma hora? Menos?

Kate inclinou a cabeça, embora estivesse aterrorizada.

– Desafio aceito.

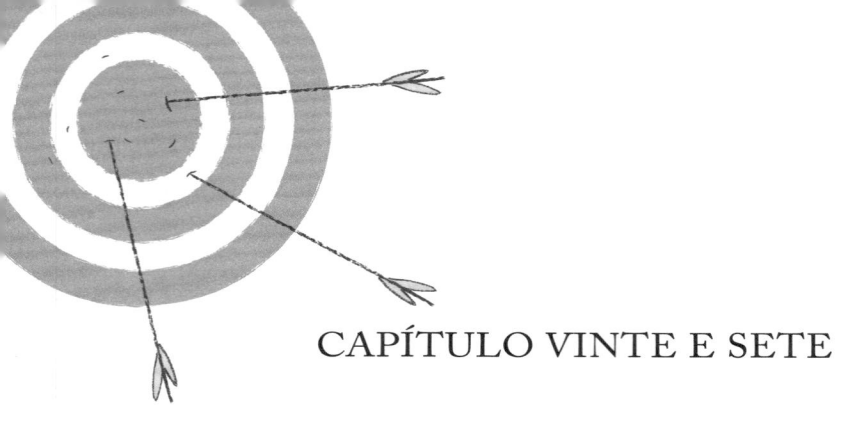

CAPÍTULO VINTE E SETE

UMA ROSA COM QUALQUER OUTRO NOME

Ela nunca quis tanto *não* ser resgatada em sua vida.

Caso não conseguisse encontrar uma maneira de tirá-los dessa confusão, já podia imaginar o olhar decepcionado que o Capitão América lhe daria em seu funeral.

Isso sem falar no quanto ela se sentia… *cansada*. Parecia que todos os ossos de seu corpo queriam dormir para sempre. Mas, no instante em que fechava os olhos e acalmava a mente, os olhos giravam sobre sua pele, olhavam para ela e esperavam que os pesadelos voltassem. Não poderia suportar aquilo de novo. Assistir àquele sonho terrível, horroroso, seus amigos engolidos, afogando-se na escuridão, enquanto ela ficava parada, impotente, assistindo. Sabia que era um sonho, ela *sabia* disso, mas isso não tornava o pesadelo menos real.

E, da próxima vez, não tinha certeza se alguém estaria lá para acordá-la antes que se afogasse.

Milo olhou para o salão, que era quase da extensão de um campo de futebol inteiro. O Salão Principal de Leitura Rose. Cheio de mesas pesadas em longas fileiras, luzes posicionadas espaçadamente em cada uma delas, ele se estendia de forma desanimadora, e em ambas as paredes, percorrendo toda a extensão da sala, havia estantes cheias de livros de todos os lugares do mundo. E, só para piorar a situação, havia uma *segunda* fileira de estantes atrás da primeira em uma pequena varanda, que também seguia por quase toda a extensão da sala.

Grandes lustres pendiam do teto esculpido, cheio de murais de céus azuis radiantes e nuvens cor-de-rosa ondulantes, enfeitados com rosetas e medalhões de gesso. Cupidos se apertavam nos recuos de cada lado do mural, olhando para Kate e Milo com olhos vagos de gesso, tão vazios quanto suas esperanças.

Quando o Rei do Crime perguntou a Kate em que sala o livro estava, ela esqueceu todos os nomes de salas, mas Milo interveio nomeando esta. *Claro* que tinha que ser esta. A maior de todas.

Ela se levantou. O Rei do Crime os trancou lá dentro e ordenou a dois homens em ternos mal-ajustados que garantissem que eles não saíssem. Ela imaginou Montana sentado em uma cadeira do lado de fora, limpando os dentes com um canivete. E ela tinha pensado que a pior parte do fim de semana seria a festa de aniversário da irmã.

Isto era pior por pouco.

Por muito pouco.

Milo estava sentado em uma cadeira na primeira mesa, massageando o topo do nariz. Sua perna estava apoiada em uma cadeira ao lado, embora seu joelho já estivesse bastante inchado.

— Sabe, uma parte de mim teria preferido a morte a isso.

— Você ainda pode ter seu desejo realizado — alertou Kate. Não sabia por onde começar: pelo lado esquerdo dessa sala gigantesca ou pelo direito? — Isso vai ser impossível. Por que escolheu *este* salão?

— Não sei, lembrei que é aqui que colocam a maioria dos livros, então temos mais chances de encontrá-lo aqui, não?

— Bem, a piada é à nossa custa, creio eu. Acho que vou começar pela esquerda — decidiu Kate. — Devo começar no início ou pela letra *A*? Ah, é a mesma coisa. — Ela gemeu, deixando cair a cabeça para trás. — Eu estou tão cansada.

— Você se acostuma. — Ele tirou as luvas. — Sabe, levei alguns dias para perceber que você tinha sido hipnotizada. Eu só não consigo entender como.

Ela olhou para ele, confusa.

— É mesmo?

Ele ergueu as mãos e mexeu os dedos.

– Sou o único que conhece a hipnose além do meu avô, e você o conheceu depois que ele morreu.

– Havia uma carta – respondeu ela sem rodeios. Ele endireitou a postura, quase instantaneamente. – Estava endereçada a você.

Ele a encarou.

– Havia... ele... o que ela dizia?

– Eu não consegui ler. Achei que você soubesse dela.

– Não. Não, eu... tudo aconteceu muito depressa. Só me lembrava de ver meu avô morto e de ir atrás da pessoa que o matou. Eu não vi... – Ele relaxou de volta na cadeira, olhando atentamente para as mãos. – Ele me pediu para ir ao evento dele e levar meu livro. Eu não o via há anos, desde que a s.h.i.e.l.d. me levou embora. Ele prometeu... prometeu me mostrar os sigilos do pesadelo. Os originais.

Ela começou a examinar *B* quando fez uma pausa e olhou para ele.

– Por quê?

Ele deu a ela um olhar astuto.

– *Ah* – murmurou ela. – Mas... você também tem sigilos de pesadelo, certo? Em suas mãos? Você não pode apenas revertê-los em si mesmo? E, sabe, *em mim*, se não for muito incômodo?

– Sim, quanto a isso... – Ele tirou a luva da mão direita e virou-a com a palma para cima. Kate voltou para a mesa onde ele estava sentado e olhou para ela com cautela. – Não vão lhe fazer mal. Só é possível ser enfeitiçado por um comando de cada vez.

Ela encolheu o nariz, olhando para os sigilos gravados na palma da mão direita dele, mas metade do último sigilo estava desfigurado por queimaduras terríveis.

– Ainda posso lançar o feitiço, mas este último sigilo foi distorcido, então o resultado é um pouco mais... violento.

Ela deu um pulo, percebendo.

– É por isso que funcionou tão depressa com Gregory Maxwell e agora com Fisk, não é?

– Sim, e é imprevisível. Tento não o usar se puder evitar.

Kate mordeu o lábio inferior.

– Então as outras mortes sobre as quais Misty falou, aquelas relacionadas aos livros, foram *você*, não foram?

Ele franziu os lábios e desviou o olhar, calçando a luva novamente.

– Eles estavam perto demais de encontrar os livros.

– Você os matou, Milo.

– Estou ciente, Kate. Eles não eram boas pessoas.

– Isso não cabe a *nós* decidir...

– Eu sei. Eu *sei*, ok? – interrompeu ele, com sua voz dura. – Você não é igual a mim, você não entende. Se eu pudesse evitar que as pessoas passassem pelo que passei... É fácil para você. Lutando contra bandidos com um comentário sarcástico e um sorriso.

Ela balançou a cabeça.

– Porque eu *escolhi*. Acha que minha família não é um pouco perturbada também? Acha que não passei por um inferno completo para chegar até aqui? Sabe quais são meus pesadelos? Que fico imóvel, indefesa, enquanto meus amigos morrem. Todos eles, um por um. E a pior parte? – Ela se inclinou para mais perto dele, com o peito apertado pelas lembranças: – Eu já *vivi* isso. Já vi amigos morrerem. É por isso que escolho lutar contra os bandidos com um comentário sarcástico e um sorriso, porque não gosto da alternativa.

Milo encarou a mesa. Havia nomes gravados no mogno, pequenas frases, datas. *Eu estive aqui*, declaravam. Ele traçou uma delas, franzindo a testa.

– Talvez eu pudesse ter sido mais parecido com você se tivesse encontrado aquela carta do meu avô. Mas não encontrei e, de qualquer maneira, não posso deixar de pensar que ele ofereceu a cura com dez anos de atraso.

– Sim, ele é péssimo por isso.

– Só um pouco. Pelo menos o feitiço sob o qual estamos – acrescentou ele – é muito mais estável. Sobrevivemos enquanto pudermos escapar dos nossos pesadelos. E eu tenho fugido, Kate, há muito tempo.

Kate examinou as estantes, sabendo que precisava encontrar o último livro, e depois voltou o olhar para Milo, sozinho em sua cadeira, com um curativo improvisado na perna, e tomou uma decisão. Começou a vasculhar as estantes e disse:

– Então conte-me sobre eles.

Ele a olhou com uma expressão estranha.

– Como?

– Seus pesadelos. Como eles são?

Ele abriu a boca, voltou a fechá-la, piscando sem parar, porque, ela imaginou, ninguém nunca tinha perguntado antes, e não era exatamente como se ele pudesse divulgar seus pesadelos para alguém que *acreditaria* nele. Depois de um momento, ele falou:

– São sobre muitas coisas. No início, eram pesadelos normais de infância. Chegar atrasado para a aula ou ser perseguido por valentões; havia um em que eu era pego, várias vezes, por uma jiboia rosa e roxa. Ela apertava cada vez mais forte até... – Ele engoliu em seco. – Meu avô achou revolucionário que em meus pesadelos eu conseguisse imaginar maneiras de escapar de cada cenário. Se meus agressores me encontravam na aula, eu me transformava em uma nuvem. Se eu estivesse preso em um incêndio, fazia chover lá dentro. Era um jogo no começo. Durante o verão que passei com ele, eu dormia e acordava na manhã seguinte, e ele registrava como eu tinha escapado do pesadelo. De novo e de novo. Até que meus pais chegaram no final do verão e... – E Kate, infelizmente, sabia o resto. Milo franziu a testa, mexendo nas pontas das luvas. – Depois disso, passei a sonhar com o incêndio. Os corpos sem rosto dos meus pais me perseguindo. Abraçando-me. Recusando-se a me soltar... Ainda sonho com isso com a maior frequência, mas de maneiras piores. Seus pesadelos ficam mais inteligentes conforme você fica.

– Os meus são espertalhões, francamente – comentou ela com um suspiro, agarrando uma das escadas para levar até as estantes e checar as prateleiras superiores. – Eu afundo no betume que Clint e eu usamos em nossas flechas, e todos os meus amigos se afogam nela, e eu quase me afogo também. E ainda há meu pesadelo de quatorze anos que fica me importunando.

Ele bufou uma risada.

– O quê?

– Sim, você não tem isso?

– Não, infelizmente.

Ela suspirou, exausta, até a alma. Seus dedos deslizaram pelas lombadas de romances velhos e esfarrapados, mas nenhum deles era o que procurava. Ela desceu e começou a examinar a seção seguinte.

– Mas sabe a pior parte de tudo isso?

Ele inclinou a cabeça e adivinhou:

– Os olhos?

– Os *olhos*! Eles são *horríveis*! – Ela ergueu as mãos. – E eu consigo senti-los quando se movem e simplesmente… é tão nojento. Ninguém mais pode vê-los. Eu não os entendo de *jeito nenhum*.

– Meu avô achava que os olhos tinham algo a ver com a língua que ele… digamos, *roubou*, embora eu não saiba de quem.

– De demônios do inferno? – Brincou Kate, puxando a escada para a próxima seção e começando a subir devagar novamente.

– Na verdade, eu não duvidaria disso.

Ela chegou ao topo da estante seguinte e continuou sua procura.

– Então, odeio ser essa pessoa, mas, se não encontrarmos esse livro… temos algum plano C?

– Plano C?

– O plano A é encontrar o livro, o plano B é America nos resgatar, e o plano C é…?

– Ah. Bem, acho que o plano C seria não encontrar o livro, o Rei do Crime entrar e nos assassinar a sangue frio apenas para colocar nossos corpos em tonéis de combustível, enchê-los de cimento e nos jogar no meio do rio Hudson.

Ela fez uma careta, apoiou-se na escada e leu a prateleira seguinte.

– Quis dizer um plano *de verdade*. Eles pegaram meu arco e flechas, e, mesmo que não os tivessem, sou um desperdício na luta corpo a corpo agora com essa... – Ela apontou para a cabeça – *hipnose*. Você tem esse problema?

Ele assentiu, observando-a enquanto ela agarrava a estante e puxava a escada para a próxima seção ainda em cima dela.

– É por isso que não posso simplesmente hipnotizar todo mundo para sairmos daqui. Sempre que me concentro demais, fico tão enjoado, que vomito por toda parte. Depois de hipnotizar sua amiga? Imediatamente vomitei nos arbustos fora da casa. *Imediatamente.*

– Isso sem dúvida prejudica as coisas.

– Sim, além disso, o Rei do Crime pegou meu caderno.

– Certo, seu caderno. A propósito, nunca perguntei qual é o seu nome de vilão. O Escriba?

– Nome *de vigilante* – especificou ele –, e não, nem perto disso.

– Bem, espero que seu nome *de vigilante* tenha passado pelo menos por vários grupos de teste.

– Diz a garota que atende por Gaviã Arqueira.

– A *melhor* Gaviã Arqueira – ressaltou. – Pelo menos meu truque são flechas. O seu é um *caderno*.

– O que há de errado com um caderno?

– Não é muito legal. Quero dizer, America tem um portal dimensional em forma de estrela, Clint é quatro guaxinins caóticos em um macacão, a Garota Esquilo consegue conversar com esquilos, o Homem de Ferro é rico, o Capitão América tem uma bunda muito bonita... – Ela os listou, contando-os nos dedos, e, então, puxou um livro que se parecia um pouco com o que estavam procurando. *Fábulas de Esopo.* Não. Colocou-o de volta e continuou procurando.

Milo ergueu as mãos enluvadas e mexeu os dedos.

– Há um suprimento de tinta nas pontas dos dedos da minha luva. Isso conta?

– Ah. – Ela piscou, lembrando algumas vezes em que ele as usou. – Então, para usar seu hipnotismo, tudo de que precisa é de uma folha de papel?

Ele encolheu os ombros.

– Qualquer superfície, na verdade.

– Ah. E… pode encantar as pessoas para que façam o quê? – *E você usou alguma coisa em mim?*, acrescentou ela, mentalmente, olhando para as luvas dele, de repente bastante contente por só poder sofrer o feitiço de um comando de cada vez.

– Muitas coisas – respondeu ele em tom bem razoável. – Posso fazê-la sentir como se estivesse caindo para sempre…

– Estou ciente disso.

– Consigo fazer você pensar que é um animal. Posso fazer com que adormeça, pedir que faça algo sem que perceba… qualquer coisa dentro do razoável, na verdade – acrescentou ele, dando de ombros. – Meu avô nunca parou de trabalhar no Projeto Tremor, por isso, ele aprendeu todo tipo de comando me usando como seu projeto favorito. Mas, assim como você, não posso fazer muita coisa agora com essa hipnose de pesadelo na minha cabeça. Portanto, o melhor curso de ação seria… plano A: encontrar aquele livro.

Ela revirou os olhos. É *claro* que essa era a melhor opção para eles, mas, quanto mais procurava, menos achava que estava ali. Não deveria estar na estante da letra *A*? Em algum lugar entre Adler e Allen? A menos que tenha sido guardado no lugar errado; se esse fosse o caso, poderia estar *em qualquer lugar*…

Se ao menos pudessem sair daquela sala – a Sala de Leitura Rose ficava no terceiro andar, então, se conseguissem passar despercebidos pelos guardas na porta, ela e Milo poderiam sair pela janela da rotunda, por onde ela havia entrado, mas, do jeito que estava, eles não tinham como escapar.

– Talvez meu avô não tenha escondido aqui – murmurou Milo, apoiando a cabeça na mão –, o que é uma pena. Não pensei que morreria em uma *biblioteca*.

Ela começou a descer a escada quando um título chamou sua atenção.

– Não me interprete mal, não tenho nada contra bibliotecas. Na verdade gosto muito delas… quando não estou prestes a ser assassinado e servir de comida para os tubarões.

– Uhum. – Ela esticou o braço para pegar o livro. Estava desbotado e empoeirado, esquecido nesta biblioteca havia… *anos*. Tirou-o da prateleira.

– Apenas pensei que morreria em algum lugar um pouco mais… *emocionante*. É um pouco óbvio que o neto de um famoso autor de livros infantis morra em uma *biblioteca…*

Kate desceu a escada, com o livro na mão, e deixou-o cair na frente dele.

Ele espanou a poeira do título, com mãos trêmulas.

O CASTELO INABALÁVEL SONHA COM A MORTE.

Ele piscou com o título.

– É.

Kate olhou para o livro.

– Mas como…? Estava bem…

– Como você…?

– Eu só vi…

– É – repetiu Milo.

Kate franziu a testa.

– Uma reviravolta.

Ele o abriu rapidamente e começou a passar as páginas, com os dedos tremendo, enquanto procurava.

– Você se lembra de como era o terceiro sigilo da carta? – perguntou, esfregando a mão.

– Lembro! Sim, consigo reconhecê-lo em qualquer lugar, *ali* – indicou ela, parando em cerca de um terço do romance. Apontou para um símbolo de aparência estranha que parecia um pouco grande demais para a linha. Seu coração saltou na garganta. – É esse.

É esse.

Milo afundou na cadeira, olhando para ele, embora seu olhar estivesse a mil quilômetros de distância.

Kate esperou que ele escrevesse, que quebrasse o feitiço, que fizesse *alguma coisa*, mas ele só ficou ali sentado.

– Milo?

– Sinto muito. Eu… eu tinha desistido de tentar encontrá-lo. Eu só… eu ia viver com esses pesadelos. Achei que era meu castigo por matar meus pais. Eu mereço. A culpa foi minha. Mas a cura está aqui e…

Ela colocou a mão no ombro dele.

– Você era uma criança.

Ele olhou para ela, seus olhos brilhando com lágrimas não derramadas.

– E isso muda alguma coisa?

– Eu acho – respondeu ela, escolhendo as palavras com cuidado – que deveria. A punição é inútil se não houver possibilidade de redenção. Você não está cansado de tanta tragédia? Acho que este é um bom momento para começar seu arco de redenção.

Ele bufou, incapaz de evitar que um pequeno sorriso tocasse os cantos de sua boca.

– Eu gostaria que você fosse mais eloquente quanto a isso.

– Acho que sou eloquente o bastante.

Milo respirou fundo.

– Certo. – Depois, ele rasgou a página e lambeu a ponta do dedo enluvado para fazer a tinta fluir e, com a mão trêmula, rabiscou os dois primeiros sigilos que estiveram gravados em sua palma por metade de sua vida e depois o novo. Entregou a página para ela. – Vai primeiro.

– Tem certeza?

– Por favor.

Sendo assim, ela pegou a folha e procurou algum tipo de espelho ou outra superfície reflexiva. Encontrou uma na cúpula da luminária e levantou a página para lê-la.

O alívio foi quase imediato. A dor latejante na parte de trás de seu crânio desapareceu como pedras efervescentes. Ela fechou os olhos, inclinou a cabeça para trás e saboreou – por um momento – o silêncio absoluto em seu crânio.

A Kate Bishop no reflexo metálico da luminária estava sorrindo, e apenas alguns momentos depois ela percebeu que também estava.

Os olhos já haviam começado a desaparecer nos nós de seus dedos. Ela rapidamente puxou a manga para cima, e eles estavam desaparecendo de seus braços. Ao partirem, levaram consigo seus medos e a deixaram se sentindo um pouco mais vazia do que antes.

Mas o mais importante: sentia-se ela mesma, porque, embora ainda estivesse cansada, a constatação de que tinha voltado ao *normal* lhe deu uma onda de êxtase absoluto.

– Como você está se sentindo? – perguntou Milo, hesitante.

– Maravilhosa – respondeu ela, com um sorriso.

– Então, funciona?

Em resposta, ela virou a luminária para ele.

– É hora se libertar, Milo. Não viva no passado.

Ele hesitou, mas em seguida engoliu o nó em sua garganta e olhou para a lâmpada de latão. Algo mudou em seu olhar, e, em seguida, todo o seu corpo perdeu a ansiedade tensa e rígida que ele carregou durante todo esse tempo. Ele fechou os olhos e respirou muito profundamente.

Hesitante, ela estendeu a mão e deu um tapinha gentil no ombro dele. Por que sempre acabava consolando anti-heróis? Deadpool, Wolverine, *Clint...*

É tudo parte do trabalho, ponderou. Mas estava tão contente por aquela dor de cabeça persistente ter desaparecido – finalmente conseguia pensar com clareza de novo. Era como entrar em um banho gelado depois de uma longa corrida.

Depois de alguns minutos, Milo se recompôs e ficou de pé. Ele rasgou o papel em pedacinhos.

– Muito bem – declarou ele, então respirou fundo. Havia uma nova nitidez em seu olhar. – Estou cansado de seguir as regras do Rei do Crime. Estou pronto para jogar conforme as minhas.

– Você está bem? – perguntou Kate, estudando-o.

– Nunca me senti melhor. Vamos dar o fora daqui.

Ele mal teve tempo de olhar para ela antes que ela acertasse seu rosto com um soco. Ele tropeçou para o lado, apoiando-se em uma mesa.

– Isso foi por enfeitiçar minha melhor amiga.

– Mas que… *é sério?*

– Eu não podia antes. Sabe, toda aquela coisa de pesadelo de dor.

Ele massageou a lateral do rosto e murmurou:

– Creio que *mereci* isso…

– Brigando entre si agora, não é? – perguntou uma voz com um peculiar sotaque texano vinda da porta. Montana enrolou o laço na mão, o olhar voltando-se para o livro que Milo pegou da mesa rapidamente. – Então, o Rei do Crime *estava* certo, afinal. Presumo que esse seja o livro.

Milo o abriu depressa para escrever algo em outra página, enquanto Montana girava a corda no ar e a sacudia para laçar o livro, mas Kate a agarrou e a enrolou no pulso.

Ela sorriu. Porque não havia dor nem hesitação. Ela *estava*, de fato, de volta.

– Você vai dançar comigo, parceiro – disse para ele.

Montana sorriu.

– Duvido que consiga me encarar. – Ele segurou a corda com as duas mãos e a puxou para a frente, e Kate tropeçou.

Teria sido uma luta equilibrada, considerando todas as coisas, se os últimos três dias não tivessem ocorrido. Mas tinham, por isso, Kate não estava na sua melhor forma. E essa *não* era uma boa maneira de entrar em uma briga. Em especial contra alguém descansado e *aparentemente* faixa preta em brigas de bar. Ela tentou acertar um golpe, mas Montana desviou cada um de seus socos, e, quando ela tropeçou ao passar por ele, o caubói a pegou pelo rabo de cavalo – *golpe baixo* – e a puxou para trás.

Ela caiu para trás contra uma mesa com tanta força, que derrubou a luminária de latão em cima dela. Levantou-se bem a tempo de ver o punho de Montana meio segundo tarde demais. Ele acertou a lateral do rosto dela e ela caiu como uma pedra.

Em seguida, Montana foi para cima de Milo, que pelo menos teve tempo de desenhar um sigilo em outra página de *O castelo inabalável sonha com a morte* e mostrá-lo para o caubói.

No instante seguinte, o capanga o agarrou pelo colarinho, bateu o rosto dele na mesa, e ele também apagou como uma lâmpada.

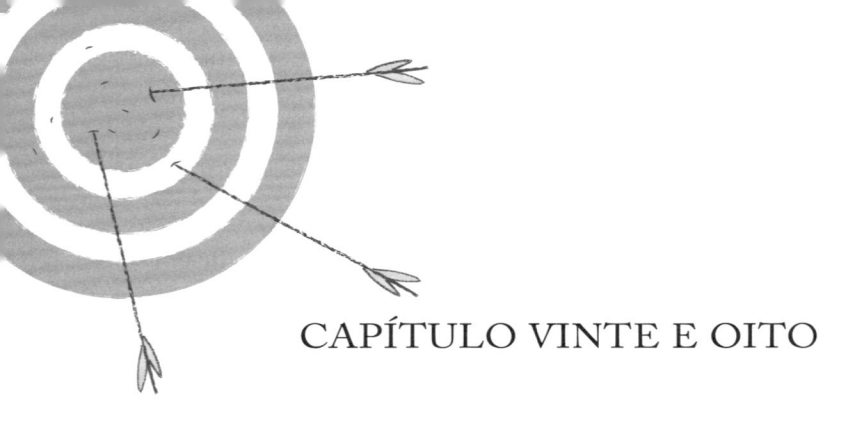

CAPÍTULO VINTE E OITO

MINHA DOCE CRIANÇA

Desta vez não houve pesadelo.

O mundo parecia um conto de fadas visto através de óculos de lentes cor-de-rosa, enquanto ela despertava devagar e se via no quarto de sua infância. Era exatamente como se lembrava: as paredes em tons pastel, o edredom fofo, a lua de papel pendurada no canto como uma luz noturna que lançava estrelas no teto enquanto ela dormia. Estava na cama com seu coelho roxo de pelúcia, que, dentro de alguns anos, seria jogado fora por uma governanta por ordem do pai. Ela o apertou com força contra o peito, deitada sobre o ombro da mãe a um lado, com a irmã do outro, enquanto liam…

Na verdade, não importava o que estavam lendo.

Nunca importou – nunca era o que fazia Kate amar aqueles momentos, nunca era a razão pela qual ela se aconchegava no travesseiro e ouvia a cadência suave da voz da mãe e as perguntas inteligentes da irmã…

– Ué, por que o coelho está sempre atrasado se tem um relógio com ele?

… ela simplesmente gostava.

Essa pequena memória, frágil como uma bolha, na qual por um momento seus pais não estavam gritando, e ela não estava brigando com a irmã, e elas estavam *aqui*.

Juntas.

E, assim, Kate se aconchegou no ombro da mãe, o aroma de seu perfume era suave e pesado, o perfume em si, como uma memória de abraços calorosos e de dançar pela sala de estar ao som do rádio e de todos os bons momentos que Kate guardou dentro de si, e aos quais se agarrava com força. Era um perfume que saíra de produção havia alguns anos, havia tanto tempo, que quase se esquecera do aroma: lavanda e luz da manhã.

A irmã dela guardava um suéter da mãe – macio e não lavado, a única coisa que conseguiram esconder do pai quando ele vendeu todas as coisas dela depois do funeral –, e ainda tinha o seu cheiro. A última parte dela que sobrou, ou era o que todos pensavam.

Se Kate quisesse olhar para o rosto da mãe, talvez encontrasse uma boca cheia de dentes famintos. Talvez encontrasse sangue nos lábios. Talvez encontrasse um pesadelo.

Mas Kate decidiu não olhar e deixou a mãe ler para ela e Suze dormirem.

Transcrição (continuação)

[Testemunho de Katherine Elizabeth Bishop sobre os eventos ocorridos no Edifício Stephen A. Schwarzman da Biblioteca Pública de Nova York em 2 de agosto]
Colhido por Misty Knight

KNIGHT: Quer dizer que você simplesmente decidiu que Milo era inocente nisso tudo?

BISHOP: Inocente? Não. Mas acho que as circunstâncias relacionadas à sua trajetória de vilão foram exageradas *demais*. Quero dizer, ele era um garoto que sofreu experimentos e foi forçado a *conviver* com seus pesadelos durante anos. Anos!

KNIGHT: E ele apenas… decidiu mudar de vida? Depois que você conversou com ele?

BISHOP: Sou muito persuasiva, e ele só queria que alguém que entendesse o que ele viveu o escutasse. Tive uma espécie de sorte, e muito azar, por ser essa pessoa.

KNIGHT: Uhum. [ESCREVE ALGUMAS ANOTAÇÕES] Ainda restam duas questões gritantes.

BISHOP: Estou prestes a lhe *contar* como saímos dessa situação. Mas, espere, qual é a segunda pergunta?

KNIGHT: Que hipnotismo Milo Penderghast-Chant usou em Montana?

BISHOP: Ah, já vou dizer.

CAPÍTULO VINTE E NOVE

CORAÇÃO REPLETO DE SONHOS

De qualquer maneira, foi assim que Kate acabou de cabeça para baixo, com uma corda amarrada nos tornozelos, pendurada no lustre do Astor Hall, no edifício Schwarzman da Biblioteca Pública de Nova York.

O sangue já havia descido tanto para sua cabeça, que, quando ela finalmente *de fato* despertou, sentiu uma terrível enxaqueca. Ela tentou se mover, orientar-se, mas suas mãos estavam amarradas acima da cabeça com uma abraçadeira, e não havia nada nas proximidades imediatas que ela pudesse usar para desfazer essa confusão de situações. E a situação estava *realmente* confusa.

Os homens do Rei do Crime estavam posicionados em vários pontos no salão, demais para ela contar, mesmo *sem* uma forte dor de cabeça. Mas ela não estava tendo pesadelos, pelo menos, e tinha sido o primeiro sono ininterrupto que teve em *três dias*. O cheiro do perfume da mãe permanecia em seu nariz como uma lembrança.

Esse foi o primeiro erro do Rei do Crime: deixá-la tirar um cochilo.

Ao lado dela, Milo gemeu. Em algum momento entre ser nocauteado na Sala de Leitura Rose e agora, ele de alguma forma ficou com um olho roxo. Um corte na sobrancelha sangrava em seu cabelo escuro.

– O quê…? – Ele piscou com olhar turvo. – Estamos mortos?

– Se isso for o inferno, eu gostaria de um reembolso – respondeu ela. – A recepção aqui é absolutamente *péssima*.

Ele fez um barulho de dor.

– Vejo que você está de volta ao seu antigo jeito brincalhão.

– Que milagre uma soneca pode fazer.

– Eu me sinto *horrível*.

– Provavelmente porque estamos a dois batimentos cardíacos de um aneurisma cerebral se não sairmos dessa situação logo – comentou ela, e ele fez um ruído de concordância com a garganta.

– Ah, vocês dois estão acordados – disse a voz retumbante do Rei do Crime, enquanto ele descia a escada curva. Sua bengala estalava em cada degrau de pedra, conforme ele descia devagar, com seus anéis brilhando à luz do lustre acima deles. Por quanto tempo ficaram inconscientes?

Kate mordeu o interior da bochecha.

– Ah, ele parece estar zangado – comentou. – O que você *fez*, Milo?

– *Eu?* Por que acha que eu fiz alguma coisa?

– Fui nocauteada primeiro.

– Pode acreditar quando digo que fui derrubado logo depois de você.

As narinas do Rei do Crime se dilataram. Na mão direita, ele segurava *O castelo inabalável sonha com a morte* e, com a esquerda, fez sinal para que um de seus homens os levantasse mais alto no ar, para que ficassem no nível dos olhos dele. E, se alguém os soltasse, a queda ia *doer*.

Bastante.

Kate se contorceu, tentando testar os lacres que a mantinham refém. Estavam apertados, não havia como escapar deles. Onde diabos estava America? Ela ainda não tinha chamado a cavalaria? Esperava que a amiga não tivesse tido problemas.

– Então, presumo que vocês dois encontraram uma cura para o Projeto Tremor, certo? – o Rei do Crime perguntou e os encarou.

– É realmente tão simples... para vocês dois terem encontrado?

Kate revirou os olhos.

— Dê mais crédito a Milo.

— Por favor — concordou Milo.

— Foi muito mais difícil do que isso. E quem pode afirmar que encontramos *de fato* o Projeto Tremor?

— Porque você ainda está viva, Katie — declarou o Rei do Crime, agarrando-a pela orelha. Ela estremeceu quando ele a puxou para perto. — Sem pesadelos, eu suponho.

— Além de você? — grunhiu ela dolorosamente.

— Que original.

— Pelo menos não foi uma piada sobre sua mãe.

— Minha mãe está morta.

— Viu? Teria sido uma piada de mau gosto.

O Rei do Crime a soltou e massageou o topo do nariz.

— Você nunca cala a boca?

Kate e Milo, exatamente ao mesmo tempo, responderam:

— Não.

Wilson Fisk não considerou que isso merecesse uma resposta. Em vez disso, fechou a mão em um punho e esmurrou a barriga de Milo. Ele balançou como um saco de pancadas, ofegando.

— EI! — Kate se contorceu, lutando contra as amarras. — Ele não fez nada! *Ei!*

— Um bispo nunca pode dar um xeque-mate em um rei. Não é algo que você já deveria ter aprendido? — o Rei do Crime perguntou, agarrando Milo pelos cabelos escuros. O rapaz fez um barulho de desconforto com a garganta, mas, por outro lado, permaneceu em silêncio, olhando para o chefe da máfia com o tipo de ódio que Kate não achava que Milo — muito menos qualquer outra pessoa — seria capaz de sentir.

O Rei do Crime o examinou.

— E quem você deveria ser? O cavaleiro dela?

— Eu sou apenas um peão, cara. Não pense muito na metáfora.

Ele soltou o cabelo de Milo e deu outro soco nele. Desta vez na cara. Sangue jorrou do nariz dele, e o Rei do Crime tirou um lenço e limpou os nós dos dedos. Ele disse a Kate:

– Ou você me conta o que sabe, ou eu vou matá-lo. Eu não ligo.

– Eu ligo – comentou Milo, com voz rouca, então recebeu outro soco na cara.

Kate disse:

– Está bem! Está bem… tudo, vou lhe contar tudo.

– Excelente. Eu odiaria que ele morresse. Ou… – Fisk sorriu – sua irmã.

Os olhos dela se arregalaram.

– *Como é?*

– Pedi a Montana que fosse fazer uma visita a ela. Apenas por precaução. Não estou brincando aqui, Katie. Sei que você nunca negociou comigo antes, mas garanto que não sou de brincar.

Ela soltou uma risada.

– E você nunca lidou *comigo* antes.

– Você é apenas uma garota.

– Odeio desapontá-lo – respondeu ela, com um tom bastante presunçoso. Mais presunçoso do que *deveria* estar, considerando que nem tinha tanta certeza. Mas metade da mentira era a apresentação, desse modo, ela sorriu e disse: – Como assim… acha que eu viria até aqui, *esperando* que você aparecesse, sem ter um plano? Ora, sou um pouco mais esperta que isso, Wilson. Não, tipo, *muito* mais inteligente do que isso.

Ele se voltou para ela com uma expressão curiosa. Milo tinha exatamente o mesmo olhar.

Ela revirou os olhos.

– Já faz algum tempo que faço essa coisa de super-heroína. Posso não ter superforça, ou superinteligência, ou supercura, ou super… sei lá… poder de esquilo. Mas sabe o que eu *tenho*?

Milo perguntou:

– Uma boca supergrande?

– Calado. – Ela, então, estufou o peito e acrescentou triunfante: – Tenho alguns amigos *superlegais*.

Fez-se um silêncio absoluto.

Então Milo, ainda balançando do soco no rosto, falou com sarcasmo:

– Uau, você achou mesmo que era um momento e tanto, não?

– Eu gostei – respondeu ela. E disse ao Rei do Crime: – Talvez você queira dar uma olhada no seu garoto.

O Rei do Crime deu um passo para trás e apontou para um de seus homens.

– Ligue para Montana.

O capanga em questão pegou seu telefone e fez exatamente isso. Chamou, chamou e chamou. A cor de suas bochechas começou a desaparecer. Depois de um momento, ele balançou a cabeça.

– Ele não atendeu, chefe.

Mais do que um pouco surpreso, o Rei do Crime voltou sua atenção para os dois pendurados de cabeça para baixo.

Milo comentou:

– Não consigo lembrar com que símbolo eu o hipnotizei… o de amnésia? Ou o que transforma a pessoa, mentalmente, em uma galinha? Vamos ter que esperar para ver, na verdade.

O sorriso de Kate só se alargou.

– E sabe o que mais, Fisk? – continuou.

– Deixe-me adivinhar… – respondeu o Rei do Crime, claramente irritado por ter sido enganado por uma adolescente – Você é a maior arqueira do mundo.

– E estou entre 1% de melhores jogadores online do site *Chess Unlimited*.

Em seguida, ela agarrou a ponta da abraçadeira com os dentes, apertou-a o máximo possível e, com toda a força, pressionou as mãos amarradas contra a própria barriga. O lacre quebrou com um estalo. E daí? Não tinha superforça, voo ou algo do tipo. Ela não era capaz de se curar rapidamente, não conseguia hipnotizar as pessoas com uma palavra e sempre tinha cortes e arranhões por todo o rosto – mas ela *era* muito boa em uma coisa…

Bem, *duas* coisas.

Primeira: ela fazia ótimas piadas, sem falsa modéstia.

E segunda: era a melhor atiradora do mundo e falaria isso na cara de Clint a qualquer momento.

Sendo assim, Kate Bishop fez o que sempre fazia de melhor.

Ela tirou o elástico do cabelo e rapidamente prendeu seu grampo nele. Depois, apontou direto para o interruptor de luz atrás da mesa de boas-vindas.

E disparou.

O grampo zuniu no ar e acertou o botão.

Em cheio.

Todas as luzes se apagaram – cada uma delas. Exceto, é claro, pelas monstruosas placas vermelhas de saída que brilhavam nas extremidades mais distantes do edifício. No segundo em que o Astor Hall escureceu, o caos irrompeu, e Wilson Fisk estremeceu.

Foi um momento em que quem piscasse perderia o que aconteceu. Ele estremeceu como se tivesse visto algo monstruoso. Estremeceu como se quisesse cobrir o rosto para se proteger.

Ele estremeceu.

Como se a escuridão estivesse atrás dele.

Kate agarrou o ombro de Milo e o empurrou com força. Ele balançou, acertando um dos homens do Rei do Crime, que se virou em retaliação, mas Milo já estava voltando para Kate. Ele se chocou contra ela com um *"Uf!"*, e ela espiralou até o outro lado, onde agarrou um homem alto pela cintura – pelo cinto, para ser exata – com uma das mãos e tateou a cintura dele com a outra.

Arma, *taser*, onde estava, onde estava...

– Ei, ei! – exclamou ele, tentando afastá-la.

– Ah! Desculpa! – gritou ela, pegando um canivete do que esperava ser o bolso de trás dele. Então se empurrou para longe no instante em que ele se virou para ela com o que pareceu ser um soco. A mão dele passou zunindo ao lado do rosto dela quando ela se balançou na direção de Milo e se puxou para cima o suficiente para cortar a corda que a prendia... que se partiu.

Ela caiu como chumbo no chão.

O guarda que Milo acertou agarrou-o pela camisa.

– *Kate!* – gritou ele, quando o homem puxou o punho para trás, apertando os olhos na luz fraca.

Ela golpeou com a perna, acertando as canelas do homem. Ele deu uma cambalhota no ar e caiu no ombro no chão com um som de algo sendo esmagado. Ela sempre se esquecia de como era difícil ver quando tudo estava iluminado de vermelho.

– Você está bem? – perguntou a Milo, desamarrando-o e segurando-o antes que caísse no chão. Ela deu um tapinha nas costas dele, enquanto o colocava de pé. – Você está bem, você está bem.

– Acho que quebrei alguma coisa – murmurou ele.

– Seu orgulho não conta.

O saguão de entrada estava um caos. E ela tinha certeza de que todos estavam prestes a se orientar e vir atrás dela em três, dois, um…

Da escuridão, o Rei do Crime rugiu:

– MATEM KATE BISHOP!

Ah, *isso* não era bom.

Ela passou o braço de Milo em volta do ombro. Ele murmurou:

– Precisamos pegar aquele livro do Rei do Crime.

– Sim – concordou. – Precisamos.

– Você tem um plano?

– Estou pensando. Você?

– Consiga um pedaço de papel, e talvez eu tenha.

O primeiro capanga foi para cima deles sob a luz vermelha. Ela viu o contorno dele pouco antes que ele acertasse um murro em seu estômago. Ela se dobrou, e logo foi puxada para o lado por Milo e firmada em pé.

– Obrigada – ofegou ela.

– Ele está voltando!

Ela se virou e agarrou o homem, enquanto ele tentava acertá-la de novo, e torceu o seu braço, usando o próprio impulso dele para fazê-lo cair de costas.

Deus, era bom poder lutar novamente.

Milo se abaixou, revistou o cara caído e se levantou de volta com um bloco de papel.

– Bingo! – exclamou. Em seguida, perturbado: – Abaixa!

Ela obedeceu quando um punho passou em direção ao lugar onde sua cabeça estivera.

– Avise quando eu precisar fechar os olhos!

– Só me dê um segundo… – Ele se curvou na luz fraca e folheou listas de compras e de tarefas até uma página em branco e rabiscou um símbolo nela.

Kate agarrou o próximo cara pelas costas da jaqueta quando ele passou cambaleando e o redirecionou para um cara que estava prestes a se atirar sobre Milo no chão. Os dois se chocaram e caíram em uma mesa arrumada com folhetos e guias de áudio para os passeios.

– Pronto, feche os olhos! – avisou Milo. E Kate fez o que foi dito. Ela esperou.

Por qualquer coisa, na verdade. Que alguém lhe desse um soco. Que alguém a derrubasse. Que alguém a atirasse do outro lado do saguão. Que alguém *atirasse* nela – por isso era muito estranho que ninguém houvesse tentado *isso* ainda.

De repente, ela ouviu um monte de coisas caindo no chão – como sacos de batatas pesados.

– Tudo bem, pode abri-los agora.

Ela abriu um olho. Na fraca luz vermelha, pelo menos uma dúzia de homens que estavam prestes a chutar os traseiros dela e de Milo estavam no chão, balançando com as mãos ao lado do corpo. Ela lançou um olhar perplexo para Milo, e ele respondeu:

– Ah, vermes.

– Ah – assentiu. – Não faça isso comigo.

Milo abriu a boca para responder e, em vez disso, apontou para a escada.

– Acho que ele está fugindo.

O homem em questão subia as escadas de dois em dois degraus até o segundo andar.

– Merda – sibilou ela. O Rei do Crime estava fugindo. Ela se virou para Milo. – Você vai ficar bem?

Ele apontou para os homens-vermes ao seu redor.

– Eu acho… acho que sim.

– Ótimo, vou atrás do chefão Rei do Crime... Ah, espere, esse é o meu *arco*? – acrescentou, olhando para um dos homens que avançavam devagar no chão. Tomou o arco dele, desgostosa. – *É mesmo*! E minhas flechas! – adicionou, saltando por cima do cara para arrancar a aljava de outro corpo. Colocou-os no ombro e observou a outra meia dúzia de homens descer a escada em frente a eles, segurando os coldres das armas.

Não, ela não permitiria que fizessem isso.

Tirando uma flecha de garra da aljava, prendeu-a no cinto e a disparou, atravessando a sacada. A ponta da flecha cravou-se firmemente no teto de pedra e puxou-a para cima. Ela chegou antes de Fisk ao topo da escada e o encontrou no segundo andar, onde preparou outra flecha e puxou-a para trás.

Ela apontou para a cabeça dele.

– Xeque-mate.

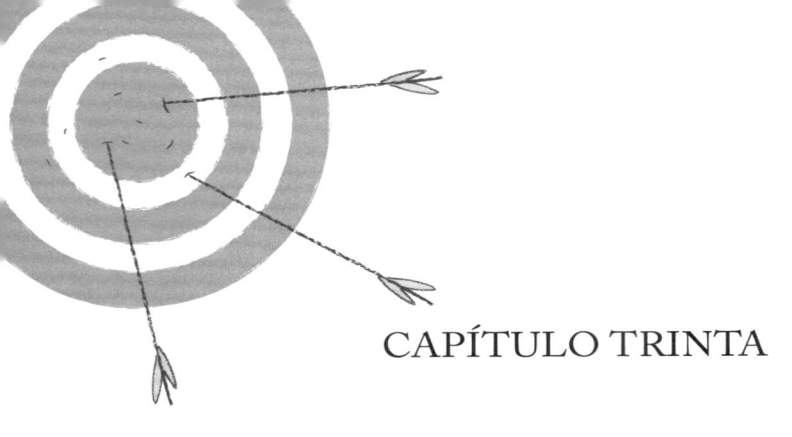

CAPÍTULO TRINTA

DANO EMOCIONAL

— **E**scute – declarou ela, porque estava cansada e realmente não queria continuar perseguindo o Rei do Crime a noite toda –, solte o livro, e não vou pendurá-lo pelos dedos dos pés. Não há mais para onde correr.

Fisk rosnou:

– *Correr?* Não, eu não corro.

– Está bem, então, você pode apenas andar em direção à minha flecha se quiser. Vou me assegurar de que não doa. Esta não é a flecha de rede eletrificada. Pelo menos, *acho* que não.

O lábio superior dele se contraiu.

– Sabe *por que* sou temido, Kate Bishop?

– Porque você é um empresário metódico que escalou até topo dos sindicatos do crime da cidade de Nova York, apunhalando pelas costas todos que encontrou pelo caminho e de alguma forma conseguiu evitar qualquer período prolongado de prisão? – perguntou, inclinando a cabeça inocentemente. – Cheguei perto?

Ele parecia irritado enquanto tirava o paletó branco imaculado.

– Todos que conheci sempre disseram que a tal da jovem Gaviã Arqueira era meio tagarela. E sabe o que eu falei para eles?

– Que provavelmente tenho muitas coisas realmente fantásticas a dizer? Que minhas piadas são incríveis? Que sou muito talentosa no que faço, porque de fato fui mais esperta que o Rei do Crime?

– Eu falei para eles – continuou ele, pousando a mão em um dos pódios de vidro que abrigavam algumas das obras de arte atualmente em exibição (um vaso com lindos detalhes de flores descascando como tinta) – que era uma boa fraqueza a se explorar.

Quando ela se deu conta, o Rei do Crime tinha agarrado o pódio e, já tendo plantado os pés, atirou o vaso nela. Ela se abaixou. Ele se partiu atrás dela em um pilar.

Certo. Ele era um levantador de peso de nível olímpico.

Ele conseguia esmagar crânios como se fossem melancias.

E ela teria corrido naquele momento – teria mesmo, é sério – se Fisk não a tivesse alcançado primeiro, agarrado pela cintura e jogado do outro lado da galeria. Ela se chocou contra o chão e deslizou pelo corredor. Sua visão se turvou. Acima de uma porta fechada à sua direita, lia-se BERGER FORUM. À sua esquerda, um salão para uns tais Allens ou algo assim. Ambos fechados. Com fechaduras elétricas.

Portanto, ela nem tinha como fugir daquele corredor.

Por um momento, ela ficou deitada ali com medo de se mover. Tudo doía.

Doía tanto, tanto. Doía tanto, que ela não queria respirar, porque apenas doeria mais.

E, ainda assim, de alguma forma, mesmo enquanto estava sendo arremessada de um lado ao outro de um salão, ela ainda conseguiu continuar com seu arco. Não que pudesse sentir sua mão. Ou o braço. Ou o ombro… ah, não, *lá* estava. Sibilou de dor quando rolou, deitando-se de costas e olhando para o teto. Era realmente uma bela biblioteca.

Estava triste por arruiná-la.

Ouviu passos, fracos a princípio, mas correndo. Bem, mancando, na verdade. Então, uma forma borrada se ajoelhou ao lado dela. Sua cabeça ainda zumbia por causa do impacto, e, quando ela tocou uma das orelhas, seus dedos saíram molhados de sangue. Nossa. Parece que as coisas estavam muito ruins.

Ela apertou os olhos para ver o rosto dele.

– Ei, Milly-Miley-Lo-Lo – resmungou.

– Ah, *graças a Deus* você está viva – Milo exalou aliviado e, devagar, ajudou Kate a se sentar.

Ela perguntou:

— O que está acontecendo agora? — mas soou mais como "Quetacontecenagor?".

Milo olhou para Fisk.

— Precisamos ir.

— Ele está fazendo algo ruim?

— Pior! — acrescentou ele, erguendo-a quando algo atingiu exatamente o ponto onde ela estivera, deixando uma marca enegrecida no mármore.

Ela olhou para ele, depois para Rei do Crime e para a bengala em suas mãos.

— Ah. Eu esqueci da bengala.

Milo fez um barulho de descontentamento com a garganta.

— Vamos, vamos. Há uma escadaria ali por onde subi; podemos descer por ela e fugir.

Ele passou o braço dela por cima do ombro enquanto falava, determinado a fazer com que começassem a se arrastar antes que fossem vaporizados com a bengala de desintegração também. Mas, mesmo que corressem, iam morrer se ela não fizesse alguma coisa, por isso, ainda dolorida, sabendo que havia quebrado pelo menos uma costela — estava quase certa de que havia fraturado o esterno —, enfiou a mão na aljava e puxou a primeira flecha que sentiu. Nem viu o que era antes de encaixá-la. Puxou-a para trás em seu ponto de ancoragem natural.

Então, soltou.

A flecha espiralou pelo ar em direção à massa ondulante de músculos e horror...

E se cravou no ombro dele.

— É isso! — Comemorou.

Fisk a arrancou.

Milo disse, agarrando a mão dela para correr novamente:

— Isso *não*!

— Estou ficando cansado de moleques intrometidos que não cuidam da própria vida — rosnou Fisk, apontando a bengala de novo, e Kate empurrou Milo para longe dela quando o candelabro de pedras de quase dois metros de altura atrás deles foi transformado em cinzas. – Você pensa que é alguém, mas é apenas uma heroína de segunda categoria, Gaviã Arqueira.

Irritada, ela enfiou a mão na aljava e pegou mais duas flechas.

– Por que as pessoas não acham que sou legal? Eu sou *tão* legal. – Ela firmou os pés no chão e puxou as duas flechas na corda. Então, ergueu a mira e atirou na cabeça dele.

E provavelmente teria acertado... se o Rei do Crime não a tivesse agarrado.

– *Que saco!* – Ela quase soluçou.

Ele quebrou a flecha ao meio.

– Vou moer você, Kate Bishop, e colocá-la em uma caixa. Vou entregá-la com uma pequena fita vermelha na porta da casa do seu querido pai.

– Achei que, por ser pai, você pensaria diferente – respondeu Kate. – Será você o Pior Pai do Mundo? Talvez eu pergunte à sua filha adotiva, Maya. Ah, espere, ela tentou matar você.

– Ela vai voltar.

– Eu duvido. Além disso – acrescentou ela, erguendo dois dedos –, há uma segunda flecha.

O Rei do Crime encarou-a com um olhar peculiar, antes que a flecha explosiva que ela havia atirado na parede ao lado dele explodisse, atirando-o através da parede para o Cullman Center e através de vários sofás lindos e alguns móveis de mármore.

Essa explosão não manteria o Rei do Crime no chão por muito tempo.

Um pensamento lhe ocorreu.

– Milo, seu avô fez *mesmo* um pacto com um demônio? E o nome dele era M...

Os olhos de Milo se arregalaram enquanto ele olhava pelo buraco na parede.

– Hã, Kate?

Um segundo depois, algo atirou o Rei do Crime de volta para o corredor. Ele deslizou por toda a sua extensão e entrou no banheiro masculino, onde sua cabeça bateu na parte de baixo de um mictório.

Kate espiou pelo buraco na parede para dentro do Cullman Center.

Um portal em forma de estrela estava se fechando atrás de uma mulher de cabelos castanhos encaracolados presos em um coque, com as mãos nos quadris, os pés afastados, olhando carrancuda para o outro lado do corredor, para o monte de músculos e carne que se levantava devagar, como se ele fosse um inseto na sola de seus tênis de cano alto, e pela primeira vez Kate viu como todas as pessoas que America Chavez salvava a enxergavam.

Dourada, etérea e totalmente linda.

Ao lado dela, Misty Knight flexionou seu braço de metal.

– Kate – cumprimentou ela –, vamos precisar conversar.

Kate seria capaz de chorar, estava tão feliz em vê-las.

– Eu lhe dou uma entrevista exclusiva; faço o que você quiser! Sirenes soaram ao longe.

– Está ouvindo isso, Rei do Crime? – gritou America para o chefe da máfia. – Esses são os amigos policiais de Misty Knight vindo para chutar seu tra… – Ela congelou. Seu rosto ficou sério.

Kate se virou para olhar para Fisk.

Ele tinha conseguido se levantar e apontava a bengala para Milo. O Rei do Crime sorria por entre os dentes ensanguentados.

– Não acho que alguém virá atrás de mim, America Chavez.

America o encarou furiosa.

Ele começou se aproximar de Milo, que estava imóvel feito uma estátua, pálido como papel e deixou o Rei do Crime agarrá-lo pela garganta e enfiar a coronha da bengala contra seu crânio.

– Agora, eu vou embora daqui, e vocês não vão fazer nada. Você não é tão inteligente quanto pensa, Katie – continuou o Rei do Crime, recuando em direção à escada lateral. Milo, pálido e trêmulo, movia-se com ele, arrastando os pés enquanto avançavam. Ele deixou cair seu caderno.

Mais alguns passos, e o Rei do Crime desapareceu escada abaixo, levando Milo com ele.

America foi atrás, mas Kate a segurou pelo ombro para impedi-la.

– Eu cuido disso.

– Mas e quanto à sua… sua hipno… alguma coisa?

– Curada, e não se preocupe, eu cuido disso. Acho que Milo deixou tudo muito fácil para nós – acrescentou, pegando o caderno dele no chão. Segurou-o com a capa virada para si, enquanto rasgava a última página, rabiscada com tinta de luva, e desceu pela escada principal. Havia duas saídas principais na biblioteca. Pelo menos, pelo que se lembrava do mapa: a da frente, que dava para a Fifth Avenue, e a do térreo, que dava para a 42nd Street.

Ela tinha *certeza* de que ele não ia sair pela frente, mas ela com certeza sairia.

Ela só não previu o quanto seu corpo *todo* ia doer em uma corrida a toda velocidade para fora da biblioteca, descendo as escadas e contornando a 42nd Street.. Ela não precisava estar perto. Só precisava de um tiro limpo.

Ela *era* Gaviã Arqueira, afinal de contas.

Passando por Patience, o leão, ela pegou um chiclete fresco da base da estátua – *que nojo, que nojo, que nojo* – e colou-o no verso da folha. Então contornou a lateral do prédio no momento em que o Rei do Crime abriu caminho para a rua, segurando Milo imóvel pelo pescoço.

Kate enfiou a mão na aljava e tirou uma flecha de betume.

Tinha só uma chance, ou Milo já era.

Por isso, posicionou a flecha. Encontrou o ponto de ancoragem do rêmige. Mirou. Acalmou a respiração. Fixou o alvo na mira e em seguida… soltou a flecha.

Acertou a bengala de Wilson Fisk. O betume explodiu, atirando a bengala dele para trás, prendendo-a no poste de luz atrás dele. O Rei do Crime olhou ao redor, procurando a arqueira, então, ele a encontrou.

Kate preparou outra flecha e, paciente, desceu a calçada em direção a ele. Havia uma pessoa sentada ao pé da escadaria, saboreando um belo *knish*, mas que rapidamente se afastou e foi se juntar a alguns turistas noturnos que se reuniam na esquina da

Fifth Avenue. Já deveria ser por volta da meia-noite, mas as luzes fortes e brilhantes de Midtown transformavam tudo em dia, mesmo depois do pôr do sol.

O Rei do Crime cerrou os dentes e puxou Milo para mais perto.

— Kate Bishop, você sabe que posso esmagá-lo. Não tem como me derrotar, eu…

— Podemos pular o monólogo vilanesco? Eu já sei — declarou ela, colando a folha de papel bem na testa com o chiclete, como uma placa improvisada. O Rei do Crime sabia o que era e por isso evitou olhar para o rosto dela por completo. Ele abaixou os olhos. Ele não sabia que só se podia estar sob os efeitos de uma hipnose de cada vez, e era exatamente com isso que ela contava. — Você queria o Projeto Tremor, queria fazer o mundo temê-lo, queria vendê-lo pelo lance mais alto, seja lá qual fosse. Eu sei, eu entendi. Parabéns para mim!

O Rei do Crime fez uma careta de desprezo, olhando para o chão.

— Você está pensando muito pequeno.

— Ah, dominação *mundial*, então?

— Um homem seria um deus com esse tipo de poder subliminar, Katie.

Ela tirou outra flecha de sua aljava e a preparou.

— Não me chame de Katie. — Ela recuou e mirou em um alvo impossível, e era a única no mundo que seria capaz de acertá-lo. — Meu nome é Gaviã Arqueira.

— Uma garotinha com um arco.

— Que você nem consegue encarar — provocou ela. — Qual é o problema, Fisk, não consegue olhar nos meus olhos?

— Eu não sou bobo, Katie.

— Que trágico, de verdade. — Especialmente considerando o que estava no pedaço de papel.

De repente, ele estremeceu ao sentir uma flecha deslizando por sua bochecha e zombou:

— Você *errou*.

Kate mirou com força.

— Eu nem atirei, na verdade.

A confusão formou um nó na testa dele. Ele olhou para trás e, de fato, não havia nada ali. Nenhuma flecha, nenhum lugar onde uma flecha deveria estar. Seu aperto em Milo se afrouxou o bastante para que o rapaz escapasse de Fisk e tropeçasse para longe.

Porém, estranhamente, Fisk mal havia notado.

– Qual é o problema, Rei do Crime? Está vendo coisas? – provocou ela.

E, pelo que parecia, as alucinações dele eram mais do que apenas olhos em sua pele ou um sussurro em seu ouvido. O que caçava alguém que normalmente era o caçador? Ela adoraria saber, mas, o que quer que o Rei do Crime estivesse vendo, que fizesse seus olhos se arregalarem e seu rosto se partir – mesmo que de leve, da única maneira como Wilson Fisk sabia demonstrar estar com medo –, deveria ser um verdadeiro pesadelo.

Como seria *fácil* enfiar uma flecha direto em seu crânio. Nunca mais precisariam se preocupar com Wilson Fisk. Ele nunca mais saquearia bibliotecas – bem, isso foi em parte culpa *dela*. Ele nunca, *nunca* mais incomodaria ninguém.

Se este fosse um livro de fantasia, algum épico com uma espada mágica e um rei esqueleto maligno, a morte seria pouco mais do que apenas o fim de uma trama.

A morte seria justa.

E Kate Bishop, apesar de todos os seus problemas, todos os seus fracassos, inseguranças e pesadelos, não era justa.

Ela era boa. Não legal.

Boa.

E talvez isso fosse uma fraqueza, mas tinha sido sua fraqueza desde o começo, desde que ela começou a praticar arco e aprender autodefesa, e se lembrou daquela noite no Central Park, anos atrás, quando tudo que desejava fazer era ajudar.

Kate Bishop era boa.

E, o mais importante, ela não matava.

Portanto, ela levantou a mira para ele, enquanto ele rosnava para fazer algum oponente invisível fugir dele, pois ele era invencível, pois nunca seria enganado por *ilusões* idiotas, por esses *olhos*, por que havia tantos *olhos*...

– Bishop derruba o Rei – sussurrou ela.

E disparou sua flecha.

Uma rede explodiu da ponta da flecha e envolveu o Rei do Crime tão apertado, que ele caiu de lado com o olhar distante, enquanto olhos, tantos olhos, borbulhavam em sua pele. Olhos que somente ele conseguia ver.

CAPÍTULO TRINTA E UM

A ENTREVISTA

— **E**eeee foi assim que eu o peguei – terminou Kate, tamborilando os dedos na mesa de metal.

Era de se esperar que, quando você salvava a cidade – ou melhor, o *mundo* – de um chefão do crime maníaco determinado a obter uma arma de guerra psicológica para vender para quem pagasse mais, a Divisão de Crimes Aberrantes do FBI fosse um pouco mais tolerante; ainda assim, ali estava Kate em uma sala de interrogatório na delegacia de polícia de Nova York em Midtown. Sendo questionada por ninguém menos que Misty Knight.

Bem, Kate *havia* prometido uma entrevista exclusiva para ela.

Misty nem tinha perguntado se ela queria um café ou um copo de água ou seu único telefonema. A investigadora do FBI reiterou várias vezes que Kate não havia sido detida, ela estava ali apenas para prestar um depoimento – mas já haviam se passado algumas horas, e tudo o que Kate queria fazer era dormir.

Finalmente.

E, ah, seria maravilhoso.

— Posso, *por favor*, ir para casa agora? – acrescentou ela, inclinando-se para a frente. – Sei que sou muito agradável, mas eu realmente adoraria tirar uma soneca. Por um ano. Ou dois.

Misty se mexeu na cadeira. Ela ficava olhando para algo em seu colo – um telefone? Kate estava exausta demais para sequer adivinhar. *Tinha* que ser um celular. Não achava que eles fossem permitidos em salas de interrogatório. Nesse momento, Misty lançou um olhar para a janela escura e, para surpresa de Kate, encerrou a gravação. Ela se inclinou para a frente e disse:

– Você está com muitos problemas, senhorita Bishop.

– *Eu?* – Kate se sobressaltou. – O que *eu* fiz?

Misty respondeu sem hesitar:

– Auxiliando e acobertando um criminoso conhecido. Há quatro operações secretas diferentes que aparentemente foram reveladas por sua causa. Na verdade, você colocou três desses agentes disfarçados no hospital.

Kate estreitou os olhos, franzindo a testa.

– Espero que um deles não seja o Montana. Vocês *pegaram* o Monty, não pegaram? Eu odiaria se ele estivesse cacarejando como uma galinha na Park Avenue…

Misty resistiu à vontade de revirar os olhos.

– Você é igualzinha ao outro Gavião Arqueiro.

– Devo considerar isso um elogio?

– Considere como quiser. O fato é que, no segundo em que eu deixar você sair por aquela porta, o delegado adjunto vai prendê-la por três acusações de agressão a policiais e uma acusação de cooperação com um conhecido chefe do crime.

– Eu não *cooperei* com ele…

Misty lançou um olhar *daqueles*, e Kate estremeceu e calou a boca. Seus ombros se encolheram ainda mais.

– E… o Milo?

– Sugiro que você só se preocupe consigo mesma neste momento – respondeu Misty, levantando-se e arrumando os papéis em uma pilha organizada. Então, ela pensou em algo e perguntou: – O que *havia* naquele pedaço de papel que você colou na testa?

– Ah, aquilo? Milo disse que tentou desenhar o dedo médio, mas parecia…

– Ah. Bem, é lamentável. Achei que poderia ser a cura para a hipnose de pesadelo do Rei do Crime. Não teria sido uma reviravolta divertida na história? A salvação dele ali mesmo, e ele estava com medo demais para olhar para ela.

Kate encolheu os ombros.

– O que posso dizer? Milo não é tão esperto.

Com isso, Misty assentiu e reuniu seus documentos.

– Bem – declarou ela quando a porta se abriu e um policial de aparência mal-humorada entrou –, posso afirmar que as histórias de Clint sobre você não decepcionaram.

– Obrigada, eu acho... E, Misty... Como estão os livreiros?

– Graças à cooperação de Milo, estão se recuperando. E o Rei do Crime também – acrescentou Misty, dando um tapinha no ombro do oficial. – Por favor, não faça uma cena e faça exatamente o que esse homem disser, certo, Kate?

E ir para a cadeia? Kate abriu a boca para argumentar, mas o policial checou as algemas nos pulsos dela e segurou seu braço, puxando-a da cadeira.

– Espere! Eu não... isso não é... ah, fala sério! – implorou ela, mas a investigadora do FBI desviou o olhar enquanto o policial fazia Kate se levantar e a conduzia em até a porta.

Por uma fração de segundo, Kate se perguntou em quantos problemas mais ia se meter caso, sabe, derrubasse aquele bruto e escapasse pela saída de ar mais próxima. Era assim que funcionava na maioria dos filmes, certo? As saídas de ar a levariam para alguma sala nos fundos, de onde ela poderia escapar e...

– Eu conheço esse olhar. Nem pense nisso – disse o bruto, com a boca perto da orelha dela. O coração dela pulou em seu peito quando ela olhou, finalmente, para o rosto do homem. Clint Barton ergueu uma sobrancelha.

– Azul não combina com você – disse ela como forma de saudação, mais aliviada do que jamais admitiria, ao ver o rosto presunçoso dele.

– Não pode falar assim com um oficial da lei – respondeu Clint com naturalidade.

– Não me obrigue a chamá-lo de "senhor".

Ele fez uma careta.

– Que nojo.

– Exato. – Então, ela fez uma pausa e disse: – Precisamos pegar Milo.

– Quem?

– Milo, você sabe, o neto de Albright. Ele! – acrescentou baixinho quando eles passaram pela sala de interrogatório seguinte. Milo estava sentado em uma cadeira de metal duro, com as mãos algemadas e colocadas sobre a mesa à sua frente, enquanto um homem atarracado e de ombros largos gritava com ele. Milo estava... se comportando muito melhor sob pressão do que ela imaginava. Ele parecia estar achado graça, para ser honesta.

Clint comentou:

– Precisamos?

Ela lançou um olhar para ele. Ele fez um grunhido de descontentamento, depois a deixou no corredor e abriu a porta da sala de interrogatório.

– ... E QUEM MAIS VAI PAGAR PELOS CUSTOS DA BIBLIOTECA? VOCÊ FOI CÚMPLICE DE UM DOS PIORES CRIMES DOS...

– Ei, Patrick acabou de trazer uma dúzia quentinha – disse Clint, apontando para trás.

O homem fez uma pausa no meio da frase, pensou e depois apontou o dedo para Milo e disse:

– Fique bem aí! – Então passou por Clint e seguiu pelo corredor. Kate desviou o rosto, mas não fez muita diferença. O policial passou por ela tão depressa, que ela duvidava que a tivesse notado.

Um instante depois, Clint estava segurando Milo pela nuca, conduzindo-o para fora da sala de interrogatório.

– Ei, deixe-me ir! Exijo um telefonema! Eu... Ah, Kate? – Milo olhou hesitante de Kate para o policial que o segurava pelo pescoço. – Isto é...?

Em resposta, Clint murmurou:

– Só acompanha, rapaz. – E empurrou os dois para a frente, dizendo-lhes que continuassem andando.

Era ofensivamente fácil escapar da delegacia se a pessoa disfarçada parecesse remotamente saber o que estava fazendo. E isso

Clint parecia. Ele estava um pouco confortável *demais* quando acenou para um policial que entrava com um criminoso e disse:

– Tem rosquinhas na sala de conferência!

– Ah, cara, tem *rosquinhas*? – o policial que estava chegando lamentou enquanto passavam. – Tenho que cuidar de papelada primeiro…

Com o sol da manhã radiante e ofuscante, Clint conduziu Kate e Milo pelos degraus até a calçada e virou rapidamente à direita. E ali, estacionado na quadra seguinte, estava um Dodge Challenger 1972 vermelho-cereja. Kate nunca pensou que ficaria tão feliz em vê-lo. As janelas estavam abertas, com um golden retriever com a cabeça para fora, a língua pendurada e abanando o rabo. Alguém estava sentado no banco do passageiro, com os pés apoiados no painel. Cabelo castanho encaracolado, jaqueta *bomber* espalhafatosa, pernas longas…

America, pensou Kate, de alguma forma mais feliz do que quando viu Clint ou o Challenger juntos.

Mas é claro que nunca podia ser tão fácil.

– Ei! ei! eu não acabei de interrogar eles! – berrou o investigador que estivera gritando com Milo da entrada da delegacia.

Com ele, Misty saiu pela porta e olhou para os fugitivos.

– Agente *Knight*! Eles estão escapando!

Diante disso a investigadora do fbi deu de ombros, enquanto descia as escadas da delegacia.

– Eu falei para você que *eu* tinha terminado de interrogá-los. Eu não precisava mais deles.

Clint rapidamente tirou as algemas de Kate e Milo com um único movimento suave.

– O tempo acabou, pro carro!

Como as janelas estavam abertas, Kate simplesmente mergulhou no banco de trás onde Lucky estava sentado. Clint puxou o banco do motorista para a frente para permitir que Milo passasse ao banco de trás com ela e deslizou para o assento do motorista. Milo e Kate comemoraram, com sorrisos de orelha a orelha.

America disse:

– Eu *podia* ter dirigido.

Clint colocou o carro em movimento.

– De jeito nenhum. – Depois ele olhou incisivamente para os pés dela. – *Aham.* – Ela suspirou e os tirou do painel, enquanto o Challenger saía da vaga e descia pela Broadway.

Kate forçou-se a sentar-se direito, estremecendo com uma dor que percorreu seu peito – é mesmo, suas costelas. Provavelmente, estavam machucadas, não quebradas, mas eram costelas doloridas, que não podiam ser tocadas de qualquer modo – e espiou pela janela traseira, mas... não estavam sendo perseguidos.

Ela franziu a testa.

Milo não gostou dessa expressão.

– Algum problema...?

Ao que Kate se virou, recebendo uma lambida enorme de Lucky, ainda muito animado por vê-la, e perguntou a Clint:

– Por que ninguém está vindo atrás de nós? E quando foi que você voltou para a cidade? Quieto, garoto, só um minuto – acrescentou ela, afagando atrás das orelhas do cachorro.

– Perguntas, perguntas, perguntas – cantarolou Clint, enquanto tirava seus óculos Aviator do visor e os colocava, porque o sol da manhã estava forte, e não havia uma única nuvem no céu radiante de Nova York. Ele também ficava legal usando-os.

America voltou-se para Kate e disse:

– Não é nada tão impressionante, eu prometo.

– Ei, ei, ora, não roube meus louros – interveio Clint. – Acontece que um amigo meu me devia um favor. Então, pedi a ele que me pagasse.

Milo perguntou curioso:

– Quem, exatamente?

Kate olhou para trás mais uma vez e apertou os olhos em direção à delegacia de polícia apenas para ver o super-herói muito alto, muito largo e muito loiro uniformizado entrando na delegacia, parecendo ter saído de um pôster do exército dos anos 1920, e ela deslizou em seu assento com um gemido.

– Ah, não, ele vai me ligar, não vai? E me passar seu sermão de "é por isso que não confraternizamos com vilões" de novo.

Milo disse:

– Não sou um *vilão*, sou um vigilante.

America se virou do banco da frente.

– Qual *é* o seu nome de vigilante, afinal? Papel? Pena? Hipno-*geek*?

Ele inclinou a cabeça e disse com todo o peito:

– *Penchant*.

Ninguém disse uma palavra.

Então ele continuou:

– Sabe, por causa do meu sobrenome? Penderghast-Chant? E porque escrevo minha hipnose... Entendem?

America disse:

– É...

– Realmente bom, Milo – terminou Kate por ela, lançando um olhar que dizia "*não se atreva*" para ela.

– Acha mesmo? – perguntou ele, esperançoso. – Porque você não parece tão segura...

– Não! É perfeito, de verdade...

Clint disparou:

– É horrível, garoto.

Parecia que Clint havia contado para ele que seu cachorrinho favorito havia morrido.

– É mesmo?

– Mesmo.

Kate disse:

– Não é *não*.

– É claro que é. *Penchant?*

– Bem... *Gavião Arqueiro* não é dos melhores – argumentou Milo. – Que tipo de nome de super-herói é esse, afinal?

– É um nome legal!

Clint concordou:

– O melhor nome, na verdade.

– E o que diabos é um *Penchant*, afinal? Entendi, seu sobrenome é Penderghast-Chant, mas *fala sério*? Isso é, tipo, usar seu nome *real*.

America Chavez disse, completamente inexpressiva:

– Ah, sim, porque ninguém faz isso.

Kate estremeceu.

– Você sabe o que eu quero dizer.

– Eu sei, Kate? Sei mesmo?

– Você poderia ter escolhido qualquer outro! Capitã Coxas Lindas ainda é o meu favorito.

America se virou para encará-la. Kate deu de ombros.

Milo suspirou.

– *Está bem*, de volta à estaca zero. – Ele estendeu a mão para tentar fazer carinho em Lucky, mas o cachorro rosnou para ele, e Milo rapidamente recolheu a mão.

Kate apontou para ele:

– *Viu?* Você feriu os sentimentos dele também. Lucky é a melhor parte de Gaviã Arqueira.

Clint fez uma careta.

– Eca. *Sentimentos?*

– Eca, que nojo – concordou America, enquanto Clint ligava o pisca-pisca para levá-los em direção ao Lower East Side e – enfim, graças a deus – para dormir.

CAPÍTULO TRINTA E DOIS

DESPEDIDAS SÃO UMA DOCE TRISTEZA

Clint parou na calçada do apartamento de Kate no Lower East Side e abaixou seus óculos estilo aviador.

– Certo, garota, fim da linha.

– Está bem, está bem, estou faminta. Alguém quer pedir comida? – perguntou Kate, enquanto America descia, dobrava o banco do passageiro e ajudava Kate a sair do banco de trás. – Pizza?

– Pizza está ótimo – respondeu America, estendendo a mão para ajudar Milo também, mas Clint colocou o braço para trás para impedi-lo de sair.

– Você não, amigo – disse Clint.

Milo murchou, esmagado.

– Mas...

– Você tem mais algumas perguntas a responder para algumas pessoas.

Kate lançou um olhar estranho para Clint.

– Quem? Misty já o questionou sobre o Rei do Crime...

– Sobre outras coisas. Temos mais algumas perguntas sobre os livros e a linguagem... coisas que precisam ser registradas caso algo assim aconteça de novo no futuro – explicou ele. Então olhou para Milo. – Entendido?

Milo hesitou no banco de trás, e Kate reconheceu aquela expressão nos olhos dele – ele estava pensando em fugir –, mas, então, seus ombros relaxaram um pouco, e ele assentiu.

– Sim, eu acho... acho que não faria mal.

– Não se preocupe, não será tão assustador – tranquilizou-o Clint. – Lucky estará com você.

– Ah, ótimo... – disse Milo, encarando o cachorro que realmente não gostava dele.

Kate fechou a porta e se inclinou pela janela.

– Lembre-se: olhe-os sempre nos olhos. O Capitão consegue sentir o cheiro do medo.

Os olhos de Milo se arregalaram.

– Capitão, quer dizer, o *Capitão América*? – Ele olhava alarmado de Kate para Clint. – Vou ser interrogado pelo *Capitão América*?

– Quer dizer, talvez não – respondeu Clint encolhendo os ombros. – Pode ser com a Natasha. Ou, não sei, alguém realmente agradável. – Ele fez uma pausa. – Talvez eu faça isso.

– É tarde demais para descer do carro?

– Com certeza. – E para enfatizar isso, Clint trancou as portas e levantou seus óculos.

– Mas...

– Nossa como está tarde – acrescentou, olhando seu relógio imaginário, enquanto colocava o carro novamente em movimento e se afastava do meio-fio. – Tenho que levar você até a Torre, desfazer as malas, tomar um banho de espuma, alimentar o *cachorro*...

Lucky deu um latido de concordância no banco de trás. Milo sentou-se ao lado dele.

– Divirtam-se, meninas – despediu-se Clint, acenando com a mão para fora da janela. – Não vá fazer amizade com um vilão de novo, Kate!

Ela ergueu as mãos.

– Eu não estava... *Argh!* Eles se foram – murmurou ela, conforme o Challenger soltava uma nuvem de fumaça escura e desaparecia na rua seguinte. Ela cruzou os braços sobre o peito e franziu a testa. – Você não acha que ele vai ser *mesmo* interrogado pelo Capitão, não é?

Em resposta, America se benzeu e murmurou uma oração.

CAPÍTULO TRINTA E TRÊS

PONTOS DE ANCORAGEM

O último dia do acampamento de verão estava quente e radiante, e Kate estava esperando no gramado verde com três doses extras de expresso em seu café, usando seus aviadores para disfarçar seu olho roxo horroroso, enquanto os campeões de pingue-pongue de Ms. Marvel chegavam.

E agora todos os cinco campistas de Ms. Marvel estavam se aproximando dela, todos com as mesmas expressões confusas. Ms. Marvel até parecia um pouco perplexa com essa reviravolta.

Kate baixou seus óculos.

– Bom dia, crianças.

Murella olhou para ela.

– O que aconteceu com o seu olho?

– Você pegou o bandido? – Quis saber Irving.

Evelyn concordou, acrescentando:

– Você… você disparou tiros em sequência?

– Sim e sim – respondeu Kate. – Vamos! É seu último dia de acampamento! Vocês têm que estar pelo menos um *pouco* emocionados em me ver, não? – ela perguntou e recebeu um revirar de olhos coletivo. Era justo. – Olha, eu sempre cumpro minhas promessas, ok? Por isso estou aqui. Pensei em lhes mostrar hoje como acerto um alvo em movimento. Podem chamar isso de *webinar* presencial.

No momento exato, o super-herói lançador de teias surgiu Deus sabe de onde – como ele conseguiu *pegar impulso* no Central Park? – e deu uma daquelas cambalhotas extravagantes no ar. Mas Kate também era muito extravagante. Ela pegou uma flecha da aljava, preparou-a e, sem olhar, atirou-a no homem voador que usava malha vermelha e azul.

Ele a pegou no ar e pousou a poucos metros deles. Kate não tinha certeza de quem estava mais animado: as crianças ou Ms. Marvel.

– Oi, crianças! – ele os cumprimentou, levantando a mão em um aceno. – Vocês devem ser os intrépidos investigadores de quem tanto ouvi falar! Devo dizer que Kate me contou algumas coisas ótimas sobre todos vocês.

Murella arqueou uma sobrancelha.

– Que somos péssimos no pingue-pongue? Ou que ajudamos a impedir que um chefe da máfia conseguisse uma arma de guerra em massa?

– A segunda – admitiu o Homem-Aranha, hesitante, esfregando a nuca.

Evelyn estreitou os olhos para o cabeça de teia favorito da vizinhança. Depois franziu a testa e disse:

– Achei que você fosse mais alto.

Ele deu um pulo e se endireitou um pouco.

– Bem, eu… eu estava um pouco curvado.

Rajiv disse:

– Não, você *é* bem baixo. No jogo você é mais alto.

– E o uniforme parece meio barato. Você é o verdadeiro? – perguntou Irving, com muitas suspeitas.

– Eu… é… eu… eu acho que sou…?

Martin suspirou.

– Estão vendo, é por isso que nunca se deve conhecer seus heróis.

Irving assentiu tragicamente.

Kate começou a sorrir. Não conseguia se conter. De certa forma, foi catártico saber que essas crianças acabavam com literalmente todo mundo que conheciam. Não era só com ela. E ela sabia que era legal, super e muito, *muito* incrível. As crianças também, mesmo que jamais admitissem.

Ms. Marvel apareceu ao lado dela, saltitando nos calcanhares.

– Ai, meu Deus, você realmente conseguiu que ele viesse até *aqui*? Como?

– Ah, acabei de deixar um de seus grandes inimigos atrás das grades por *pelo menos* um mês, então ele me devia uma – respondeu Kate. Então aproveitou a linda manhã, ouvindo o Homem-Aranha ser completamente aniquilado por um bando de crianças de oito anos.

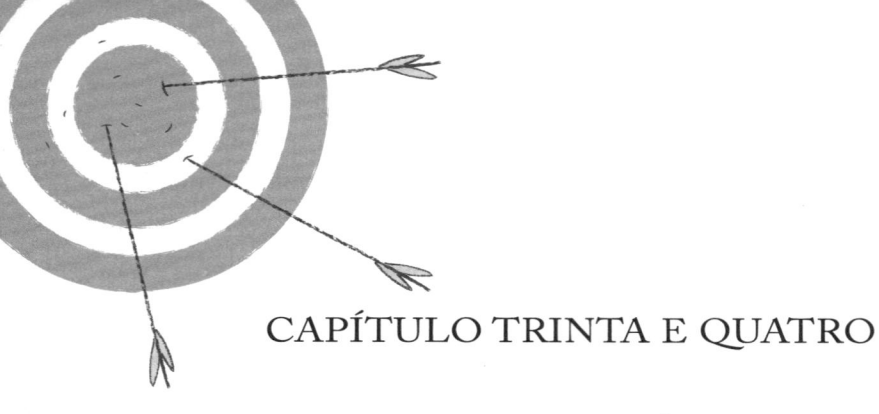

CAPÍTULO TRINTA E QUATRO

TUDO ESTÁ BEM QUANDO ACABA BEM

A festa de Susan foi tão divertida quanto Kate imaginou que seria. Ou seja, *nem um pouco* divertida.

Ela tinha tomado banho e prendido o cabelo em um rabo de cavalo, mas ainda deveria estar parecendo que tinha sido atirada por uma janela e deixada caída no meio do trânsito, porque nenhum dos amigos elegantes de Susan de Manhattan queria chegar a menos de um metro e meio de distância dela. Isso era ótimo, já que significava que ela poderia se manter perto dos pequenos sanduíches na mesa do bufê e ficar com todos eles. No fim das contas, America não tinha vindo com ela, mas não porque não quisesse. Aparentemente, havia uma *segunda* Rainha Barata que estava em busca de vingança pela morte de sua amante, e tinham que lidar com ela. Bastante trágico, para falar a verdade.

Kate não invejava esse trabalho.

Em vez disso, passou a tarde fazendo companhia aos saborosos sanduichinhos, pelo menos até a irmã aparecer ao seu lado com um sorriso tenso.

– Katie, você está com uma aparência horrível nesta tarde.

Kate colocou outro minissanduíche na boca.

– Caí da escada.

– Quantos andares?

– … três?

– Tem certeza?

Kate hesitou.

– … sim?

Susan revirou os olhos e pegou um sanduíche para si antes que todos acabassem.

– Não precisa parecer tão estressada, papai não vai aparecer. Então, pode ficar tranquila.

– Hum, eu estava me perguntando por que essa festa estava realmente parecendo… que sentimento é esse? *Divertida?* – declarou, e a irmã lhe deu uma cotovelada na lateral do corpo.

– Cala essa boca. E *você* também não quer estar aqui, então, pare de comer meus sanduíches e vá devorar os *petits-fours* de outra pessoa.

– Ah, Suze, isso é quase gentil da sua parte – disse Kate, repousando a mão no ombro da irmã. – Estou assustando seus outros convidados, não estou?

O sorriso de Susan nunca deixou seu rosto.

– *Profundamente.*

– Certo, certo, então, aqui. – Kate tirou uma pequena caixa do bolso de trás. Era minúscula e branca, com a fita um pouco amassada, mas fora isso parecia bastante apresentável. – Com todo o amor.

A irmã a encarou, desconfiada, enquanto comia seu sanduíche com delicadeza, e aceitou o presente.

– O que é isso…?

– Exatamente o que parece. Um elefante andando numa lambreta.

– Aff, por que você é tão esquisita? – Susan fez uma careta enquanto abria a caixa. Nele havia um frasco de perfume pequeno e simples. – Ah, isso é… surpreendentemente atencioso.

– Sinta o perfume.

– Kate.

Ela riu:

– Não, não é uma piada… *é sério.*

Então, a irmã o sentiu, embora um pouco hesitante, e seus olhos se arregalaram.

– Você encontrou o perfume da mamãe?

– Fui *a todos os lugares* para procurar – respondeu Kate com orgulho. – É um dos últimos, só para você saber.

Susan não era uma pessoa chorona. Ela não chorava com tanta frequência, se é que o fazia; por isso, Kate nem sequer esperava que ela demonstrasse qualquer tipo de emoção agora, mas a irmã a puxou para um abraço.

– Obrigada – sussurrou Susan, não tão alto que qualquer um de seus amigos ouvisse, mas alto o bastante para Kate, e isso era o suficiente para ela.

Ela retribuiu o abraço.

– Sempre. Mas agora *vou* embora – acrescentou, soltando a irmã antes de pegar mais dois *petits-fours*, fazendo Susan suspirar, e beijá-la na bochecha. – Feliz aniversário, mana. Vamos, Lucky! – chamou, e, para horror de Susan, um golden retriever caolho saiu de baixo da mesa de comida e trotou atrás de Kate enquanto saíam do apartamento.

Quando saíram, Kate ligou imediatamente para sua melhor amiga, muito feliz, pois *aquela* provação havia acabado.

– Sim, já estou livre. Você já acabou com a Rainha Barata Segunda? Sim? Legal. Encontro você na piscina? Não, Tony não vai se importar.

Além disso, Kate estava de férias.

Depois de ser atirada de um lado para o outro, quase ter sido afogada, jogada de uma ponta a outra de um salão e quase morta *diversas* vezes, nada se comparava a relaxar na piscina privativa da cobertura da Torre dos Vingadores, no centro de Midtown, com o barulho dos carros e o clamor das pessoas como uma lembrança distante centenas de metros abaixo delas.

— Passe o protetor solar — pediu America, e Kate fez exatamente isso.

Na piscina, Lucky flutuava em um osso de cachorro inflável gigante. Ele merecia uma trégua tanto quanto o restante deles.

— Você é o garoto mais legal de todos, não é? — Kate perguntou a ele, e Lucky virou-se em sua boia, com a língua de fora, vivendo como um rei. Kate tirou uma foto e postou em suas redes sociais.

— Você mima demais esse cachorro — comentou America — e vai se meter em *tanta* confusão se Tony, o Capitão ou alguém aparecer e encontrá-lo...

— Pensaremos nisso quando acontecer. Por falar nos *Vingadores*, quem você acha que interrogou Milo?

— Não faço ideia. Ele ainda não entrou em contato com você?

Kate balançou a cabeça.

— Não. Quer dizer, não tenho certeza se ele *vai*, mas espero que ele esteja bem; e espero que ele não tenha se metido em *mais* problemas. Ah, ei, Jessica me respondeu. — Kate se sentou e inclinou o telefone para poder ler as mensagens sob o brilho do sol. — Ah, ela não pode vir. Ela está almoçando com... Ah, meu Deus, sério?

— O que foi? — perguntou America.

Kate mostrou a America a mensagem de texto e a foto, e America jogou a cabeça para trás em uma gargalhada.

— Seus mundos estão se unindo!

— Sério, elas provavelmente estão falando mal de mim — ela suspirou, olhando para a foto de Jessica Jones e Misty Knight antes de jogar o celular na bolsa de piscina. — Eu nem sabia que elas eram amigas.

— As pessoas mais estranhas podem ser amigas. Quero dizer — America olhou por cima dos óculos escuros —, olhe para nós.

Kate zombou com um suspiro.

— Fique você sabendo que somos uma dupla *magistral*.

— Nós somos, não somos?

— Somos mesmo. — Kate cruzou os braços por trás da cabeça e baixou os óculos estilo aviador, recostando-se na espreguiçadeira. — Por falar nisso, obrigada.

– Pelo quê?

– Por ser minha melhor amiga.

– É um trabalho difícil – concordou America –, mas alguém tem que fazê-lo.

Elas riram e relaxaram à beira da piscina. O sol estava brilhante e forte, e, *caramba*, ela estava dolorida. Nenhuma costela quebrada, graças a Deus, mas, definitivamente, havia muitos hematomas. Teve que usar um maiô, porque seu peito e barriga estavam roxos, sem falar nos cortes no rosto, no olho roxo, no arranhão no ombro...

Ela se sentia e, tinha que admitir, *parecia* um saco de pancadas.

No entanto, alguns dias de descanso lhe fariam bem. Alguns dias só disso. A piscina. O céu. O sol. Sua melhor amiga ao seu lado. Seu canino favorito choramingando em seu osso inflável...

Espere, *choramingando?*

Ela sentiu uma sombra parar sobre ela – da mesma forma que uma nuvem passava sobre o sol – um pouco mais fria, o interior das pálpebras ficou um pouco menos brilhante. Ela abriu os olhos para ver a sombra musculosa e bem-definida que perturbava seu descanso muito tranquilo, muito relaxante e muito merecido, e abaixou seus óculos devagar.

– Hmm – disse, em saudação, com um sorriso inocente –, suponho que você não tenha trazido uma roupa de banho para se juntar a nós, não é, senhor Capitão América?

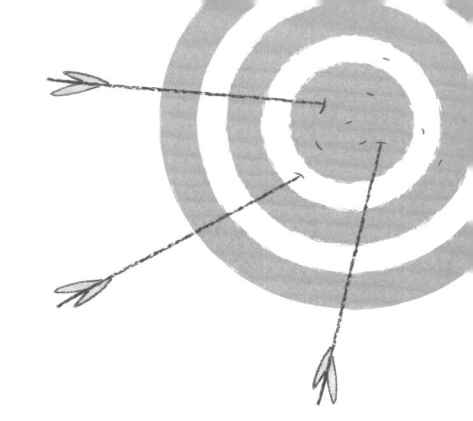

AGRADECIMENTOS

Certa vez um velho homem falou: "Você errará todos os tiros que não tentar dar". E eu gostaria de pensar que ele se referia a mais do que apenas algumas flechas sofisticadas. Tive muita sorte de ter a chance de escrever (a melhor) Gaviã Arqueira.

E eu fiquei *incrivelmente* nervosa.

Eu cresci em *fandom*. Comecei a escrever em fóruns e arquivos de *fanfiction* muito antes do AO3. É realmente muito louco pensar que eu, aos quinze anos, estava escrevendo *fanfics* da Marvel e agora, quinze anos depois, *ainda* estou escrevendo *fanfics* da Marvel. Com a diferença de que, agora, são canônicas. Este livro é *canônico*.

E, amigos, a ficção é *estranha*. A maneira como você vê os personagens pode ser um pouco diferente de como outra pessoa os vê. Você tira das histórias algo diferente do que a pessoa ao seu lado tira, porque sua vida e suas escolhas influenciam as linhas das histórias que você lê – e também daquelas que você conta.

Escrevi um mistério divertido e exagerado sobre amizade, livros e o melhor cachorro do mundo e espero que vocês gostem tanto quanto eu adorei escrevê-lo.

O livro nunca teria sido possível sem Megan Logan, John Morgan, Caitlin O'Connell e a editora que me acompanhou até o final, Emeli Juhlin. Também quero agradecer à equipe da Marvel Press e da Marvel Entertainment por fazerem um trabalho incrível com todos os outros aspectos deste livro: Kurt Hartman, Emily Fisher, Scott Piehl, Rodger Weinfeld, Crystal McCoy, Holly Nagel-Riley,

Kaia Hilson, Daniel Kaufman, Martin Karlow, Guy Cunningham, Jeremy West, Lauren Bisom e Sven Larsen.

Além disso, um grande agradecimento aos meus amantes de livros favoritos: Eric Smith, Mike Lasagna, Nicole Brinkley, Katherine Locke, Rachel Strolle, Taylor Simonds, Ashley Schumacher, Kaitlyn Sage Patterson e Savannah Apperson. Minha sanidade agradece por vocês terem continuado por perto.

E, o mais importante, para a comunidade de *fanfiction* que me criou: obrigada por tudo, os comentários, os elogios, as chamas, a amizade. Obrigada por estar em algum lugar para onde eu pudesse ir quando o mundo ao meu redor parecia estar desmoronando. Todo mundo precisa de uma casa assim, seja ela presencial ou digital. Eu não estaria aqui sem vocês.

E, para meus leitores, como Clint aconselhou Kate: *atirem*.
Nunca se sabe, vocês podem acertar o alvo.

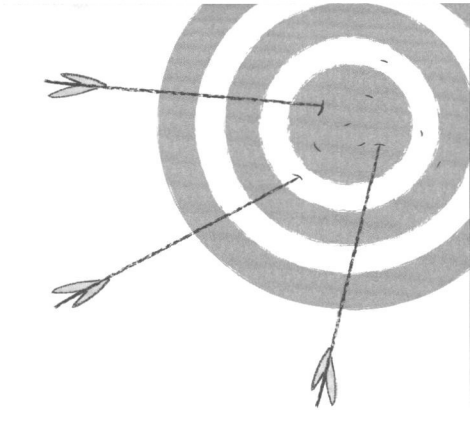

SOBRE A AUTORA

Asheley Poston é autora best-seller do *The New York Times*. Ela passa seu tempo na Carolina do Sul, em Nova York e em todas as livrarias no meio do caminho. Ela pode ser encontrada em vários lugares na internet, assistindo a vídeos de gatos e lendo *fanfiction*.

SIGA NAS REDES SOCIAIS:

- @editoraexcelsior
- @editoraexcelsior
- @edexcelsior
- @editoraexcelsior

editoraexcelsior.com.br